그리고, 봄이 온다

그리고, 봄이 온다 2

초판 1쇄 인쇄 2015년 5월 12일
초판 1쇄 발행 2015년 5월 19일

지은이 이현성
발행인 오영배
책임편집 김보나
표지디자인 공간42
제작 조하늬
일러스트 신상원

펴낸곳 (주)삼양출판사 · 단글
주소 서울특별시 강북구 도봉로 173
대표 전화 02-980-2112 팩스 02-983-0660
출판등록 1999년 3월 11일 제9-00046호

ISBN 979-11-313-0353-5 (04810) / 979-11-313-0351-1 (세트)

+ 이 도서의 국립중앙도서관 출판시도서목록(CIP)은 서지정보유통지원시스템홈페이지(http://seoji.nl.go.kr)와 국가자료공동목록시스템(http://www.nl.go.kr/kolisnet)에서 이용하실 수 있습니다. (CIP제어번호: 2015013144)

단글은 (주)삼양출판사의 로맨스 문학 브랜드입니다.

그리고, 봄이 온다

2

이현성 장편소설

단글

| 차 례 |

그리고,
봄이 온다

6장

20살, 그리고 21살, 타 버린 사랑

"그날 그 강변에는 나 혼자가 아니었어. 내가 알기로, 주예진은 동생이 죽은 후 물가를 무서워했어. 그런데도 그 강변에 있었던 것은, 강윤성 선배가 자신을 걱정하면서 찾으러 나오길 바랐기 때문일 거야. 하지만 강윤성 선배가 아닌 내가 거길 찾아간 거지. 그건, 운명이었을까?"

* * *

예진은 덜덜 떨면서도 강변을 벗어나지 않았다. 차가운 자갈돌이 깔린 바닥에 무릎을 세우고 앉아, 두 팔로 무릎을 감싸고 있었다. 두 다리가 멋대로 도망치지 못하게 하려는 듯이.

검은 강물이 흘러간다. 일렁일렁일렁.

동생이 죽었을 때가 생각났다. 또렷하게 기억한다. 그 순간을 기억할 수밖에 없다. 매일 밤 꿈에 나오니까.

"좀 더 활짝 웃어봐, 예진아."

카메라를 들고, 엄마는 그렇게 말했다.

"애들 뒤에서 장난치는 것 좀 봐라. 하여간 사내애들이란 짓궂다니까."

장난. 그래, 장난을 치고 있는 줄 알았다. 흘끗 돌아봤을 때, 하얀 물보라 사이에서 허우적거리는 윤성과 희주가 보였다. 누가 봤더라도 장난인 줄 알았을 것이다. 그들은 어푸, 어푸, 어푸, 철퍽, 철퍽, 철퍽, 그렇게 움직였다.

그래서 웃으며 사진을 찍었다.

"엄마, 쟤들도 나오게 찍어 줘."

손가락으로 브이(V) 자까지 그렸다. 그렇게 환하게 웃으며, 죽어 가는 동생과 함께 사진을 찍었다. 그것이 동생이 남긴 마지막 절규인 줄도 모르고.

매일 밤 꿈에 동생이 찾아왔다. 희주는 온몸에서 물을 뚝, 뚝, 뚝, 떨어뜨리며 가만히 예진을 응시했다. 차라리 저주라도 하면 나을 텐데, 욕이라도 퍼부으면 좋을 텐데. 그런데 꿈에 나온 희주는 늘 말이 없었다. 눈물인지, 강물인지 모를 물만을 뚝, 뚝, 뚝.

아니, 밤에만 찾아오는 게 아니었다. 백일몽처럼, 때로는 아침에도, 낮에도 찾아와 예진을 고통스럽게 했다. 그럴 때마다 윤성이 원망스러워졌다. 소중한 동생 대신 살아난 윤성이 밉고 얄미워졌다.

네가 죽었더라면. 네가 죽어버렸더라면.

윤성이 떠나게 둘 수는 없었다. 희주 대신 살아남았으니까, 희주 대신 옆에 있어 줘야만 한다. 희주가 예진을 아껴 주었던 것처럼, 윤성도 예진을 아끼고 사랑해야만 한다. 그건 희주 대신 살아남은 윤성이 지고 가야 할 짐이다.

'짐이야.'

짐.

그 단어가 묵직하게 예진의 가슴을 내리눌렀다.

가족이 예진을 평생 사랑하고 보듬어 주는 것은 당연하고도 자연스러운 일이지만, 윤성에게는 그것이 '짐'이었다. 마음에서 우러나온 것이 아닌, 어깨를 찍어 누르는 무거운 짐.

알고 있었다.

희주가 윤성을 살리고 죽었다. 그렇다고 해서 그것이 윤성에게 희주의 삶을 대신 살아가야만 하는 의무를 부과하는 것은 아니었다. 그 사실을 머리로는 알고 있는데, 마음이 따라주지 않았다. 내 동생의 삶을 보상받아야만 한다는 보상심리가, 예진과 그녀의 가족을 가득 채우고 있었다.

'넌 보상해야 돼, 강윤성. 내 동생은 고작 18살이었어! 이제 한창 꽃 필 나이였단 말이야!'

윤성이 미워서 견딜 수가 없었다. 그러면서도 그가 곁에 있어주기를 바랐다. 대가 없는 사랑을 예진과 그녀의 부모에게 베풀기를 원했다. 예진이 원하지 않아도, 윤성은 당연히 그래야만 했다. 희주 대신 살아남았으니까.

불과 얼마 전까지만 해도, 윤성은 당연히 그런 삶을 받아들이는 듯했다. 예진이 무슨 짓을 해도 화내지 않았고, 예진의 뜻에 따라 주었다. 그것이 사랑에서 비롯된 행동이 아니라는 것은 알고 있지만, 그래도 상관없었다. 죄책감이든, 뭐든, 그의 마음이 전부 예진에게 향해 있으면 충분했다.

그런데 언젠가부터 윤성의 마음이 다른 곳으로 흘러가는 것을 느꼈다. 희주가 죽은 후부터 허공을 헤매던 윤성의 눈동자가, 어느 한 여자에게 고정되기 시작했다.

작고 순수하고 귀엽고 풋풋한, 여자라기보다는 소녀로 보이는 신입생이었다.

차소희.

막 열린 풋과일 같은 싱그러움을, 그녀는 갖고 있었다. 예진은 두 번 다시 갖지 못할 상큼함이, 소희에게는 흘러넘쳤다. 윤성의 눈동자는 매일 그녀를 찾아 길을 더듬고, 그녀를 찾게 되면 반짝, 빛을 냈다. 삶의 의미를 찾은 사람처럼.

'절대 안 돼. 날 놔두고 너 혼자 행복해져서는 안 돼. 행복도, 불행도, 넌 나랑 함께 해야 돼.'

달그락—

자갈이 움직이는 소리가 들려왔다. 윤성이 찾으러 왔나 보다. 아까는 혼란스러워서 내버려 뒀지만, 결국 윤성은 예진을 모르는 척할 수 없다.

하지만 느릿하게 걸어와 예진의 옆에 앉은 사람은 윤성이 아니었다.

"또 자해라도 하려고 왔니?"

소희를 흘긋 보며 물었다. 소희의 오른쪽 관자놀이에는 큼지막한 하얀 붕대가 붙어 있었다. 소희는 조용히 흐르는 강물을 응시하고 있었다. 반듯한 이마 아래에 질투 나도록 긴 속눈썹이 있었다. 오밀조밀 귀여운 얼굴을 보며, '윤성이는 이런 타입을 좋아하는 걸까?'라는 생각을 했다.

"너, 정말 무서운 애더라."

소희가 말이 없기에, 예진이 다시 입을 열었다.

별거 아닌 아이라고 생각했다. 큼지막한 남자아이들 옆에 붙어 다니는, 그저 귀엽게만 생긴 아이라고 생각했다. 하지만 아니었다.

소희가 커다란 돌멩이로 자기 관자놀이를 후려치던 모습이 생생하게 떠올랐다. 사람은 아무리 자기가 자기 머리를 때리더라도, 반사적으로 눈을 깜빡거리게 되어 있다. 하지만 소희는 그때 눈을 동그랗게 뜨고 예진을 노려봤다. 자기 머리로 날아드는 돌멩이 따위, 솜뭉치보다도 못하다는 듯이.

그때의 광경을 떠올리면 팔뚝에 소름이 돋았다.

예진은 인정할 수밖에 없었다. 옆에 앉은 몸집 작은 여자가 너무 무섭다.

"아무리 윤성이가 좋다고 해도 그렇지. 어떻게 그런 짓을 할 생각을 했어? 머리가 좀 이상한 거 아냐?"

"그러는 선배님은요."

"뭐?"

"선배님은 윤성 선배를 좋아하지도 않으면서, 어떻게 그런 짓을 할 생각을 했죠?"

"무슨 소릴 하는 거야?"

고개를 돌려 소희의 얼굴을 노려봤다. 소희는 여전히 정면을 보고 있었다.

"선배님이 문지영이라는 분한테 한 짓은, 그 어떤 말로 포장해도 용서받을 수 없는 짓이에요."

"내가 걔한테 무슨 짓을 했다고그래? 애들이 우리 사이를 질투해서 흘리는 그런 소문들 듣고 그러는 거지?"

"유언비어가 아니라는 것쯤은 알고 있어요."

"걘 원래 음란한 애였어. 남자라면 좋아가지고 여기저기 꼬리치고 다니고. 윤성이한테 내가 있는 걸 알면서도 집적거리고. 그러다가 때마침 그런 일을 당해서, 괜히 내가 구설수에 오른 것뿐이야."

"그런 거짓말을 만들어 내서, 선배님의 마음을 지키고 있는 건가요?"

"무슨 소릴 하는 거야?"

"그런 거짓말을 진실이라고 믿으면서, 난 아무 죄도 없다, 그러니까 괜찮다, 그렇게 살아가고 계신 건가요?"

"나는……!"

"그렇다면 선배님. 그거 병이에요."

소희가 드디어 예진을 향해 고개를 돌렸다. 소희의 눈동자가 어둡게 빛나고 있었다. 저 어둠은 주위가 어둡기 때문에 생긴 것일까, 아니면 다른 무언가가 자리를 잡아 생긴 것일까. 그 이유가 무엇이든, 예진은 섬뜩함을 느꼈다.

소희는 더 이상 귀엽고 우스운 후배가 아니었다.

"현실을 부정하기 위해, 자기가 만들어 낸 가짜 현실을 덮어씌우고 그것이 진짜라 믿는 거. 그거 병이에요, 선배님."

소희의 음성은 감히 끼어들 수 없을 만큼 단호했다.

"고쳐야 돼요, 그거. 그러고 나서 문지영이란 분에게 용서를 빌어야 돼요."

"시끄러워!"

예진의 비명이 어둠을 반으로 갈랐다. 하지만 소희는 눈썹 하나 꿈쩍하지 않고 고요히 예진을 응시했다.

"시끄러워, 네가 뭘 안다고 그래? 희주가, 희주가 나한테 어떤 동생이었는지 알아? 희주가 우리 부모님한테 어떤 아들이었는지 아느냐고! 강윤성 같은 놈 100명을 데리고 와도, 우리 희주를 대신하진 못해!"

"그래요, 맞아요. 누구도 선배님의 동생을 대신할 수 없어요. 그런데도 강윤성 선배를 동생의 대역으로 삼으려 하니, 선배님이 병에 걸린 거예요."

"아니야! 누가 병에 걸렸다는 거야? 네가 뭘 안다고 나에 대해 지껄여? 너야말로 이상한 거 아냐? 남자 때문에 자해를 하고, 죄 없는 사람을 죄인으로 만들고! 너야말로 머리가 이상해진 거 아니냐고!"

소희의 눈썹이 아래로 늘어졌다. 소희는 뭐라 말하려다가 입을 다물었다. 슬픈 걸까? 아니, 저건 충격을 받은 표정이다.

예진은 자신의 공격이 먹혀들었다는 걸 깨달았다.

"너야말로 병에 걸린 거야, 차소희. 보통은 짝사랑을 한다고 해서 자해를 하고, 남을 몰아붙이진 않아. 지금 네가 나한테 한 짓은 내가 문지영에게 한 짓이랑 다를 게 없어!"

"그래요."

소희의 얼굴이 다시 정면을 향했다.

"인정하셨군요."

아차, 싶었다. 소희를 몰아붙이는 것에 취해, 자신의 잘못을 인정하고 말았다. 그 순간, 어둠이 덩어리 채 예진을 덮쳐 왔다. 밀도 높은 어둠은 예진의 코와 입술 사이로 마구 밀려들어 와 숨통을 조였다.

"맞아요, 저도…… 다를 바가 없겠죠."

살려줘, 라고 말하고 싶었다. 소리 없이 일어나는 소희에게, 살려달라고, 이 어둠에서 끌어내 달라고 외치고 싶었다. 하지만 목소리가 나오지 않았다.

"그럼 가 보겠습니다."

목적을 다 했다는 듯, 소희는 미련 없이 돌아섰다.

달그락—

소희의 발에 채인 자갈이 소리를 냈다. 발소리가 점점 멀어졌다. 그제야 예진은 어둠을 뚫고 소리를 낼 수 있었다.

"아아아아아아아아아!"

달그락— 달그락—

소희가 가까워질수록 자갈돌이 움직이는 소리도 커졌다. 그 소리가 아니었더라면 소희를 유령이라고 생각했을 것이다. 소희는 마치 생을 다한 사람처럼 힘없이 움직이고 있었다.

옅은 베이비파우더 향기가 코끝을 스쳤다. 향기를 남기고, 소희는 윤성을 스쳐 지나갔다. 소희가 윤성을 발견했는지, 발견하지 못했는지는 윤성도 알 수 없었다. 윤성이 아는 것이라고는, 자신 때문에 소희 역시 큰 상처를 입었다는 것이었다.

"아아아아아아아아아아!"

예진이 지르는 비명 소리가 어둠에 파묻혔다. 윤성은 두 손을 주머니에 찔러 넣고 조용히 어둠을 노려봤다. 저 어둠 속 어딘가에 예진이 있을 것이다.

희주의 죽음 후, 윤성만큼이나 물을 무서워하게 된 예진이었다. 그런 예진이 강변에 앉아 있다는 것은, 그만큼 오늘의 일 때문에 충격을 받았다는 뜻이다.

오늘의 일.

"하아."

알고 있었다. 예진이 한 짓이 아니라는 걸. 소희는 절벽 근처에 서 있었다. 예진이었다면 어설프게 돌로 머리를 치느니, 절벽에서 밀어버렸을 것이다. 희주가 죽은 후, 예진은 죄에 대한 감각이 사라졌으니까.

'소희야.'

소희가 그렇게 극단적인 행동을 한 이유는, 윤성을 위해서일 것이다. 윤성의 오명을 씻어 주기 위해, 모든 것을 예진의 탓으로 돌리기 위해, 그런 행동을 한 것이 분명하다.

그래서 괴로웠다.

소희는 그래서는 안 됐다. 어릴 적 보았을 때처럼 순수하고 맑게 남아 있어야만 했다.

'내가…… 확실히 했어야 했는데.'

이제 와서 후회해 봐야 아무 소용없다는 걸 알지만, 후회가 되는 건 어쩔 수 없었다. 태훈이 강하게 이 마음을 찍어 누르려 할 때, 확실하게 눌러 없앴어야만 했다. 그러질 못하는 바람에 예진에게도, 소희에게도 상처를 주고 말았다.

'차라리 그때 내가 죽었더라면.'

부질없는 소망을, 다시 한 번 품어보았다.

깊고 빨랐던 물살, 코와 입으로 벌컥벌컥 들어오는 비릿한 물, 고통스럽게 쿨럭거리는 허파, 벌컥벌컥 뛰는 심장, 빠져가는 힘.

그때 그냥 힘을 완전히 뺐어야만 했다. 도움을 청하지도 말고, 허우적거리지도 말고, 물살에 몸을 내맡겼어야 했다.

그러면 희주는 살아남았을 것이고, 예진은 조금 슬퍼했겠지만 곧 정신을 차렸을 것이다. 언젠가 슬픔을 극복하고 다정한 남자를 만나 행복한 미래를 꿈꾸었겠지. 예진도, 소희도.

"ㅇㅎㅎㅎㅎㅎㅎㅎ. ㅎㅇㅇㅇㅇㅇ."

예진의 비명이 어느새 흐느낌으로 변했다. 예진이 앉아 있는 곳을 정확하게 찾아낼 수가 없었다.

어떻게 해야 할까. 늘 그랬듯이 다가가서 안아 줘야 하는 걸까. 괜찮다고, 옆에 있어 주겠다고, 나만은 네 편이라고, 그렇게 말해 줘야 하는 걸까.

그렇다면 변할까. 동생이 빠져나간 예진의 가슴이 다시 채워질까.

'아니, 그럴 리 없지.'

혈육의 죽음으로 인한 구멍은 그 무엇도 대신 채워 줄 수 없다. 그것은 스스로 노력해서 무언가를 채워 넣고, 다져 넣고, 꾹꾹 눌러 견고하게 만들어야 하는 것이다. 마음의 상처와 슬픔을 치료하기 위해, 타인에게 기대서는 안 된다.

예진은 기대려고 했고, 윤성은 버팀목이 되어 주려 했다. 언젠가 그 뚫린 가슴을 채워 줄 수 있을 거란 오만한 생각을 했기에, 모든 것이 뒤틀려 버렸다.

그것을 눈치챈 소희는 이런 극단적인 방법을 선택한 것이다. 서로에게 의미 없이 기대어 있는 두 사람 중 한 명을 억지로 떼어 내는, 극단적이지만 현명한 방법. 한 사람이 쓰러지더라도 내버려 두고, 남은 한 사람만을 구하는 매정하지만 확실한 방법.

"10년 후에."

생각에 잠겨 있느라, 바로 옆에 누군가 와서 서 있다는 것도 몰랐다. 돌아보지 않고도 낮은 음성의 주인공을 알 수 있었다.

"후회하지 않게."

재현이었다.

늘 소희와 함께 다니는, 정직한 눈동자를 가진 남자.

"라고 말하더군요."

"그래."

"선배님도 10년 후에 이 순간을 후회하지 않았으면 좋겠습니다."

고개를 돌려 재현을 응시했다.

소희를 향한 재현의 마음은 알고 있었다. 윤성도 같은 마음이니까 얘기를 해 보지 않아도 그 정도쯤은 알 수 있다.

"소희가 널 사랑했더라면 좋았을 텐데. 그랬더라면 소희가 상처받는 일은 없었겠지."

"일어나지도 않은 일을 꿈꾸는 건 바보 같은 짓이죠. 난 앞으로 최선을 다해 소희의 마음을 얻을 생각입니다. 선배님은……."

윤성 쪽으로 얼굴을 돌린 재현과 눈이 마주쳤다. 재현의 눈동자는 깊고 곧았다. 같은 남자임에도 설렐 만큼 건실한 눈동자가, 윤성을 똑바로 응시했다.

"어쩔 생각이십니까?"

윤성은 그에게서 시선을 떼며 입술을 달싹거렸다.

"나는……."

자기 목소리 같지 않은 음성이 흘러나왔다.

*　　*　　*

집에 들어가자 태훈이 소파에 있었다. 말없이 현관문을 닫고 방으로 향하는데, 태훈이 말했다.

"앉아."

소희는 빙글 돌아서 소파로 향했다. 태훈은 다리를 꼬고 팔짱을 끼고 있었다. 하지만 험악한 기세는 아니었다. 오히려 괴로워 보였다. 그 괴로움의 이유를, 소희도 알 것 같았다. 그래서 가만히 그의 맞은편에 앉았다.

아랫입술을 잘근 깨물었다. 사실은 도망치고 싶었다. 태훈이 하려는 그 어떤 이야기도 듣고 싶지 않았다. 그저 조용히 방에 들어가 침대에 누워 있다가, 그렇게 사르르 녹아 없어지고 싶었다. 누구도 사랑하지도 않고, 누구에게도 사랑받지 않는 무(無)의 상태가 되고 싶었다.

"다쳤다며?"

어떻게 알았느냐는 질문은 무의미했다. 태훈은 어디에나 눈이 있고, 어디에나 귀가 있다. 아마 태훈과 친해지고 싶어 하는 학생 중 몇 명이 미주알고주알 떠들어댔을 것이다.

"응."

"흉터 남는대?"

"모르겠어. 남을지도, 어쩌면 남지 않을지도."

"왜 그랬냐?"

"뭘?"

"왜 그런 짓을 한 거야?"

고개를 들었다. 태훈의 미간에 옅은 주름이 생겼다.

"내가 뭘?"

"차소희. 나한테는 안 통해."

"그러니까…… 뭐가?"

무의미한 발버둥을 쳤다. 태훈은 어깨가 들썩일 정도로 깊은 한숨을 내쉬었다. 소희는 그런 태훈을 차마 똑바로 볼 수가 없었다.

늘 과격한 태훈이 저런 표정을 짓는 것은 처음이다. 차라리 평소처럼 언성을 높이고 욕을 하고 머리라도 쥐어박으면 좋을 텐데. 이래서야 거짓말을 하는 것도 쉽지가 않다.

태훈은 소희가 말하기를 기다리는 듯 입을 열지 않았다. 무거운 침묵이 내려앉아, 소희를 짓눌렀다. 숨이 막혔다. 물에 빠진 사람처럼 헐떡거리다가 눈을 감았다. 어젯밤 보았던 어둠이 순식간에 소희를 잠식했다.

"윤성 선배의 힘이 되고 싶었어."

"……."

"윤성 선배의 오명이라도 벗겨 주고 싶었어. 언제까지고 욕먹으면서 살게 할 수는 없잖아. 주예진 동생이 윤성 선배를 구하다 죽었다고 해서, 그게 윤성 선배 죄가 되는 건 아니잖아. 불행한 사고였을 뿐이야. 그런데 왜 윤성 선배가 그걸 다 감당해야 돼? 왜 윤성 선배가 자기 인생을 포기해야 돼? 난 그게…… 정말 이해가 안 되고 가슴이 아파서, 그래서 도와주고 싶었어."

"그래서?"

"그래서?"

번쩍, 눈을 떴다. 태훈은 눈을 감기 전과 다름없는 표정으로 소희를 지켜보고 있었다. 비난도, 분노도 없는 시선이 오롯이 소희를 향하고 있었다.

"그래서 뭐?"

"그래서 돌을 집어 들고 네 머리를 후려친 거야? 그걸 주예진이 한 짓으로 꾸미려고?"

"가지치기야."

"……."

"윤성 선배랑 주예진은 기이한 관계가 되어서 서로에게 기생하고 있어. 둘 다 서로에게 도움이 되지 않는 관계야. 하지만 둘 다 구할 순 없어. 한쪽을 떼어 내야만 했어."

"그래서 주예진을 떼어 내기로 했어?"

"응. 윤성 선배는 잘못이 없지만, 주예진은 잘못이 있으니까. 문지영이라는 분한테도 그런 짓을 했으니까. 그러니까 주예진을 떼어 내는 게 맞잖아. 안 그래?"

"그래, 맞아. 둘 중 하나를 떼어 내야만 하기는 했지."

"과 사람들도 알게 됐어. 주예진이 윤성 선배의 약점을 잡고 휘두른다는 거. 그래서 윤성 선배를 보는 눈이 달라졌어. 윤성 선배 입장을 이해하는 사람들도 생겼고. 그러니까 조금씩 변할 거야. 사람들은 이 얘기를 다른 사람들에게 알릴 거고, 대학교 내에 퍼지겠지. 그러면 윤성 선배를 보는 눈빛도 달라질 거야."

"그래, 달라지겠지."

"그러다 보면 윤성 선배도 알게 되겠지. 자기가 나쁜 짓을 한 게 아니라는 걸. 죄책감을 느낄 필요가 없다는 걸. 할 만큼 했다는 걸. 주예진을 떼어 내도 된다는 걸."

"그래, 알게 되겠지."

"그런데!"

소희의 음성이 높아졌다.

"대체 뭐가 문제야? 오빠, 왜 그런 눈으로 날 보는 거야?"

"소희야."

"왜…… 내가 뭘 잘못했어? 이게 맞잖아. 아니야?"

"……."

"내가 주예진을 벼랑에서 떠민 것도 아니잖아. 다친 사람은 한 명도 없어. 윤성 선배도, 주예진도 무사해. 이게 가장 깨끗한 방법이지 않아? 누구도 다치지 않고, 조용히 한쪽이 떨어져 나가는 거. 이거…… 틀렸어?"

"네가 다쳤잖아."

"그건!"

"네가 다쳤어, 소희야."

태훈이 일어났다. 소희는 아랫입술을 깨물고 태훈을 올려다봤다. 그는 천천히 걸어와 소희의 옆에 앉았다. 그리고 양손으로 소희의 볼을 감싸 자신을 보게 만들었다.

"소희야, 네가 다쳤어."

"이건 별거 아냐, 오빠. 몇 바늘 꿰맨 것뿐이야. 금방 나아. 흉터가 남는 대도 거의 안 보여. 이거 하나로 윤성 선배의 인생을 구할 수 있다면, 싸게 먹힌 거야."

"그래서?"

"그래서……라니?"

"그 싼값에 윤성이 형을 가져오고 싶었어?"

덜컥—

심장이 내려앉았다.

가장 듣고 싶지 않은 질문이었다.

“네 몸에 생채기 하나를 대가로, 윤성이 형을 손에 넣고 싶었어?”

“그, 그런 거 아냐!”

시선을 돌리고 싶은데, 태훈이 양 볼을 꽉 잡고 있어서 그럴 수가 없었다. 그래서 그냥 눈을 감아버렸다.

“그런 거 아냐, 그런 생각 안 했어.”

“거짓말 마, 차소희. 너는 그런 생각했어.”

“아니야!”

“넌 초조해졌을 거야. 윤성이 형이 곧 졸업하니까. 졸업하면 윤성이 형을 손에 넣을 방법이 없어지니까.”

“도울 방법이 없어져서 초조한 거였어.”

“너 자신을 속이지 마. 윤성이 형을 둘러싼 소문은 대학교 내에만 존재해. 졸업하면 윤성이 형이 소문에 시달리는 일은 없어.”

“하지만 주예진의 속박은 계속되잖아!”

“그럴 수도, 안 그럴 수도 있겠지. 시간이 흐르면 자연스럽게 멀어질 수도 있고, 주예진의 마음이 나아질 수도 있고.”

“안 그래. 오빠도 알잖아!”

“하지만 그럴 가능성은 있었어. 다만 너는 서둘러 윤성이 형과 주예진을 헤어지게 만들고, 형을 갖고 싶었던 거야."

"아니야!"

"정말 아니야? 조금도 그런 마음이 없었다고, 내 눈을 똑바로 보고 말할 수 있어?"

소희는 힘겹게 눈꺼풀을 밀어 올렸다. 고통스러운 듯한 태훈의 얼굴이 아주 가까운 곳에 있었다.

"나는……."

어떻게든 말하려 했다.

"나는……."

하지만 알고 있었다. 커다란 돌멩이를 집어 든 그 순간, 눈 한 번 깜빡이지 않고 관자놀이를 향해 돌을 휘두르던 그 순간. 자신의 내부에 있던 무언가가 툭 끊어졌음을, 소희는 알고 있었다.

"나는, 오빠…… 나는…… 윤성 선배를 정말로…… 정말로 사랑해."

태훈의 얼굴이 일그러졌다.

"그래."

"정말이야, 오빠. 그냥 정말로 사랑해서…… 그래서 윤성 선배를 자유롭게 해 주고 싶었을 뿐이야."

제 것 같지 않은 목소리가 변명을 흘려보냈다. 태훈이 그 말을 믿지 않는다는 걸, 소희는 깨달았다.

"소희야."

태훈이 고개를 저었다.

"그건 사랑이 아니야."

"……."

"네 몸에 상처를 내고, 주예진에게 덮어씌우고, 그렇게 해서 주예진을 털어 내고…… 그다음에 윤성이 형을 손에 넣고 싶었던 거잖아. 차소희, 네 몸의 상처로 윤성이 형을 속박하고 싶었던 거잖아."

"아……니야……."

"그런 거야, 소희야. 너는 네 몸에 상처를 내면, 윤성 형이 그걸 미안하게 여겨서라도 다시 한 번 고민할 거라고 생각하고 있었던 거야. 착한 사람이니까 갈등할 거라고, 넌 그런 생각을 한 거야."

"……."

"그건 소희야, 주예진이랑 똑같아. 주예진이 자기 동생의 죽음을 빌미로 윤성이 형을 감옥에 가둬 둔 것처럼, 넌 네 몸의 상처로 윤성이 형을 잡아두려고 한 거야."

"으으……."

상처 입은 짐승의 고통스러운 신음 소리가 들려왔다. 어디서 들리는 소리인가 싶었는데, 자신이 내는 소리라는 것을 깨달았다.

"너는 윤성이 형을 가질 수 있겠지만, 윤성이 형의 입장에선 바뀌는 게 없어. 발목에 채운 족쇄의 주인이 주예진에게서 너로 변하는 것뿐."

"아, 아니야."

"내 말이 맞다는 걸, 너도 알아. 알고 있으니까 그런 표정을 짓고 있는 거잖아."

고통과 회한으로 가득한 소희의 작은 얼굴이, 태훈의 눈동자 안에 갇혀 있었다.

"네 방법은 극단적이지만 옳은 방법이었어. 하지만 소희야."

태훈이 조심스레 팔을 뻗어 소희를 끌어안았다. 소희의 마른 몸을 단단히 보듬어 안고, 태훈이 속삭이듯 말했다.

"네가 윤성이 형의 발목을 잡는, 또 다른 속박이 되어선 안 돼. 지금 넌 사랑을 하는 게 아니야. 집착을 하는 거지."

* * *

문자가 온 것은 밤 11시가 막 지나서였다. 베개 옆에 놓아둔 휴대폰이 울리기에 무시했다. 아무것도 하고 싶지 않았다. 그대로 침대에 파묻혀 사라지고 싶었다.

몇 분 후, 다시 휴대폰이 진동했다. 이번에는 전화였다.

더듬더듬 휴대폰을 집어 들었다. 발신자를 확인하지도 않고 전화를 받았다.

"여보세요."

[나 윤성이야.]

"아!"

이름을 듣는 순간, 벌떡 일어나 앉았다. 심장이 쿵 떨어져 내렸다가 두근두근 뛰기 시작했다. 그런 일이 있었는데도 걸려온 전화 한 통에 마냥 좋다고 두근거리는 자신이 한심했다. 하지만 심장의 움직임을 원하는 대로 바꿀 수는 없었다.

"네, 선배님."

[혹시 자고 있었던 거야?]

"아뇨. 그냥 누워 있었어요."

[그래. 나 지금 너희 집 앞인데, 잠깐 볼까?]

우리 집을 어떻게 아느냐고 물으려다가, 윤성과 태훈이 고등학교 선후배 관계였다는 것을 떠올렸다.

"네, 선배님."

윤성이 보고 싶었다. 혹시라도 그가 말을 바꿀까 봐 서둘러 대답했다.

[응, 기다릴게.]

"네, 바로 나갈게요."

용건이 끝났지만 먼저 전화를 끊고 싶지 않았다. 그래서 윤성이 먼저 끊도록 가만히 들고 있었다. 전화는 여전히 통화 중. 한참 망설이다가 종료 버튼을 눌렀다.

화장이라도 좀 하고 나가야 할까, 옷을 갈아입을까, 머리를 새로 해야 할 텐데. 옷장에 붙어 있는 전신 거울 앞에 서서 허둥지둥하다가 쓴웃음을 흘렸다.

'내가 뭘 하고 있는 거지? 뭘 기대하는 거야?'

태훈이 했던 말이 떠올랐다.

"또 다른 속박이 되어선 안 돼."

하지만 그렇게라도 윤성의 옆에 있고 싶었다. 이게 과연 집착일까? 사랑이라고 부르면 안 되는 감정일까? 그저 윤성에게 부담만 되는, 그런 감정인 걸까?

소희는 거울을 보며 심호흡을 거듭하다가 방문을 열었다. 거실에는 여전히 태훈이 있었다. 태훈은 소파에 비스듬히 앉아 소희의 방문을 노려보고 있었다. 감시라도 하듯이.

"어디 가?"

"선배님…… 만나러."

솔직하게 말했다. 만약 여기서 태훈이 말리면 이대로 끝내자. 이 마음, 접자.

"그래."

하지만 태훈은 말리지 않았다.

"다녀와."

태훈이 순순히 허락하는 바람에, 손가락 끝이 차게 식었다. 안 좋은 예감이 들었다. 아니, 애초에 좋은 예감을 품은 것부터가 사치였다.

소희는 울음을 삼키며 신발을 신었다. 자신이 한심하고 초라했다. 결말을 알면서도, 그저 좋다고 뛰어나가는 꼴이 처량해서 웃음까지 나왔다.

현관문을 나와 넓은 마당을 걸어가 대문을 열었다. 윤성은 대문 앞에 서서 소희를 기다리고 있었다.

그의 얼굴에는 옅은 미소가 묻어 있었다. 슬픔이나 고통 따위는 조금도 묻어 있지 않은 순수한 미소였다. 비로소 소희는 그가 찾아온 이유를 확신했다. 그러나 마음 한구석에 자리 잡은 작은 희망은 좀체 사라질 생각을 하지 않았다.

"소희야."

그의 음성이 좋았다.

선배들이 권하는 술이 버거워 바람을 쐬러 나온 그 서늘한 3월 밤의 골목. 거기서 처음 들었을 때부터, 그의 음성이 참 좋았다.

"애써 줘서, 고마워."

그 순간 깜빡거리던 작은 희망이 파스스 사라져 버렸다.

"정말 고마워, 소희야."

"그런 말……하지 마세요. 하지 마세요, 선배님. 제가 무슨 짓을 했는지 알면서, 고맙다고 하지 마세요."

"하지만 고마우니까. 감사 인사는 해 두고 싶었어."

"왜 고마워요? 전 주예진 선배랑 같은 방법으로, 선배님을 얻으려고 했어요. 비열하고 끔찍한 욕심쟁이였어요. 그저 선배님 옆에 있고 싶다는 이유로, 선배님 입장은 생각도 안 하고 제멋대로 굴었다고요. 그런데 왜 고맙다고 해요? 이럴 땐 화내야죠. 욕

해야죠. 주예진 같은 여자, 두 명이나 필요 없다고 경멸해야죠."

"내가……."

윤성의 음성이 가늘게 떨렸다. 목이 메는 듯했다.

"어떻게 너한테 화를 내고, 욕을 해? 내가 어떻게 널 경멸해? 난 그런 거 못 해."

"왜 못해요? 왜 그렇게 착해요? 왜, 왜 선배님은 그렇게 착한 거예요?"

"착하다니…… 누가 누구한테 하는 소리인지."

그러면서 윤성은 곤란하다는 듯 웃었다. 눈썹을 살짝 늘어뜨리는, 그의 눈웃음이 좋았다.

"죄송해요, 선배님. 저는 선배님한테 부담을 줄 생각이 없었어요. 그저……."

"소희야."

윤성이 소희의 말을 끊었다.

"이제 그만해도 돼."

파사삭—

소리가 들렸다.

무슨 소리일까?

"그만해도 괜찮아."

화르륵—

또 소리가 들렸다.

이건 무슨 소리일까?

"예진이가 내 발목을 잡은 게 아니야. 내가 예진이를 선택한 거야."

깨달았다.

"소희야, 나는 예진이 곁에 있을 거야. 그 애가 날 원하지 않을 때까지."

이 소리는,

"이건 내 선택이야."

말라붙은 심장에 이루어지지 못할 사랑이란 이름의 불이 붙어,

"그러니까 소희야."

새까맣게 타는 소리였다.

"날 그만 잊어."

이마에 닿은 그의 입술은 무척이나 차갑고 메말라 있었다. 짧은 입맞춤이었지만 낙인이 찍힌 듯 잊히지 않을 감각이었다. 소희의 평생을 함께할 낙인을 남긴 후, 그는 미련 없이 돌아섰다.

빠르지도 느리지도 않게 어둠 속으로 걸어가는 그를, 소희는 더는 붙잡을 수 없었다.

* * *

"심장이 타버리면 뭐가 되는지 알아?"

소희는 고저 없는 목소리로 말을 이어 갔다.

"재생이 돼. 재생이 된 심장에 또 불이 붙고, 새까맣게 타고, 또다시 재생이 되지. 그렇게 재생과 소멸을 반복하면서, 끊임없이 가슴을 후벼 파는 거야."

"……."

"선배가 졸업하고 벌써 6개월이 지났어. 안 보면 심장도 더 이상 재생하지 않을 줄 알았어. 평생 뻥 뚫린 가슴으로 살아가도 되니까, 고통에서는 좀 벗어나고 싶었어. 그런데 이 심장은 참 질기기도 하지. 어찌나 순식간에 재생을 해서 또다시 불타버리는지."

소희의 입가에 자조적인 미소가 번졌다가 사라졌다.

"매일매일 생각해. 그날, 내가 그런 짓을 하지 않았더라면 뭔가가 달라졌을까. 난 변하지 않고 순수한 채로 남아 있었을까. 그런데 있지, 늘 같은 답이야. 난 그때로 되돌아가게 되면, 또 그걸 할 거야. 나는 사실, 그때의 일을 후회하지 않아."

"……."

"후회하지 않는데도 고통스러운 이유를 모르겠어. 보통은 후회해야 고통스러운 법이잖아. 선배를 위해 아무것도 안 하면 분명 후회할 것 같아서, 선배가 졸업하기 전에 뭐든 해 보고 싶었어. 그래, 태훈이 오빠 말대로 선배를 갖고 싶기도 했어. 그게 실패했고, 내 짝사랑은 그렇게 끝난 거야. 그런데 왜 이렇게 아픈 걸까? 왜 난 미련을 못 버리는 걸까?"

소희는 짧게 깎은 머리에 단정한 외모를 가진 남자를 바라보며 물었다.

"연준아. 내가 뭘 어떻게 해야, 이 고통에서 벗어날 수 있을까?"

군복을 입고 군 휴게실에 앉아 조용히 소희의 말을 경청하던 연준은, 길게 한숨을 내쉰 후 부드럽게 말했다.

"일단은 좀 우는 게 좋겠다, 소희야."

펑펑 우는 소희를, 연준은 가만히 지켜봤다. 면회용 휴게실에 있던 사람들이 흘끔흘끔 쳐다봤지만 신경 쓰지 않았다.

21살이 되고 8개월이 지났다. 더운 여름, 매미가 시끄럽게 울어 대는 계절이었다.

온다는 얘기도 없이 면회를 와서 깜짝 놀랐는데, 생각지도 못한 짝사랑 이야기에 더 깜짝 놀랐다. 하지만 연준을 가장 놀라게 한 것은, 소희의 변한 모습이었다. 싱그러운 풀잎 같았던 소희는 아무것도 담지 않은 얇은 유리병처럼 변해 있었다. 생기가 넘치던 눈동자는 공허했고, 늘 상기되어 있던 통통한 볼은 창백했다.

처음 면회실에 들어와 멀리 앉아 있는 소희를 발견했을 때, 다른 사람인 줄 알고 그냥 지나칠 뻔했다.

"미안해."

간신히 울음을 멈춘 소희가 코를 훌쩍거리며 말했다.

"미안해, 연준아. 군 생활 하느라 힘들 텐데 이런 소리나 늘어놓고. 정말 미안해."

"아니, 그런 건 괜찮아."

"미안해, 정말. 그런데 재현이한테는 도저히 말할 수가 없었어."

재현에게 말하지 못하는 이유를, 연준은 알 것 같았다. 아마도 소희가 재현의 마음을 알게 된 모양이다. 자기를 짝사랑하는 남자에게, 자신이 짝사랑하는 남자에 대한 이야기를 할 수는 없었겠지.

"그래. 재현이 군대 갔다면서?"

"응. 얼마 전에 자대 배치받았다고 연락 왔어."

"딱 힘들 때겠네."

"응."

소희는 가방에서 주섬주섬 티슈를 꺼내 퉁퉁 부은 눈가를 닦았다.

"넌 어때? 여름이라 더 힘들지?"

"겨울보다는 나아."

"겨울에 눈 많이 와?"

"엄청 많이 오지. 매일 눈 치우고, 또 치우고, 그런데 또 쌓이고. 눈과의 전쟁이야."

"진짜 힘들겠다. 동상은 안 걸렸어?"

"응. 안 걸렸으니 멀쩡하게 너랑 마주 보고 앉아 있지."

"그건 그러네."

소희가 힘없이 웃었다. 잠시 침묵이 흘렀다.

"아, 연준아. 배 안 고파?"

소희가 이제야 생각났다는 듯 물었다.

"그러게. 슬슬 배고플 시간이긴 하네."

"뭐 시켜먹을까? 시켜먹을 수 있지?"

"저 안으로 들어가면 분식집 있어."

"우와, 군대 안에 분식집도 있어?"

"응. 삼겹살에 감자탕까지 팔아."

"신기하다. 군부대 안에는 아무것도 없는 줄 알았는데."

소희와 함께 안으로 걸어 들어갔다. 토요일이라서 자유 시간을 갖는 군인들이 여기저기 돌아다니고 있었다. 소희는 눈에 띌 만큼 예뻐서, 걷는 내내 군인들의 시선을 받았다. 하지만 본인은 그런 것에 대한 의식이 전혀 없는 듯했다.

분식집을 향해 걸어가는 동안, 소희의 사촌이라는 태훈이 한 이야기에 대해 생각해 봤다.

소희의 행동이 과연 잘못된 것일까?

태훈의 말대로 소희는 예진처럼 윤성을 속박하려 한 것일까?

잘 모르겠다. 확실히 예진에게 누명을 씌우기 위해 자해를 한 소희의 행동은 과격했다. 어쩌면 그 극단적인 행동으로 인해, 윤성이 예진에게 느꼈던 죄책감을 소희에게도 느끼게 될지도 몰랐다.

'하지만 내가 그 선배 입장이라면…… 소희한테 고마웠을 거야. 그 선배가 마지막에 소희한테 고맙다고 한 말은 진심이었겠

지.'

분식집 안은 점심을 먹으러 나온 군인들로 붐볐다. 간신히 구석에 자리를 잡고 앉았다. 군인들이 힐끗힐끗 소희를 훔쳐봤다.

'애가 예쁘긴 한가 보네.'

처음부터 친구라고 선을 그어놔서인지, 소희에게 이성으로서의 마음은 생기지 않았다. 그러고 보면 사람 마음이라는 게 참 신기하다. 소희는 연준의 눈에도, 재현의 눈에도 똑같이 보일 것이다. 소희의 행동도 연준에게나 재현에게나 똑같았다. 그런데 '사랑'과 '우정'이라는 마음은 대체 어디서 어떻게 갈리는 걸까?

왜 어떤 남자는 소희를 사랑하게 되고, 어떤 남자는 소희를 친구로만 생각하게 되는 걸까.

이건 아마 심리학을 아무리 공부해도 알 수 없을 것이다.

'사랑해도 되는 사람만 사랑하고, 서로 통할 수 있는 사람만 사랑할 수 있으면 아무도 고통받지 않겠지. 그게 불가능해서 사랑이라는 게 더 감미로운 건가?'

삼겹살 2인분과 된장찌개, 공깃밥 두 개를 시켰다. 삼겹살은 냉동이었지만, 군대 안에서 먹는 건 뭐든 맛있다. 자글자글, 맛있는 소리를 내며 삼겹살이 익어갔다.

"얘기 좀 해 봐."

연준의 말에, 불판을 노려보고 있던 소희가 고개를 들었다.

"응?"

"네 얘기, 좀 더 해 보라고."

"재미없잖아."

"남의 사랑 얘기만큼 재미있는 게 없지."

연준의 말에 소희가 피식 웃었다.

"넌 참 좋은 친구야."

"갑자기 뭔 소리야?"

"넌 원래 남 얘기에 관심 없잖아."

"관심 많아. 친한 친구 얘기에는."

노릇하게 익은 고기 한 점을, 소희가 연준의 밥 위에 얹어 주었다.

"많이 먹어."

"그래. 많이 먹을 테니, 얘기나 해 봐."

소희는 좀 더 얘기할 필요가 있었다. 가슴에 꽉꽉 눌러둔 타버린 사랑에 대한 이야기, 재현에게도, 태훈에게도 하지 못했을 것이다. 어떻게 보면 소희의 치부라고도 할 수 있는 이야기.

연준을 찾아온 이유는 아마도 연준이 군대 안에 있기 때문일 것이다. 부대 안에 갇혀 있는 군인이라는 위치가, 바로 옆에 있는 지인들과 다른 특수성을 부여했으리라.

그러니까 소희가 좀 더 이야기했으면 했다. 시간이 흐름을 잊은 이 공간에, 다 털어놓고 갔으면 싶었다.

"멍석 깔아주니까 무슨 말을 해야 할지 모르겠어."

"그냥 아무 말이나 해 봐."

"음. 그냥 몇 가지…… 하고 싶었던 것들이 있어."

"응."

"윤성 선배를 짝사랑하게 됐을 때, 그러니까…… 내 마음이 아직 괜찮았을 때. 난 윤성 선배에게 애인이 있다는 걸 알면서도, 바보처럼 몇 개의 꿈을 꿨어."

"응."

"손을 잡고 거리를 걷고 싶어. 지나가다가 가판대에서 파는 물건을 구경하고 싶어. 다리가 아프면 근처에 있는 아무 카페나 들어가서, 커피 한 잔 시켜놓고 나눠 마시고 싶어. 굳이 대화를 할 필요는 없을 것 같아. 그냥 같이 있다는 사실만으로 참 좋을 테니까."

소희가 꿈을 꾸는 듯한 표정으로 말했다. 이곳에 와서 처음으로, 소희는 산 사람 같은 표정을 짓고 있었다.

"그러다가 배가 고파지면 뭘 먹을까, 뭐 먹고 싶어, 그렇게 서로에게 물어보는 거야. 오빠 먹고 싶은 거, 네가 먹고 싶은 거, 그렇게 싸움 아닌 싸움을 하다가 뭐든 먹으러 가겠지. 분식도 좋고, 근사한 레스토랑도 좋아. 뭘 먹어도 맛있을 테니까. 나와서 소화나 시킬까, 하고 또 걷는 거야. 이렇게 더운 날이어도, 손을 꼭 잡고 걷겠지."

"응."

"어느 날에는 동물원도 가고 싶어. 때론 놀이공원에 가서 신나게 사진도 찍고 싶고. 거리에서 파는 핫도그를 먹으면서 두리번거리고 싶어. 커플티를 사서 입고 싶고, 커플 운동화에 커플링까지 맞추고 싶어. 가끔 선배에게 연락하는 여자 때문에 질투도 하고, 너나 재현이 때문에 선배도 질투를 하고. 조금 싸우다가 화해하고."

"응."

"키스를 하고 싶어. 내가 하고 싶을 때마다 마음껏. 꽉 끌어안고 싶고, 안기고 싶어. 손가락 하나하나에 다 입을 맞춰 주고 싶고, 이마에도 볼에도 키스를 퍼붓고 싶어. 어느 날에는 단둘이 바다로 여행을 가는 거야. 어쩌면 하루 자고 올지도 모르겠어. 근사한 호텔 같은 건 필요 없어. 모래사장이라도 괜찮아. 나란히 누워서 밤이 새도록 속닥속닥 대화를 하다가 스르륵 잠드는 거야. 그리고 눈을 떴을 때, 옆에 선배가 있는 거지."

소희의 눈가가 붉어졌다.

"그렇게 사귀다가 사랑이 더 많이 깊어지면, 결혼 이야기가 나오겠지. 우리 결혼할까, 평생 함께하자. 그런 얘기를 하고, 집안끼리 이야기가 오가고…… 나는 선배 손을 잡고 예쁜 웨딩드레스를 보러 다닐 거야. 축하를 받으면서 결혼을 하고, 그리고 매일…… 눈을 뜨면 선배 얼굴을 볼 수 있겠지."

"……."

"연준아, 나는…… 바보처럼 이렇게 많은 걸 꿈꿨어."

"바보 같지 않아."

연준은 바싹 익은 삼겹살을 소희의 밥 위에 얹어 줬다.

"사랑을 하면 원래 그런 걸 꿈꾸게 되니까. 연예인을 보면서 그런 꿈을 꾸는 애들도 있는데, 너 정도면 양호하지."

"그런가?"

"그래. 양호해. 평범한 거야, 그 정도는."

"그래?"

"응. 넌 그냥 남들 다 하는 평범한 짝사랑을 했고, 고백을 했고, 차인 것뿐이야. 대단할 거 없어."

"정말?"

"응. 하나도 안 대단하고, 하나도 안 이상해."

"아, 그래. 정말 다행이다."

소희가 애달프게 웃었다.

"그러니까 많이 먹고 살 좀 찌워. 안 그래도 말랐었는데 더 말랐다."

"응, 많이 먹어야지."

소희가 열심히 먹는 모습이 안쓰러워 보였다. 어떻게든 힘을 짜내기 위해 노력하는 것 같아서 안타까웠다.

그 싱그럽던 애가 왜 이렇게 되어 버린 걸까. 도대체 사랑이 뭐라고.

식사를 다 하고 고깃집에서 나와 다시 면회실로 돌아갔다. 자판기 커피를 두 잔 뽑아, 한 잔을 소희 앞에 내려놨다. 소희는 연갈색 액체를 물끄러미 응시하다가 물었다.

"연준아. 나 이제 뭘 해야 될까?"

사람이 큰 감정의 변화를 겪고 나면 목표를 상실하게 된다.

소희는 윤성과 사귄 것이 아니지만, 그래도 1년 가까이 짝사랑을 했다. 그가 빠져나간 공백이 상당히 클 것이다.

"강윤성 선배를 만나기 전에. 네가 막 대학교에 입학했을 때, 아니다. 우리가 신입생 오리엔테이션을 갔을 때. 그때, 넌 뭘 하고 싶었어? 대학 입학하면 꼭 하고 싶었던 거."

소희는 몇십 년 전의 일을 떠올리기라도 하는 듯 미간을 모으고 한참 생각했다.

"나는……."

소희의 도톰한 입술이 벌어졌다.

"유럽에 두 달 동안 여행을 가고 싶었고, 장학금을 받아보고 싶었고, 그리고…… CC를 해 보고 싶었어."

"그래."

연준은 잠시 망설이다가 소희의 옆으로 자리를 옮겼다. 그리고 가까이에서 소희를 마주 보며 말했다.

"그럼 일단 여행을 가고, 공부를 해. CC를 하는 건, 장학금 받은 후에 생각해 보고."

* * *

"MT에서 돌아온 그날, 나는 예진이랑 같이 예진이네 집으로 갔어."

작은 잔에 담긴 투명한 액체를 응시하며, 윤성이 말했다.

"예진이가 그렇게 불안해하는 건 처음이었어. 아마 내 변화를 눈치챘을 거야. 갠 희주가 죽은 후 아무것도 보지 않으려고 했는데, 소희가 장막을 거둬버린 거야. 볼 수밖에 없었던 거지."

"……."

"떨고 있었어. 더운 날도 아닌데 이마는 땀으로 젖었고, 입술은 파랗게 질려 있었어. 내가 뭘 하려는지 알고 있는 것처럼. 하지만 평소처럼 날 닦달하지 않은 건, 아마도 소희 덕분이겠지. 내 안에서도, 그 애의 안에서도 뭔가가 깨져 버린 거야. 아니, 깨진 건 아니더라도 금이 간 상태였어. 살짝 건드리면 산산조각이 날, 위태로운 상태."

"그랬겠지."

한 잔의 소주를 입에 털어 넣고, 태훈이 대꾸했다.

"다들 깨질 유리처럼 대했는데, 소희가 온몸으로 부딪쳤으니 무섭기도 했을 거야."

"응. 맞아. 예진이는 소희를 무서워하는 것 같았어. MT에서 돌아오는 내내, 소희랑 눈도 마주치지 못하더라."

"그래서? 무슨 일이 있었지?"

"나는 기다렸어. 예진이 아버지가 돌아오실 때까지. 예진이 부모님이 다들 오셨고, 평소처럼 날 반갑게 대해 주셨지. 마치 당신들 아들이라도 되는 것처럼."

"그래. 그 사람들은 그렇게 형을 속박하고 있었지."

"이해해야 돼. 날 살리다가 아들이 죽었으니까."

"이해는 하지만 도를 넘어섰어. 그들이 도를 넘어서게 만든 건 형이고."

"그래, 맞아. 난 적당히 끊어냈어야만 했어. 하지만 죄책감 때문에 그러질 못했지. 그래서 난 소희가 기회를 만들어 줬을 때, 끊어내야만 한다고 결심했어."

윤성은 그날 예진의 부모에게, 예진이 문지영에게 한 짓에 대해 이야기했다.

"병에 걸린 거라고 말했어. 마음의 상처가 깊어, 정신적으로 병이 생긴 거라고. 교수님들도 그렇게 말했다고. 전부 이야기했어."

"부정했겠군."

"응. 깜짝 놀랄 만큼."

"그들도 병에 걸렸으니까."

"응. 아들을 잃은 상처가 남아 있는데, 딸이 미쳤다는 말까지 들으니 더 견딜 수 없었을 거야. 난 그들의 상처를 헤집어놓은 거야."

"한 번쯤 그럴 필요가 있었어. 그래서?"

"욕을 들었고, 많이 맞았어. 원망도 들었고, 저주도 들었지. 쫓겨나기도 했고, 붙잡히기도 했어. 그들은 상처 입은 사람이 하는 모든 짓을, 나에게 했어."

"갈팡질팡했군. 쫓아내고 매달리고."

"응. 그래도 난 매일 찾아갔고, 되풀이해서 말했어."

"그들은 잊었겠지."

"응. 부정의 단계였어. 아예 내 이야기를 못 들은 것처럼 행동하더라. 아무것도 안 들리는 듯이."

"그 후에는 체념인가?"

"아니, 다시 분노였어. 예진이 아버지가 칼을 들고 날 찌르려고 했지."

"찔렸어?"

"그럴 리가. 예진이 아버지는 예진이만큼 병들어 있진 않았어. 그저 고통스럽고 슬퍼서 과격해졌던 것뿐이지. 날 찌르기 전에 예진이가 비명을 질렀고, 예진이 아버지는 정신을 차렸어. 그리고 체념."

"인정을 한 건 언제야?"

"3개월 전. 예진이 부모님은 인정의 단계에 들어섰어. 나한테 미안하다고 하시더라. 그러고 나서 예진이는 억지로 상담을 받으러 다니기 시작했어. 자살 소동이 몇 번 있었지. 차도로 뛰어들기도 하고, 전처럼 휘발유도 뿌렸어. 손목도 그었고……."

"안 죽었으면 됐지. 그래서 어떻게 됐어?"

"어제 예진이가 나를 불렀어. 나한테 이 사진을 주더라."

윤성이 지갑에서 사진을 한 장 꺼냈다. 예진이 V자를 하고 웃는 사진이었다. 그리고 그 뒤에는 작은 물보라가 보였다. 아마 확대하면 그 사이에 윤성과 희주가 허우적거리는 모습이 보일 것이다. 하지만 윤성이 가지고 있는 사진에서는 그저 강물만 보였다.

"이렇게 작아졌대."

"그래."

"그러니까 두 번 다시 보지 말자더라."

"그것참 잘 됐군."

태훈이 비아냥거렸다. 윤성은 씁쓸하게 웃으며 술잔을 기울였다.

"태훈아. 나는 예진이를 좋아했었어. 예진이는 솔직하게 내게 사랑을 고백해 왔고, 사귀는 동안 순수하게 나를 사랑해 줬어."

"그랬겠지, 처음에는."

"불행한 한 사건이 일어나서 많은 것이 뒤틀렸지만, 그래도 난 예진이를 싫어하지 않았어."

"좋아했던 것도 아니잖아."

"그래, 어느 순간 좋아하는 마음이 사라지긴 했지."

"그럼 잘 된 거야. 형이 죄책감을 느낄 필요는 없어. 주예진은 현실을 인정하고 받아들였어. 그리고 형을 놔줬지."

"응, 날 놔줬지."

윤성은 라이터를 꺼내 사진에 불을 붙였다. 사진이 화르락 타올랐다가 재가 되어 바닥으로 떨어졌다.

"하지만 나는 희주에게 평생 감사하면서 살 거야."

"그건 당연한 거고."

태훈이 윤성의 빈 잔에 술을 따랐다.

"아무튼 자유의 몸이 되었으니, 이제 뭘 할 거야? 소희한테 고백할 거야?"

윤성이 찰랑거리는 술을 젓가락으로 휘휘 저었다. 그러다가 문득 미소를 지으며 고개를 들었다. 그의 얼굴에 번진 애달픈 미소에, 태훈의 심장이 죄여왔다.

"첫사랑은 이루어지지 않는다더라."

윤성은 울고 있지 않았지만, 태훈의 눈엔 그가 오열하는 듯 보였다.

"소희는 내 찬란한 첫사랑이었어."

7장

27살, 추억 속의 사랑

인생이 어떻게 변할지는 아무도 모른다.

*　　*　　*

무엇이 되고 싶냐, 고 묻는다면 심리학자가 되고 싶었다. 어릴 때, 영화에서 범죄자들과 대담을 하는 임상심리학자의 모습이 무척이나 멋지게 보였다. 사람의 마음을 읽고 눈동자를 주시하며 대화를 하는, 그런 삶을 꿈꿨었다.

하지만 27살, 정신을 차려보니 소희는 임용고시에 합격한 영어 교사가 되어 있었다.

"네가 선생이라니…… 진짜 상상도 못 했다."

오래간만에 만난 연준이 말했다.

"난 네가 임상심리학 대학원에 진학한 게 더 놀라운데. 너, 군대 가기 전에 미래를 다시 생각해볼 거라고 했잖아."

"어, 그렇긴 한데…… 역시 난 사람 마음을 들여다보는 게 좋더라고. 봐도, 봐도 답이 없잖아."

"답 없는 게 좋아?"

"연구하는 재미가 있지. 계속 연구해도 끝나지 않을 테니까."

"너도 참 별종이야."

연준이 씩 웃었다. 옛날에는 모범생처럼 단정하게 하고 다녔는데, 최근에는 꽤나 멋을 부리게 됐다. 약한 펌을 한 댄디 컷 스타일이 연준과 잘 어울렸다.

"재현이는…… 잘 지내?"

아무렇지도 않은 척 물어보려 했지만, 끝이 떨렸다. 오히려 연준이 소희를 신경 써서 어깨를 으쓱하며 대답했다.

"잘 지내지, 뭐. 가끔 인터넷 뉴스 보면 알잖아."

"응, 알지."

알고 있다.

군대를 제대하자마자 소자본 창업을 한 재현은, 청년 실업가로 당당하게 성공했다. 작은 노점상으로 시작했는데, 지금은 몇 개의 지점을 가지고 있는 유명 카페의 대표다.

막 커피숍을 차렸을 때 어느 여성 잡지에서 예쁜 카페 인터뷰를 했고, 그때 재현의 얼굴이 공개가 됐다. 단지 그 이유뿐

만은 아니겠지만, 잘난 외모가 한몫한 것은 틀림없었다.

SNS가 활성화된 시대인지라, 재현의 얼굴은 금방 알려졌고 입소문을 탔다. 덕분에 커피숍엔 늘 사람이 넘쳤고, 지점을 냈고, 또 다른 지점을 냈다. 성공한 사업가가 된 재현은 여기저기 강연을 다니느라 바빴다.

하지만 이 자리에 재현이 없는 이유는 바쁘기 때문이 아니다. 재현과 소희는 더 이상 만나지 않는 사이가 되었다.

재현이 고백을 해 온 것은 24살 때였다.

"나는 더 성장할 거야."

노점상에서 번 돈을 모아 작은 커피숍을 개업했을 때였다. 개업하는 날 초대를 받아서 갔는데, 소희밖에 없었다. 아무도 없는 그 커피숍의 첫 손님이 된 소희에게, 재현은 말했다.

"네게 부끄럽지 않은 남자가 될 게. 나랑 함께해 줘."

재현의 마음은 알고 있었다. 대학생 때는 어렴풋이, 시간이 흐르며 또렷하게. 하지만 모르는 척했다. 사랑을 할 자신이 없었기 때문이다. 새까맣게 타 버린 심장은 누구를 향해서도 뛰지 않았다. 아니, 더는 재생하지 않아서 심장이 없는 인간이 된 기분을 느끼며 살아가던 중이었다.

"괜찮아. 내 옆에 있어 주기만 하면 돼."

소희의 대답을 예상했는지, 재현이 그렇게 말했다. 간절하게 응시하는 그의 눈동자를, 소희는 매몰차게 무시할 수가 없었다.

짝사랑이라는 것을 경험해본 소희였다. 심장이 까맣게 타들어 갈 정도로 지독한 사랑이었다. 매번 생각했다. 만약 윤성과 단 몇 개월이라도 사귀었다면, 이렇게 까맣게 타지는 않았을 거라고. 사귀어서 함께 지내다 보면, 어느 순간 상대에 대한 환상이 깨지는 순간이 오고, 그러면 이별이 그토록 끔찍하진 않았을 거라고.

그래서 재현의 마음을 받아 줬다.

그래, 나랑 함께 있어 봐. 짝사랑 상대 차소희가 아닌, 연인 차소희를 경험해 봐. 그러다 보면 내게 실망하는 날이 있을 거고, 미운 날도 있을 거고, 그렇게 스르륵 콩깍지가 벗겨질 거고, 그러면 어느 날엔가 나를 더 이상 사랑하지 않게 될 거야.

"받아 주지 말 걸 그랬어."

소희의 중얼거림에 연준이 피식 웃었다.

"받아 주지 않았어도 같은 결과였을 거야."

"정말 그랬을까?"

"그래. 그랬을 거야. 후회할 거 없어."

받아 주지 말 걸 그랬다는 생각을, 사귀게 된 순간부터 하기 시작했다. 재현은 소희를 사랑하고, 또 사랑해서, 그 벅찬 사랑을 오히려 소희가 감당하기 힘들어졌다. 소희의 마음이 굳어 있다는 것을 알면서도, 재현은 한결같이 소희를 바라봤다. 그의 검은 눈동자에 담긴 넘치는 사랑이 버거웠다. 늘 소희를 지켜보는 재현은, 소희의 불편한 마음을 알게 되었다.

"헤어지자."

이별을 고한 것은 재현이었다.

25살의 가을. 1년 조금 넘게 사귀었을 때, 재현이 말했다.

"나는, 소희야."

재현은 울지 않았다. 하지만 차라리 우는 게 나을 것 같은 미소를 짓고 있었다.

"네가 행복했으면 좋겠어. 그런데 그 행복을, 내가 줄 수 없어서 참 슬프다."

두 번 다시 만나지 말자. 우리는 친구로도 남을 수 없어. 그렇게까지 말하지는 않았지만, 그런 의미를 내포하고 있다는 것을, 소희는 알 수 있었다. 친구라는 이름으로 옆에 있어달라는 말은 할 수 없었다. 아마도 재현은 소희의 말을 들어 줬을 테지만, 그것은 재현에게 끔찍한 형벌이었을 것이다.

그때 뭐라고 대답했더라.

"너는? 너는 행복해질 수 있겠어?"

대답이 아닌 질문을 했다.

"최선을 다해서 행복해질 생각이야. 언제나 그랬듯이."

그게 마지막 대화였다.

그날 이후 2년이 흘렀고 재현과는 단 한 번도 마주치지 않았다. 때때로 인터넷 뉴스에 나오는 그를 보며, 잘살고 있다는 것을 짐작할 뿐이었다.

다만 소희는 알고 싶었다. 대외적으로 보이는 모습이 아닌, 그의 개인적인 모습을. 그가 진짜로 행복한지, 진심으로 웃고 있는지, 소희가 남긴 상처는 아물었는지.

"후회하지 말고, 너도 행복해져야지."

쓰디쓴 표정으로 술잔을 내려다보는 소희에게, 연준이 말했다.

"나는 행복해, 연준아."

심장이 까맣게 타버렸다고 해서 행복하지 않은 것은 아니었다. 사랑을 하지 못한다고 해서 불행한 삶인 것은 아니다. 어렵다는 임용고시에 합격했고, 집 근처의 고등학교에 발령을 받았다. 부르면 나오는 좋은 친구들이 있고, 금전적으로도 여유가 있어서 뭐든 가질 수 있다. 불행할 이유가 뭐가 있을까.

"그래, 뭐…… 불행하진 않겠지."

"응, 불행하지 않아."

"타 버린 심장은 어떻게 됐어?"

얘가 그걸 어떻게 알고 있을까, 하다가 오래전에 군대에 있는 연준에게 얘기한 적이 있다는 걸 기억해냈다. 그때가 떠올라 문득 웃음이 나왔다. 순진했던 시절이었다.

"그냥저냥 잘 버티고 있어."

"이제 안 아파?"

"설마 짝사랑 때문에 아직까지 아프겠어? 그런 우유부단한 남자 때문에 평생을 괴로워하기엔, 내가 너무 인기가 많아."

"그래, 연애는 잘하고 다니는 것 같아서 다행이다."

연애는 잘하고 있었다. 재현과 사귀기 전에도, 헤어진 후에도, 때때로 고백을 해오는 남자를 만나 연애를 했다. 그러나 긴 연애를 하지 못했다. 1년이 채 되기도 전에, 남자들은 이별을 고했다.

한 달 전 헤어진 1살 연상의 준호도 그 전에 헤어진 남자들과 같은 표정으로, 같은 말을 했다.

"넌 아무도 사랑할 수 없을 거야. 난 널 정말 사랑하지만, 이젠 나도 사랑을 받고 싶어."

관계에 있어서 늘 노력을 했다.

"뭐가 문제일까?"

"응?"

"왜 다들 내가 자기들을 사랑하지 않는다고 생각하는 걸까?"

"그게 사실이잖아."

"사실이긴 해. 하지만…… 내가 그걸 티 내는 건 아니야. 손을 잡고 거리를 걷고 얼굴을 보면서 웃고 충분히 대화를 해. 다른 여자들이 연애할 때 하는 모든 것을, 나도 내 상대랑 하고 있어. 그런데 왜 다들 내가 자기를 사랑하지 않는다고 생각하지?"

"다시 한 번 말해 줄게. 그게 사실이니까."

"티가 나는 걸까?"

"아무래도 티가 나겠지. 사랑하는 척과 진짜 사랑하는 건 다르니까. 눈빛부터가 확 다르거든."

"난 정말 노력했는데."

"그것부터가 문제야. 상대는 널 사랑하잖아. 그러니까 네가 노력하고 있다는 것도 눈치채게 돼. 그러면 고민하겠지. 왜 이 여자는 날 만날 때 이렇게 노력을 할까. 답은 금방 나와. 아아, 그래. 날 사랑하지 않는구나."

연준이 차갑게 느껴질 만큼 단호하게 말했다. 소희는 쓴웃음을 지으며 잔에 소주를 따랐다.

"그래, 나 정말 못됐다."

"못되긴. 사귄다고 해서 늘 쌍방의 마음이 같을 순 없는 게 당연해. 거리에 널리고 널린 커플 중에, 양쪽 다 사랑을 하는 경우는 거의 없을걸. 일반적으로 커플은 한쪽의 마음이 더 크기에 유지가 되는 법이야. 물론 둘 다 사랑하는 경우도 있긴 하지만."

"그건 참 슬픈 말이네."

"슬플 거 없어. 인간의 마음이라는 게 늘 상대와 똑같이 흘러갈 수는 없으니까. 네가 죄책감을 느낄 일도 아니고, 상대가 널 미워할 일도 아냐."

"연준아."

"왜?"

"넌 참 좋은 친구야."

"얼씨구? 눈웃음은 관두셔. 반할 것 같으니까."

"그렇게 말하면서도 나한테 안 반하는 게 참 좋아."

"반하겠냐? 네 가슴이 텅 비어 있는 걸 알고 있는데."

연준과 대화를 하는 게 좋았다. 연준은 소희를 조심스럽게 대하지 않았다. 늘 거침없이 아픈 곳을 찔러서, 소희는 오히려 후련함을 느꼈다.

"출근은 3월부터지?"

"응."

"예비소집은 어땠어? 동료 교사들, 괜찮든?"

"일단 나랑 똑같이 신입인 교사가 두 명 있었어. 여자, 남자 한 명씩. 여자는 나보다 나이가 어리고, 남자는 나랑 동갑."

"괜히 그 남자랑 정분 나지 마라. 사내 연애는 CC만큼이나 안 좋아."

"걱정 마셔. 나도 그 정도 생각은 하고 있으니까."

12시쯤 연준과 헤어져서 집으로 돌아왔다.

22살 겨울, 긴 해외여행에서 돌아온 소희는 독립을 했다. 부모님의 반대가 있었지만, 웬일인지 태훈이 소희의 편을 들어주었다. 아마도 태훈의 집과 윤성의 집이 너무 가깝기 때문이었을 것이다. 혹시라도 오가다가 마주치는 일이 없도록. 소희도 그런 생각에 독립을 했다. 태훈의 집에서 멀리 떨어진 곳으로.

부모님은 여자 혼자 살려면 방범이 철저해야 한다며, 좋은 집을 얻어 줬다. 45평짜리 방 4개인 아파트는 혼자 살기에 너무 넓었고, 청소하기가 힘들었다. 하지만 부모님이 이 집만큼은 양보할 수 없다고 했기에, 어쩔 수 없이 받아들였다.

"정말 별로야."

남들이 들으면 배부른 소리라고 하겠지만, 소희는 집에 들어올 때마다 생각했다. 넓은 집은 그만큼 공허하다. 문을 열자마자 어둠이 반겨 주는 게 싫어서 불을 켜놓고 다니는 게 습관이 됐다. 하지만 밝음만으로는 채울 수 없는 무언가가 있다.

온기라든가, 소리 같은 것.

가슴에 텅 빈 공간이 생긴 후부터 혼자 있는 것이 두려워졌다. 예전에는 조용한 방에서 혼자 책 읽는 것을 즐겼는데, 이제는 그것이 싫다. 아마 그날 이후로 일주일에 4, 5번은 약속을 잡고, 한 달에 1번은 여행을 다니기 시작한 것 같다.

천천히 씻고 천천히 머리를 말리고, 넓은 방에 들어와 침대에 누웠다. 눕자마자 휴대폰을 들어 메신저를 확인하고, 보내고, 떠들었다. 새벽 1시, 2시, 3시…… 잠을 자는 것이 두려워 저절로 잠들 때까지 메신저로 수다를 떨었다.

왜일까. 잠을 잔다고 세상이 변하는 것도 아닌데, 왜 이렇게 자는 게 두려울까.

아마도 잠들기 전 잠깐의 공백이 싫어서이리라. 그 잠깐, 오만가지 생각이 머릿속을 떠돌아 괴로워서이리라.

짝사랑이 끝나고 처음 몇 년은 매일 눈을 뜨면서부터 잠들기 전까지 윤성이 생각났다. 그런데 어느 순간부터 하루에 한 번 정도 생각나더니, 어느 날은 아예 생각을 안 하고 있기도 했다. 그렇게 빈도가 점점 줄어들다가 이제는 그를 생각하지 않는 날들이 더 많아졌다.

최근 몇 개월, 그를 떠올린 적이 없다.

'오늘은 생각났네. 연준이를 만나서 그런가?'

그를 떠올린다고 해서 특별히 가슴이 아프거나 하진 않다. 아마도 이 가슴이 뻥 뚫려 있기 때문일 것이다.

'자야겠지. 내일은 제주도에 가야 하니까.'

첫 출근을 하는 날까지 2주일 정도 남았다. 내일은 친구들과 제주도 여행을 가기로 했다.

'나는 대체 언제까지 이렇게 도망쳐야 하는 걸까?'

알고 있었다.

윤성을 떠올리진 않지만, 계속해서 도망치는 중이라는 것을. 그를 생각하진 않지만, 이 몸은 어느새 그에게서 도망치는 것에 익숙해졌다는 것을. 매일 바삐 약속을 잡는 것도, 피곤할 정도로 몸을 굴리는 것도, 전부 다 그에게서 도망치기 위한 부질없는 시도일 뿐이라는 것을.

그 사실을 너무나 잘 알기에, 이 뚫린 가슴이 메워지지 않는다는 것을, 소희는 알고 있었다.

*　*　*

"차 선생님!"

복도를 걸어가는데 뒤에서 발랄한 목소리가 소희를 불렀다. 지혜였다. 이번에 함께 신입 교사가 된 지혜는 굉장히 발랄해서, 교사라기보다는 학생 같을 때가 있었다.

"오늘도 도시락 안 싸오셨죠?"

"응. 이 선생은 오늘도 싸왔어?"

"오늘은 차 선생님 것까지 싸왔어요. 이따 같이 먹어요."

새 학기가 시작된 지 일주일이 지났다. 담임교사가 아니라서 아직은 학교에 익숙해지지 않았고, 학생들과도 어색했다. 다행히 싹싹한 지혜 덕분에 출근하는 게 싫지만은 않았다.

"와, 고마워. 기대된다."

"그죠? 제 사랑의 도시락이에요. 보고 깜짝 놀라지 마세요."

"다른 의미로 깜짝 놀라게 되는 건 아니겠지?"

"에이, 저 요새 신부 수업 중이에요."

지혜에게는 7년 사귄 남자 친구가 있었다. 고등학교 때부터 사귀기 시작했는데, 어쩌다 보니 이젠 결혼 얘기까지 나오고 있단다.

"어, 문 선생님이다. 불러 볼까요?"

복도 끝에 정원이 보였다. 정원도 이번에 함께 신입으로 들어온 소희와 동갑인 선생인데, 여자에 대한 면역력이 없는지, 여자 앞에만 서면 얼굴이 빨개졌다.

"그냥 둬. 우릴 불편해하는 것 같던데."

"사실 정원 선생님이 남중, 남고를 나왔대요. 대학도 공대라서 여자가 거의 없었고."

"소개팅도 한 번 안 해봤대?"

"여자 사귄 적 한 번도 없다던데요?"

"설마…… 문 선생님 정도면 훈남 아닌가?"

"훈남이죠. 지금 우리 학교 여자애들 아주 난리잖아요. 잘생긴 총각 선생님 들어왔다고."

"잘생긴 것까진 아닌 것 같은데."

"에이, 학생 때는 선생님이라고 하면 왠지 더 빛나 보이잖아요. 못생긴 얼굴은 평범한 얼굴로, 평범한 얼굴은 훈훈한 얼굴로."

"음, 그런가?"

어릴 적의 일을 떠올려보려 했지만 쉽지 않았다. 소희의 인생은 윤성을 만났을 때를 경계로 나뉘었다. 윤성을 만나기 전의 자신이 어떤 모습이었는지, 어떤 것을 느끼면서 살았는지 도통 기억이 나질 않는다.

"그럼 선생님, 수업 힘내서 하시고 한 시간 후에 교무실에서 다시 만나요!"

"응, 이 선생도 수업 열심히 해. 이따 봐."

4교시 수업을 할 땐 늘 배가 고프다. 아마 한창 먹을 때인 학생들은 더할 것이다.

바스락, 바스락, 제일 뒷자리에서 과자 봉지 뒤적거리는 소리가 났다. 그쪽을 보니 영어책을 세워놓고 책상 서랍을 뒤적거리는 아이가 보였다.

아마 본인은 감쪽같이 숨기고 있다고 생각하겠지만, 교단에 서 있으면 의외로 많은 것들이 보였다. 화가 난다기보다는 귀여워서, 소희는 그냥 모르는 척해 주었다.

그래, 많이 먹고 키 커야지.

준비를 많이 해오기는 했지만 아직은 수업이 익숙하지 않다. 좀 더 재미있고 즐겁게 수업을 하고 싶은데, 학생들에게 조금 미안했다.

"다음 시간에는 더 많이 준비해 올게."

수업이 끝나기 전에 미안한 마음을 담아 말했더니, 학생들이,

"네에!"

하고 대답했다. 17살 소녀들은 짧은 대답만으로도 반짝반짝 빛을 낼 수 있었다.

'나도 17살에는 저렇게 반짝거렸을까?'

학원이며, 과외로 힘든 학생들이라고는 하지만, 그래도 10대 특유의 반짝임이 있었다. 부럽고 조금은 질투가 났다.

교무실은 본관 1층에 있었다. 별관에서 본관으로 이어지는 통로는 2층에 있었다. 계단을 내려가 통로로 향하는 복도를 천천히 걸어갔다.

"야, 줄 서!"

"새치기 좀 하지 마!"

"밥 좀 많이 퍼 줘!"

점심시간이라 복도가 시끌시끌했다. 급식을 먹지 않는 아이들은 1층에 있는 매점을 이용했다. 매점을 향해 뛰어가는

학생들에게 몇 번 부딪쳐가며 간신히 통로에 도착했다.

통로 중간에 누군가 있었다.

그는 통로 난간에 배와 가슴의 중간을 기대고 아래를 내려다보고 있었다. 통로 아래로 보이는 운동장에서 학생 중 누군가가 인사를 해 왔는지, 그는 오른손을 가볍게 흔들었다.

우뚝, 멈춰 선 이유는 심장이 아파왔기 때문이다.

지끈—

20살 짝사랑이 끝난 이후 텅 비어서 통증을 느끼지 못했던 가슴에 미세한 고통이 찾아들었다.

'뭐지?'

라고 생각하며 뒷걸음질을 쳤다.

'왜 이래?'

오른손을 들어 왼쪽 가슴 위에 올렸다.

'뭐야?'

숨이 막혔다.

꽤나 긴 통로였다. 통로 중간이라고는 하지만, 그는 상당히 먼 위치에 있었다. 게다가 아래를 내려다보고 있어서, 얼굴은 보이지도 않았다.

보이는 것이라고는 훤칠한 키와 조금 마른 듯한 체구, 목덜미를 살짝 덮는 결 좋은 머리카락뿐.

하지만.

'설마…….'

그래도.

'아니야.'

알아볼 수밖에 없었다.

'아니, 아니, 아니야.'

아무리 부정해도.

'절대 아니야.'

그는.

'아니야!'

분명히.

'돌아서야 돼.'

꼼짝도 할 수 없었다. 발바닥에서 나온 두꺼운 뿌리가 땅속 깊숙이 박힌 것처럼, 바닥에서 자라난 덩굴이 온몸을 휘감은 것처럼, 소희는 미동조차 할 수 없었다.

눈도 깜빡이지 못하고, 숨도 쉬지 못하고, 통로의 중간을 노려봤다. 움직이지 않으면, 통로 가운데 서 있는 저 남자도 움직이지 않으리란 듯이.

그러나 그는 인사를 끝낸 듯 손을 내렸고 몸을 돌렸다.

눈이 마주쳤다.

'윤성……선배…….'

윤성이었다.

마지막으로 봤을 때보다 조금 말랐고, 머리카락이 조금 더 길었지만, 윤성이 틀림없었다. 그가 어디에 있더라도, 소희는 알아볼 수 있었다. 그가 어떤 모습을 하고 있어도, 소희는 그를 찾아낼 수 있었다. 하물며 그때와 거의 달라지지 않은 그를 못 알아볼 리가 없었다.

비명이 나올 것 같은데, 다행히 아무 소리도 내지 않았다. 숨을 쉴 수가 없으니 비명이 나올 리 만무했다. 소희는 인형이 된 것처럼 가만히 서서 그를 주시했다.

그는 얄미울 정도로 표정에 변화가 없었고, 움찔하지도 않았다. 눈이 마주친 것이 확실한데, 소희를 알아본 기색은 없었다.

지끈—

그래서 또 한 번 가슴이 아팠다.

통증의 이유를 알 수가 없었다. 이제 그를 사랑하지 않는다. 그를 사랑했다는 이유만으로 심장이 새까맣게 타버렸다. 짝사랑에 대한 대가치고는 지독한 형벌이었다. 아플 만큼 아팠고, 울 만큼 울었고, 생각할 만큼 생각했다. 이제는 일 년 중에 손에 꼽을 만큼만 그를 생각하게 되었다. 사랑하기에 생각하는 것이 아니라, 그냥 과거의 장면 중 하나로 생각할 뿐이다.

'이제 와서 뭘 기대하고 가슴이 아픈 거지?'

윤성이 소희를 깨끗이 잊었더라도 아플 이유는 없었다. 짝사랑은 그날 끝났으니까. 더는 그를 사랑하지 않으니까.

윤성이 이쪽을 향해 걸어오기 시작했다. 너무 빠르지도 느리지도 않은 속도였다. 그가 점점 가까워질수록 소희는 아찔해졌다.

어떡하지? 어떡해야 하지? 인사를 해야 하나? 아니면 그냥 모르는 척할까?

고민을 하는 동안 그가 바로 앞까지 왔다. 그는 속도를 늦추지 않고, 소희의 옆을 스쳐 지나가며 말했다.

"차소희, 더 예뻐졌네."

휙— 뒤로 돌아섰다.

"선배님!"

그가 걸음을 멈추고 천천히 소희를 향해 돌아섰다.

"응?"

그는 아무 일도 없었다는 듯이 소희를 보고 있었다.

유독 아프게 기억되는 사랑이 있다.

그것은 말할 수 없기에 품어야만 했고, 품어야만 했기에 안에서 타들어 간 감정이었다.

20살의 봄.

교복을 벗고 모든 것이 새롭게 시작된 그 시절. 어리둥절하고도 묘한 설렘이 가득한 그때.

소희는 사랑을 했다.

그리고 그 사랑이, 소희의 심장을 새까맣게 태웠다.

하지만 그에게는 아무것도 아니었나 보다. 소희에게는 지독했던 그 사랑의 계절이, 그에게는 평범하디 평범한 시간 중

하나였던 모양이다. 알고 있었으면서도 가슴이 아팠다. 기대하지 않았으면서도 심장이 다시 한 번 타들어 갔다.

역시 이 남자는, 저 아름다운 얼굴을 가진 남자는, 이 심장을 태우기만 한다.

"왜 여기 계세요?"

아픔을 감추며 물었다.

다시 20살의 봄으로 돌아간 기분이 들었다. 다른 게 있다면 '설렘'이 존재하지 않는다는 점이다. 고통과 처량함뿐인 20살의 봄은 끔찍하다.

"이 학교 교사니까."

"이 학교 교사시라고요? 하지만 한 번도 마주친 적 없잖아요!"

"응. 없지. 상담 교사라서 조회에는 참가하지 않거든. 일종의 아웃사이더라고나 할까?"

"상담 교사……."

"별관 1층 구석에 상담실이 있어. 찾아오는 사람이 없어서 늘 혼자야."

"아……."

"굉장히 심심해."

"……."

"조용히 있고 싶을 때 가끔 놀러 와. 교무실보다는 편할 거야."

하나도 변하지 않은 줄 알았는데, 그는 조금 달라졌다. 전보다 밝아졌고, 전보다 유쾌해졌다. 그래서 화가 났다.

나는 하나도 행복하지 않았는데, 당신은 행복했나 봐요. 나는 이 가슴이 뻥 뚫어져서 잠을 자는 것조차 두려운데, 당신은 그 가슴이 가득 차 있나 봐요.

목구멍까지 차오른 절규를 꿀꺽 삼켰다. 윤성에게 화낼 일이 아니었다. 이 가슴을 뚫은 것도, 잠을 못 자는 것도 자신의 문제일 뿐. 윤성이 그러라고 한 적은 없었다. 20살 그때에, 윤성은 늘 소희를 밀어내려 했었다. 그럼에도 억지로 윤성에게 다가갔던 것은 소희였다.

"그럼 점심 맛있게 먹어."

그때와 똑같이, 그는 소희를 밀어내듯 말하고 미련 없이 돌아섰다. 소희는 그의 팔을 붙잡고 묻고 싶었다.

'아직도 그 여자가 선배 옆에 있나요? 그 여자와 사귀고 있는 건가요?'

하지만 그럴 수 없는 건, 그 질문을 하는 순간 전과 같은 상태로 돌아갈 것이란 두려움 때문이었다. 그 고통의 나날을 다시 반복하고 싶지 않았다.

"선배도 맛있게 드세요."

그래서 그의 등에 대고 말했다. 그는 오른손을 살짝 들어 보이는 것으로 대답을 대신하고 저벅저벅 걸어갔다.

소희는 다시 왼쪽 가슴에 손을 올렸다.

재생한 심장이 다시 타들어 가기 시작했다.

윤성은 걷는다는 행위에 집중했다. 그러지 않으면 비명을 지르게 될 것 같았다.

'왜?'

소희가 있었다.

'왜 여기에?'

통로 끝에 서 있는 소희를 발견하는 순간, 비명을 지를 뻔했다.

'왜 여기에 소희가 있는 거지? 왜?'

중요한 것을 묻지 못했다.

'너, 왜 이 학교에 있는 거니?'

심장이 쿵, 쿵, 쿵 뛰어서 가슴 밖으로 튀어나올 것만 같았다. 아니, 어쩌면 이미 튀어나왔는지도 모르겠다. 이 심장, 괜찮은 걸까?

1층으로 내려온 후에야 왼쪽 가슴 위에 손을 얹었다. 손바닥에 느껴질 만큼 심장이 거칠게 뛰고 있었다. 다행히 아직 튀어나오진 않았다.

"하아. 하아."

크게 심호흡을 했다.

"선생님, 어디 아프세요?"

지나가던 여학생 두 명이 걱정스러운 표정으로 다가왔다.

"……음, 배고파서 뛰어 내려왔더니 숨이 차네."

"그게 뭐야. 선생님, 운동 좀 하세요. 건강 생각하실 나이잖아요."

"왜 이래, 나 아직 한창때야."

"한창때는 무슨. 서른 넘으면 훅 간대요."

까르르.

여학생들이 웃으며 윤성을 놀려댔다. 윤성은 싱그러운 봄 햇살 같은 여학생들을 보며, 소희를 떠올렸다.

'소희야.'

여기서 소희를 만나게 될 줄은 꿈에도 생각하지 못했다. 졸업을 하고 예진과의 관계가 끝났다. 태훈에게 그 사실을 알린 후, 태훈과도 연락을 하지 않았다. 태훈을 보면 소희가 떠오를 것 같았기 때문이다.

시간이 흐르며 알게 된 것은, 태훈을 보지 않아도 소희가 떠오르는 것은 마찬가지라는 점이었다. 이루어지지 않은 첫사랑의 열병은 지독했다. 시간이 모든 것을 해결해 준다는 말은 다 거짓이었다. 시간은 아무것도 해결해 주지 않는다. 오히려 깊고 진해지게 만들 뿐.

"쌤. 같이 점심 먹어요."

처음에 윤성을 걱정해 준 여학생이 팔짱을 끼며 말했다.

"안 돼. 할 일이 있어."

"만날 할 일이 있대. 뭐 그렇게 할 일이 많아요?"

"그러게. 나도 할 일 좀 없었으면 좋겠다."

들러붙는 아이들을 간신히 떼어 내고 상담실로 돌아왔다. 4년간 근무해 온 익숙한 상담실이 낯설게 느껴졌다.

쓰러지듯 의자에 앉아 두 손으로 얼굴을 감쌌다.

'소희가 왜? 여기서 뭘 하는 거지? 교사가 된 건가? 하지만 상담교사는 나뿐인데. 어떻게 된 거지?'

심리학 전공으로 교사가 될 수 있는 방법은, 상담사 자격증을 따서 상담 교사가 되는 것뿐이다.

'아니, 그런 게 문제가 아니라…….'

얼굴이 발갛게 달아올랐다는 것을 느낄 수 있었다. 귓불까지 화끈거렸다.

'나참.'

황당했다.

아무리 첫사랑을 다시 만났다고는 하지만 이렇게까지 반응하다니. 이건 마치 막 사랑에 빠진 수줍은 소년 같지 않은가.

'죽겠군.'

소희는 찬란한 첫사랑이었다. '첫사랑은 이루어지지 않는다.'는 속설을 버팀목으로 삼아, 그녀에 대한 마음을 접기 위해 노력했다. 소희의 마음에 깊은 상처를 주었다는 것을 알기에, 뻔뻔하게 그녀에게 받아달라고 말할 수는 없었다.

우유부단한 이런 남자보다는 재현처럼 건실하고 진실한 남자에게 사랑을 받으며 행복하기를 바랐다.

'이제 와서 또 이렇게 술렁거리다니.'

하지만 소희를 다시 만나는 순간, 수줍던 어린 시절 소희를 처음 봤을 때처럼 가슴이 뛰었다. 두근, 두근, 두근. 심장이 진정하질 않는다.

'진짜 계속 이렇게 뛰면 죽을 거야.'

윤성은 일단 얼굴에서 손을 떼고 책상 위에 있던 상담사례집을 펼쳤다. 뭔가를 읽으면 심장이 진정할 것 같았기 때문이다. 일단 좀 안정을 되찾은 후에 생각을 해 봐야겠다.

하지만 사례집의 내용이 하나도 머리에 들어오지 않았다. 눈은 글자를 읽고 있는데 머릿속은 차소희라는 여자로 가득 차 있다.

'소희야.'

그녀를 마주친 지 30분도 지나지 않았는데, 또 보고 싶다. 현실인 그녀를 마주 보고, 만지고, 안고 싶다.

'아아, 죽겠네, 진짜.'

이거 정말 큰일이다.

소희의 곁에 애인이 있는지 없는지, 혹은 결혼을 했는지, 하지 않았는지도 모르는 상태인데.

또다시 첫사랑이 시작되었다.

* * *

"지혜야, 혹시 우리 학교에 상담교사가 있다는 거 알고 있었어?"

식사식당에서 도시락을 먹으며 지나가는 말처럼 물었다. 지혜와 둘이 있을 때는 존칭을 사용하지 않는다.

"상담교사요? 아, 언니. 몰랐어요?"

"뭘?"

"우리 학교 상담선생님 되게 인기 많잖아요. 여학생들한테."

"아, 그래?"

"응. 얼마나 떠들어댄다고요. 팬클럽도 있을걸? 수업 시간에 애들이 떠드는 소리 못 들었어요?"

"아아."

그러고 보니 상담이 어쩌고 했던 이야기를 들었던 것도 같다.

"저번에 한 번 봤는데 진짜 잘생겼더라고요. 남친만 없었어도 꼬셔봤을 텐데."

쿵—

아무 사심 없이 농담으로 한 지혜의 말에 심장이 내려앉았다. 짜증이 났다. 사라진 줄 알았던 심장이 윤성을 보는 순간 다시 나타나더니, 제멋대로 날뛰기 시작했다. 더는 전과 같은 일을 반복하고 싶지 않은데. 이래서야 차라리 뻥 뚫린 채로 있는 게 나을 것 같다.

"이따 한 번 보러 갈래요? 진짜 잘생겼어요. 연예인 같아."

"그 정도야?"

모르는 척 물었다.

"네. 얼굴 하얘가지고…… 듣기로는 30살인가, 31살인가 그렇다던데…… 제 나이 또래로 보이더라고요. 요즘 애들이 딱 좋아하게 생긴 스타일이에요."

"흐응."

"그렇게 잘생겼는데 애인도 없대요."

눈이 번쩍 뜨였다.

"그래?"

"응. 뭐라더라. 애들이 고백하면 장난스럽게 짝사랑 중이라고는 대답한다는데, 애인은 없다나 봐요."

"짝사랑……."

"애들 떼어 내려고 하는 소리겠죠. 그런 얼굴을 가졌는데 진짜 짝사랑을 하겠어요? 여자 입장에선 그 얼굴 들고 와서 고백만 해 줘도 감사히 먹겠습니다, 하고 받아들이지."

"먹긴 뭘 먹어."

지혜의 유쾌한 말투에 웃음이 나왔다.

"에이, 다 아는 나이에 괜히 순진한 척하지 맙시다."

"아하하하."

"언니, 언니도 애인 없다고 하지 않았어요? 상담 한 번 꼬셔 봐요."

쿵—

이번에도 농담으로 한 말일 뿐인데 또 심장이 내려앉았다. 꼬셔보라니.

말해 주고 싶었다. 7년 전에 그 남자를 꼬시려고 하다가 심장이 새까맣게 타버렸다고. 그래서 그 후 7년 동안, 심장이 없는 채로 살아왔다고. 참 좋은 친구에게 상처를 주고, 친구로도 남아 있을 수 없게 되었다고. 너무 많은 것을 잃고, 잃어서, 이제 그 남자에게 가까이 가고 싶지도 않다고.

'가능하다면 학교도 그만두고 싶을 정도야, 나는.'

소희는 쓴웃음을 삼켰다.

'그나저나 애인이 없다니…… 주예진이랑은 헤어졌나 보네. 다행이다.'

윤성을 미워하는 건 아니니까, 그가 자유로워져서 정말 다행이란 생각은 들었다. 이제 그는 가고 싶은 곳으로 가고, 만나고 싶은 사람을 만날 수 있을 것이다.

하지만 소희는 그와의 사귐을 기대하지 않았다. 이제 두 번 다시는 그러한 아픔을 경험하고 싶지 않다. 그런 통증은 인생에 한 번으로 족하다.

점심을 먹고 나니 식곤증이 몰려왔다. 예전엔 식곤증 같은 거 몰랐는데, 체력이 많이 떨어진 모양이다. 교무실은 따뜻해서 가만히 앉아 있으면 졸음이 왔다. 한숨 자고 싶었지만, 이제 막 들어온 신입인데 조는 모습을 보일 수는 없었다.

잠을 깰 요량으로 운동장에 나갔다. 운동장 구석에 마련된 농구코트에서 농구를 하는 아이들이 보였다. 아직 쌀쌀한 날씨인데도 땀을 뻘뻘 흘리며 농구하는 아이들을 보자, 재현이 떠올랐다.

재현도 대학교 운동장에서 저렇게 농구를 했었다. 농구를 할 때의 재현은 무척이나 즐거워 보였고, 그래서 반짝반짝 빛났다.

'보고 싶다.'

때로는 그 시절이 그립다. 아픔뿐인 대학 시절이었지만, 분명 좋은 순간도 있었다. 재현과 함께 벚나무 아래에서 사진을 찍고, 수업 중간에 몰래 빠져나와 커피를 마시고, 응원단 공연을 보러 가서 목청껏 소리를 높이고.

두 번 다시는 돌아오지 않을, 그 풋풋하고 설렘 가득한 시간들.

"소희야."

뒤에서 들려오는 나직한 음성에, 백일몽을 꾸는 중이라고 착각했다. 뒤늦게 자신이 27살이고, 구안 고등학교에 있고, 윤성이 구안 고등학교의 상담 교사라는 것을 깨달았다. 돌아보지 않았다.

"소희야."

그의 음성은 낮고 부드러웠다. 오래전, 술에 취해 비틀거리며 나간 어두운 골목에서 들었을 때와 똑같았다. 그날의 기억이 생생하게 떠올라서 화가 났다.

"왜요?"

돌아보지 않고 물었다.

"이젠 얼굴도 안 보여 주는 거야?"

"선배님이 하신 말씀, 기억하고 있어요."

"그래."

"마지막으로 만났을 때, 그러셨죠. 그만해도 된다고. 그만 선배님을 잊으라고."

"그래."

"그래서 그만두기로 했고, 잊었어요."

"그래."

"이런 곳에서 만나게 될 줄은 몰랐어요. 하지만 다시 만나게 됐다고 달라지는 건 없어요. 선배님은 주예진을 선택했고, 저는 잊었으니까요."

"좋든 싫든 같은 학교의 동료 교사가 됐는데, 아는 척도 안 되는 거야?"

그제야 돌아서서 윤성을 노려봤다. 믿을 수가 없었다. 이 남자가 대체 무슨 소리를 하는 걸까? 그 봄에, 그 가을에, 이 심장을 새까맣게 태워버린 이 남자가 대체 무슨 말을 하고 있는 걸까?

"선배님, 절 놀리시는 거예요?"

"놀리다니."

그의 얼굴에 난감하다는 표정이 떠올랐다. 예전이었다면

그의 표정에 오히려 소희가 당황했을 것이다. 하지만 이젠 달랐다.

"선배님이랑 전 같은 학교에서 근무하게 됐지만, 동료는 아니에요. 선배님한테 저는 그냥 선배님을 짝사랑했던, 미련한 계집아이에 불과하겠죠. 그래서 이렇게 갑작스레 다시 만났어도 아무렇지 않게 대할 수 있겠죠. 하지만 전…… 아니에요, 선배님."

"나는……."

"선배님, 제 말 끊지 마세요. 저는 이제 선배님을 사랑하지 않지만, 그렇다고 과거의 그 기억이 사라진 건 아니에요. 저는 제멋대로 선배님을 사랑했고, 제멋대로 선배님을 손에 넣으려고 했고, 그러다가 제멋대로 상처를 입었어요. 전부 다 제 이기심에서 한 행동이긴 하지만, 그래도 선배님. 이제 와서 아무 일도 없었던 것처럼 선배님을 대할 수가 없어요."

소희는 앞에 가지런히 손을 모으고 고개를 숙였다.

"선배님, 다가와 주셨는데 이런 소리를 해서 죄송합니다. 앞으로 저한테 아는 척하지 말아 주세요."

그의 음성에 잡힐까 두려워, 고개를 들자마자 돌아서서 도망치듯 교무실로 들어왔다. 아는 척하지 말아달라고 했으니 이제 무시하면 그만이다. 그걸 알면서도 바보처럼 운동장으로 난 창문을 확인했다.

그는 여전히 그 자리에 서 있었다. 다만 소희처럼 이쪽을 보고 있지는 않았다. 그의 시선은 농구를 하는 아이들에게 향해 있었다.

'그래. 선배님은 다정한 사람이라서, 그저 나랑 좋은 관계를 유지하고 싶은 마음일 뿐일 거야. 저기에 말려들면, 아마 나는 또 바보처럼 기대하고 설레고, 그러다가 암흑 속으로 빠져들고 말겠지.'

아직 다가오지도 않은 미래가 생생하게 그려지는 이유는, 한 번 경험해 보았기 때문이다.

단지 사랑했을 뿐인데 자존감이 바닥으로 떨어지고, 심장은 갈기갈기 찢겼다. 24시간 중 24시간 그를 생각하게 되고, 친구와 함께 있으면서도 외로웠다. 하루에도 수십 번씩 기분이 오르락내리락, 멀미가 날 정도로 울렁거리는 마음을 자제할 수 없었다.

그런 감정은 이제 다시는 느끼고 싶지 않다. 뻥 뚫린 가슴으로 살아가더라도, 평온한 나날을 보내고 싶다.

소희는 창문에서 시선을 떼고 책상 위에 놓인 영어 교과서를 의미 없이 응시했다. 학창 시절 교과서에 끄적끄적 낙서를 하던 것이 떠올랐다. 그때는 심장이 울렁이지도 않았고, 뻥 뚫려 있지도 않았다.

그래, 그를 만나기 전에는 그런 시절도 있었다.

'그때로 돌아가야 돼. 똑같을 수는 없겠지만, 그때로 돌아가지 않으면 난 또 휘둘리게 될 거야.'

* * *

농구하는 아이들을 보니 고등학교 때가 떠올랐다. 윤성은 활기차게 움직이는 학생들에게, 그 당시의 자신을 겹쳤다.

아마 저 나이쯤에 첫사랑을 시작했던 것 같다. 그때도 짝사랑이었지만 가슴이 아프지는 않았다.

그저 그녀를 떠올리고, 먼발치에서 그녀의 모습을 보고, 태훈에게 그녀에 대한 이야기를 전해 듣는 것만으로도 설레고, 즐거웠던 것 같다.

이제는 고개만 돌려도 그녀를 볼 수 있는데, 왜 이렇게 가슴이 따끔따끔 아파오는 걸까? 나이가 들면서 욕심이 생겼기 때문일까, 아니면 손에 닿는 곳에 그녀가 있기 때문일까.

윤성을 밀어내는 소희의 마음을 모르는 것은 아니었다. 소희에게는 너무 큰 상처를 안겨 주었다. 소희를 생각한다면 한 발 물러서는 게 나을지도 모르겠다. 차라리 이 학교를 그만둬 버리는 것이 좋을지도.

'하지만 소희야. 미안하다. 내가 욕심이 너무 커져서, 이젠 못 하겠어. 네가 눈앞에 있는데 돌아서는 거, 이젠 정말로 못 하겠다.'

윤성은 천천히 고개를 돌려 교무실 쪽을 바라봤다. 창문에 빛이 반사되어 안이 들여다보이지는 않았다. 하지만 저 안 어딘가에 앉아 있을 소희를, 분명히 느낄 수 있었다.

그녀는 무엇을 하고 있을까. 이쪽을 보고 있을까, 아니면 다음 수업을 준비하고 있을까.

'뭘 기대하는 거지, 난?'

소희가 20살 때에, 그 순수했던 시절에 윤성을 사랑했던 것은 사실이다. 하지만 지금도 그 마음이 그대로일 거라고 생각하는 것은 오만이었다. 그때 윤성은 소희를 밀어냈다. 상처를 받은 소희가 계속 그 마음을 간직하고 있을 리 없다.

사랑의 반대말은 무관심, 사랑과 미움은 같은 선상에 있다는 말이 있다. 하지만 꼭 그렇지만도 않다는 것을, 윤성은 알고 있었다.

쓴웃음을 지으며 운동장을 가로질러 걸어갔다.

"쌤!"

운동장에 퍼지는 발랄한 목소리에 걸음을 멈췄다. 저 뒤에서 2학년 3반 3인방이 달려오고 있었다. 상담실을 유독 자주 찾는 여학생들이었다.

"쌤, 점심 드셨어요?"

유독 발랄하고 스스럼이 없는 나희가 윤성의 팔을 잡고 위아래로 흔들며 물었다. 나희를 보면 산책 나가기 전의 강아지가 떠올랐다.

"응, 먹었지."

"쌤, 내일은 우리랑 같이 먹어요. 아까 점심시간 되자마자 상담실 갔었는데, 안 계시고. 완전 실망이에요."

"교실에서 먹어. 너희들 급식 먹잖아."

"쌤과 함께 점심을 먹을 수 있다면, 급식은 포기할 수 있어요!"

"너희도 같은 생각이야?"

가만히 서 있는 다선과 성지에게 물었더니, 둘 다 고개를 가로저었다.

"아, 뭐야! 니들도 쌤 좋아하잖아!"

나희가 버럭 성질을 내자, 다선이 작게 한숨을 쉬었다.

"난 좀 더 은은하게 사랑을 표현하고 싶거든?"

"놀고 자빠졌네. 쌤, 오늘 저녁에 뭐 해요?"

"난 저녁에 퇴근을 할 거고, 너희들은 자율학습을 해야 할 거야."

"아, 진짜 치사하다."

투덜거리는 아이들과 함께 별관 안으로 들어왔다.

"상담실은 진짜로 상담할 게 있을 때만 찾아오도록 해."

상담실로 밀고 들어오려는 세 학생에게 단호하게 말했다. 정신없이 굴긴 하지만 나쁜 아이들은 아니라서, "네에."하고 대답하더니 까르르 웃으며 자기들 반으로 향했다.

요새 아이들은 참 적극적이다, 라고 생각하다가 곧 고개를 저었다. 윤성이 선생님이기에 거리낌 없이 달려드는 것일 뿐이다. 만약 좋아하는 대상이 같은 학생이라면, 저렇게 쉽게 좋아한다는 말을 하지 못하리라. 윤성이 저 시절에 그랬듯이.

'그러고 보니, 가장 중요한 문제를 생각해 보지 않았군.'

윤성은 상담실 문을 닫으며 생각했다.

'소희는 지금 애인이 있을까?'

* * *

"언니, 바로 집에 가세요?"

퇴근 준비를 하는데 지혜가 물었다. 소희는 교무실 벽에 걸려 있는 시계를 확인했다. 오후 8시가 다 되어 가는 시간이었다. 아직은 해가 짧아, 창밖은 벌써 어두웠다.

"글쎄."

미지근한 대답을 한 이유는, 이후의 계획을 정말로 알 수 없었기 때문이다.

오늘 하루가 어떻게 흘러갔는지 모르겠다. 윤성을 다시 보게 된 것이 오늘 오전의 일인데, 먼 옛날의 일처럼 느껴졌다. 보이지 않는 거대한 손이 시간을 주물럭거리다가 엉망으로 만들어 던져 버린 것 같았다.

"그럼 같이 저녁 먹고 들어가요. 오늘따라 돈가스 덮밥이 먹고 싶어 죽겠어요."

지혜가 붙임성 있게 말하며 팔짱을 끼어왔다.

"남자 친구는 안 만나?"

"걔도 일이 있으니까 자주 만나진 못하죠. 일주일에 두, 세 번?"

어차피 바로 집에 들어가고 싶은 생각은 없었다. 이런 날 아무도 없는 넓은 집에 들어가면, 심해에서 길을 잃은 기분이 들 것이다.

저녁을 같이 보내자고 말해 줘서 고맙다는 생각마저 들었다. 떠올려 보면 전부터 어디를 가든, 늘 좋은 사람들을 만나 왔던 것 같다.

각 교실은 야간자율학습이 한창일 터였다. 조용히 복도를 걸어 나와 운동장을 가로질렀다. 점심시간의 생생함이 환상이었던 것처럼, 밤의 학교에는 생명력이 없었다.

"이런 시간에 운동장을 지나가면 왠지 소곤소곤 얘기해야 할 것 같지 않아요?"

지혜도 같은 기분을 느끼는가 보다.

"응. 이상하게 밤의 학교는 무서워. 야자 때문에 여기저기 불이 켜져 있는데도, 뭔가 휑한 기분이지?"

"그러니까요. 그러고 보면 학교랑 관련된 괴담이 되게 많잖아요. 저도 한 번 그런 일 겪어 본 적 있어요."

"그래? 어떤 일?"

"음. 고등학교 때였는데요. 1학년인가, 2학년인가 그랬는데…… 숙제가 있는데 학교에 교과서를 두고 온 거예요. 그때가 밤 11시 좀 넘었을 때였나? 친구한테 같이 가달라고 부탁해서 무작정 학교로 향했죠."

어두워서 그런지 지혜의 목소리가 음산하게 울렸다.

"교문은 열려 있었어요. 불은 1층 교무실인지, 숙직실인지…… 그 근처에만 하나 켜져 있고요. 운동장은 진짜 완전 캄캄해서 친구랑 같이 있는데도 너무 무섭더라고요. 그래서 둘 다 숨도 못 쉬고 살금살금 걸어갔는데…… 운동장 구석에서……."

"소희야."

"꺄아아아악!"

소희의 이름을 부르는 낮은 음성이 지혜의 실화 괴담을 방해한 것은, 교문 근처에 다다랐을 때였다. 무서운 이야기를 하고 있던 지혜가 너무 놀라는 바람에, 소희는 놀랄 시기를 놓쳤다. 아니, 소희는 다른 의미로 비명을 지르고 싶었다.

교문 앞에는 가로등이 있었다. 노란 가로등 불빛 아래로, 훤칠한 실루엣이 보였다. 코트를 입은, 어깨 넓은 남자. 검은 형체만 보고도 누군지 알아볼 수 있는 자신이 싫었다.

"아, 죄송합니다. 이지혜 선생님."

윤성이 부드러운 목소리로 사과했다.

"어머, 어머, 어머. 웬일이야. 강 선생님이셨어요? 아, 웬일이야. 죄송해요, 비명 질러서. 무서운 이야기를 하고 있었거든요."

"아아, 그러셨군요."

"너무 깜짝 놀랐어요. 그런데……."

그제야 놀란 마음을 진정시킨 지혜가 윤성과 소희를 번갈아 보며 물었다.

"두 분, 아는 사이셨어요?"

호기심에 가득 찬 지혜의 눈동자를 보며, 소희는 속으로 한숨을 내쉬었다. 강윤성, 이 남자는 대체 왜 이러는 걸까? 아까 그렇게 분명하게 말을 해 뒀는데.

윤성과 자신의 관계를 아는 사람이 늘어나는 것이, 소희는 달갑지 않았다.

"응, 사실 대학 선후배 관계야."

"아, 그러시구나."

지혜는 좀 더 캐묻고 싶은 눈치였다.

"이 선생님, 죄송한데 제가 이 친구랑 오랜만에 만난 거라……."

"아아아. 네, 그러세요!"

윤성이 말을 끝내기도 전에, 지혜가 눈치 빠르게 말했다.

"안 그래도 제가 볼일이 있어서 얼른 가 봐야 됐거든요. 우리 차 선생님, 잘 부탁드립니다. 내일 봬요."

소희가 붙잡을 새도 없이, 지혜가 가 버렸다. 소희는 코트 주머니에 손을 찔러 넣고 윤성을 지그시 노려봤다.

"선배님, 대체……."

"여기서 한 정거장 정도 거리에 조용한 일식집이 있어. 거기서 파는 초밥이랑 우동 세트가 가격에 비해 상당히 괜찮아."

"그럼 가서 드세요."

뒤에 이어질 말을 알기에, 매몰차게 끊어냈다. 하지만 윤성은 다정한 미소를 지으며 기어코 말을 이었다.

"너랑 같이 가서 먹고 싶어."

윤성이 말한 대로 조용하고 깨끗한 가게였다. 저녁을 먹기에는 조금 늦은 시간이라, 손님이 많지 않았다. 윤성의 단골가게인지, 종업원이 반갑게 인사하며 룸으로 안내를 해 주었다.

닫힌 공간에 윤성과 단둘이 들어가야 하는 것이 싫었다. 하지만 싫다는 감정을 드러내는 것조차 그를 향한 짝사랑의 찌꺼기가 남아 있음을 증명하는 것 같아서, 조용히 그를 따라 룸으로 들어갔다.

"선배님이 말씀하신, 그 세트로 먹을게요."

윤성이 메뉴판을 소희 쪽으로 돌려주기에 차갑게 말했다.

종업원에게 메뉴를 주문하는 윤성을 보며, 소희는 좌절했다. 어쩌다가 여기까지 오게 된 걸까. 싫다고, 절대 선배님이랑 밥 먹지 않겠다고 딱 잘라 거절했으면 되는 일이었는데. 가버리는 소희를 억지로 붙잡을 윤성이 아닌데.

윤성이 제안하긴 했지만, 이 자리에 앉아 있는 것은 소희의 선택이었다. 짝사랑의 잔상은 여전히 윤성에게 휘둘릴 수밖에 없도록 만들었다. 그것이 끔찍이도 싫은데, 중요한 순간에 흔들려버리니 어떻게 해야 좋을지 모르겠다.

"선배님이 이렇게 막무가내인 분인 줄은 몰랐어요."

결국 이 가게에 오게 된 것을, 윤성의 탓으로 돌렸다. 윤성은 은은하게 미소 띤 얼굴로 소희를 바라보며 말했다.

"시간이 흐르고, 그 흐름에 휘말려 무언가를 잃고, 때로는 다치고. 그러다 보면 사람은 변하게 되지."

"그래요. 그런데 정말 많이 변하셨네요."

"그래? 난 별로 변한 게 없는 것 같은데."

"외모는 그때랑 비슷해요. 그런데 성격이 정말 많이 달라졌어요."

"그래서, 싫어?"

"네, 이런 성격 부담스러워요. 전 분명 선배님한테 마주치고 싶지 않다고 말씀드렸어요. 예전의 선배님이라면 제 말대로 해 주셨을 거예요. 그런데 지금 선배님은…… 모르겠어요. 왜 이러시는 건지."

"그래."

드르륵—

문이 열리고 종업원이 음식을 가지고 들어왔다. 잠시 대화가 끊겼다. 종업원이 음식을 내려놓고 나간 후에도 침묵이 깨지지 않았다. 둘은 조용히 밥을 먹었다.

소희는 후회했다. 이럴 줄 알았으면 음식이 나온 후에 이야기를 꺼낼걸. 이런 만남, 이런 자리 싫다는 이야기, 한 번 끊긴 상황에서 다시 꺼내기는 민망했다.

초밥은 신선해 보였지만, 맛을 느낄 수가 없었다. 이런 상태로 계속 먹었다가는 체할 것만 같다. 초밥 두 개를 먹었을 뿐인데 속이 더부룩했다.

젓가락을 내려놓자 윤성이 걱정스럽게 소희를 응시했다.

'그런 눈빛으로 보지 마세요. 내가 기대하게 만들지 마세요.'라고 외치고 싶었다. 그러는 대신 물을 한 모금 마셨다.

"입에 안 맞아?"

"그런 건 아니에요."

"해산물, 좋아하는 줄 알았는데."

심장이 덜컥 내려앉았다.

"그걸 어떻게 아세요?"

윤성이 빙그레 웃었다.

"글쎄, 어떻게 알까?"

"……선배님의 그런 화법이 싫어요."

"이런 화법?"

"예전에도 그랬어요. 딱 잘라서 제대로 대답해 주신 적이 없어요. 늘 그 대답에 담긴 의미를 저 혼자 생각하고 고민해야 했죠. 고민을 하다 보니, 선배님을 생각하는 시간이 더 많아지고……."

거기서 말을 멈췄다. 안 해도 되는 이야기까지 해 버렸다.

윤성은 난처한 듯 미간을 좁히고 말했다.

"미안, 그런 줄은 몰랐어. 네가 해산물을 좋아한다는 이야기는 태훈이한테 들었어."

"태훈이 오빠한테요? 아직도…… 연락하세요?"

"아니. 조금 오래전에 들었어."

"아……."

오래전에 들은 사소한 이야기를 아직까지 기억하고 있다는 그에게, 어떤 반응을 보여줘야 할지 알 수 없었다. 아마 특별한 의미가 있는 행동은 아닐 것이다. 윤성은 원래 다정한 성격이었다. 그 증거로, 윤성은 신입 교사인 지혜의 이름까지 알고 있었다.

"선배님은……."

혼란스러운 마음을 감추기 위해, 질문을 끄집어냈다.

"아직도 주예진이랑 사귀세요?"

이제 와서 그녀에게 선배라는 존칭을 붙이고 싶지 않았다. 윤성에게 버릇없는 여자로 보여도 상관없었다.

"아니."

이번에 그는 확실하게 대답했다.

"오래전에 헤어졌어."

심장이 술렁거렸다.

"그래요?"

"응, 그래."

당연히 헤어지지 못했을 줄 알았다. 그때 그들은 쉽게 헤어질 수 있는 상태가 아니었으니까. 기이하게 비틀리고 뒤틀려, 세상이 끊어내려 해도 끊어 낼 수 없는 관계였으니까.

그래서 가볍게 느껴지기까지 하는 그의 대답에 당황할 수밖에 없었다.

"평생 함께하실 줄 알았는데요."

그러려는 의도는 아닌데 빈정거리는 말투가 되었다. 하지만 그는 기분 상한 기색 없이 작게 웃었다.

"그러게, 나도 그럴 줄 알았어."

가벼운 말투였다. 그때 그들의 관계가 믿어지지 않을 만큼.

"우리가 처음이자 마지막으로 같이 간 MT 기억해?"

그가 물었다.

당연히 기억하죠. 기억 못 할 리가 없죠. 사실은 선배를 먼발치에서 마주치던 한순간, 한순간들조차도 전부 기억하고 있어요.

그는 대답을 기대하지 않았는지, 계속 말을 이었다.

"돌아오던 날, 예진이네 집을 찾아갔어."

그는 그때의 일에 대해 담담히 털어놓았다. 예진의 부모님에게 예진과 그들이 앓고 있는 병에 대해 알린 이야기, 그 후에 그들이 취한 격한 행동들……

"남자는 여자 하기 나름이라는 말이 있지. 그게 아니야. 사람은 사람 하기 마련이야."

그가 말했다.

"나 때문에 예진이가 그렇게 됐다는 걸 깨달았어. 예진이 동생이 날 구하고 죽은 그 일이 문제가 아니었던 거야. 나는 죄책감 때문에 예진이에게 항상 져주기만 했고, 예진이의 행동을 눈감아 줬어. 그게 예진이를 점점 변하게 만들었던 거지. 그건 분명 내 책임이었어."

"그래요."

"그래서 우리가 잘못된 관계라는 것을 깨달은 후에도, 난 그 애를 떠날 수가 없었어. 내 책임이 분명 있으니까, 그 부분이 변할 때까지는 그 애 곁에 있어 줘야 한다고 생각했지."

"네, 선배님은 책임감이 강하니까요."

"네 덕분이야."

줄곧 테이블을 응시하며 말하던 윤성이 갑자기 시선을 올려 소희와 눈을 맞췄다.

"네 덕분에 내가 결심할 수 있었어."

갑자기 시선이 마주치는 바람에 가슴이 철렁 내려앉았다. 그의 눈동자는 전과 다름없이 맑고 깊어서, 보고 있노라면 주체할 수 없이 빨려 들어갈 것만 같았다.

"책임감이 아니라, 난 그저 무서웠던 거야. 그들에게 욕을 먹는 것이. 아들을 죽인 놈, 동생을 죽인 놈, 그런데 은혜도 모르고 주예진을 버린 놈. 그게 무서워서 그저 흘러가는 대로 넋을 놓고 있었을 뿐이었어."

"그런……가요……?"

"너를 다시 만나면 꼭……."

소희는 벌떡 일어났다. 더는 그의 시선에 사로잡혀선 안 된다. 이 자리에 조금 더 앉아 있다가는, 전과 같은 지옥을 걷게 될 것이다.

"갈래요."

"소희야."

그가 당황한 듯 일어서며 불렀지만, 소희는 서둘러 옷을 집어 들고 도망치듯 룸에서 나왔다. 코트를 챙겨 입을 정신도 없었다. 신발도 제대로 못 신고 달려 나가는 소희를, 종업원들이 이상하다는 듯 쳐다봤다. 어쩌면 윤성이 몹쓸 짓을 했다는 오해를 받을지도 모른다는 생각이 들었다. 하지만 거기까지 신경 쓰고 싶지 않았다.

"소희야."

하지만 그에게 따라잡혔다. 어느새 소희의 뒤로 다가온 그가 그녀의 가느다란 손목을 낚아챘다.

"소희야."

소희는 그를 돌아보지 않았다.

"놔주세요."

"소희야, 제발 내 얘기 좀 들어 줘."

"아니요. 듣고 싶지 않아요, 선배님. 말씀드렸잖아요. 두 번 다시 그 지옥으로 들어가고 싶지 않다고."

"소희야."

"놔주세요. 제발 저 좀 가만히 내버려 두세요."

"그래, 그럴게. 놔줄 테니까 옷이라도 제대로 챙겨 입어. 아직 쌀쌀해."

"그게 싫어요, 선배님. 선배님은 늘 그래요. 늘 그렇게 누구에게나 친절하죠. 나만을 위한 게 아닌 그 친절함에 휘둘려서, 나 자신을 찾지 못하게 되는, 그런 순간이 오는 게 정말 싫어요."

"소희야, 난……."

"그러니까요, 제발, 제발 저 좀 가만 내버려 두세요. 제가 그냥 평범하게 살아갈 수 있게 해 주세요. 전……."

"차소희 선생님."

뒤에서 귀에 익은 목소리가 들려왔다. 소희와 윤성이 동시에 뒤를 돌아봤다.

그들과 가까운 곳에 정원이 심각한 표정으로 서 있었다. 생각지 못한 인물의 등장에, 소희의 손목을 잡고 있던 윤성의 손에서 힘이 빠졌다. 그때를 놓치지 않고 소희는 손을 빼냈다.

"아, 강 선생님이셨군요."

정원이 윤성을 알아보고는 고개를 숙였다. 윤성도 마주 고개를 숙여 인사했다.

"네, 문정원 선생님."

"치한이……."

정원의 입술 사이로 나온 단어에, 윤성의 어깨가 움찔했다.

"차소희 선생님을 괴롭히고 있는 줄 알았습니다."

가시가 박힌 말이었다. 윤성은 쓰게 웃으며 소희를 돌아봤다.

"미안해."

"아니에요. 그럼 전 가 보겠습니다, 선배님."

"내가……."

"전철 타고 가시나요?"

정원이 윤성의 말을 끊었다. 소희가 고개를 끄덕이자, 정원이 소희의 옆에 와서 섰다.

"그럼 같이 가시죠. 저도 전철 타고 갑니다."

"네, 그래요."

윤성과 떨어질 수 있다면 아무래도 상관없었다. 윤성의 얼굴을 제대로 보지 않고 휙 돌아서서 걸었다. 정원이 말없이 소희의 옆으로 따라왔다.

몇 걸음 옮긴 후에야, 소희는 정원과 제대로 대화 한 번 해본 적 없는 사이였다는 걸 떠올렸다.

"도와주실지 몰랐어요. 감사합니다."

"위급할 땐 서로 도와야죠."

정원의 말투는 딱딱했다. 윤성과 함께 있을 때와는 달리, 그가 긴장한 것이 느껴졌다. 그러고 보니, 남중, 남고, 공대를 나와서 여자 대하는 걸 힘들어한다고 들었다.

"지금 퇴근하시는 길이세요?"
"친구를 만나고 들어가는 길이었습니다."
"아아."
"강윤성 선생님과는 원래 아는 사인가 봅니다."
"네. 대학 선후배 관계예요."
"저분이 차 선생님을 짝사랑해 왔나 보죠?"
"네?"
생각지도 못한 말에 고개를 돌려 정원을 쳐다봤다. 정면을 보면서 걷고 있던 정원은, 소희가 쳐다볼 줄 몰랐는지 화들짝 놀라며 소희를 돌아봤다.
"왜 그렇게 보십니까?"
"아니, 방금 문 선생님이 하신 말씀……."
"제가요? 아, 강 선생님이 차 선생님을 짝사랑한다는 건 아무에게도 말하지 않을게요. 제가 그렇게 입이 가벼운 편은 아닙니다. 말할 만한 사람도 없고."
"아뇨, 그런 문제가 아니라…… 강 선생님은 절 짝사랑하지 않으세요. 저흰 정말 그냥 선후배 관계였어요."
"그래요?"
정원이 의아하다는 듯 고개를 갸우뚱했다.
"하지만…… 음. 보세요. 계속 우릴 지켜보고 있는데요."
그 말에 반사적으로 뒤를 돌아봤다. 아까와 똑같은 자세로 서 있는 윤성과 눈이 마주쳤다. 아주 짧은 순간이었다. 그러나 길게 느껴졌다. 영원과도 같은 그 시간, 소희는 그가 그대로 스러져 버리리라고 생각했다. 그는 마치 이곳에 존재해서는 안 될 사람처럼, 그렇게 희미하게 그곳에 존재하고 있었다.

그를 그렇게 만든 것이 자신인 것만 같아 죄책감이 느껴졌다. 소희는 서둘러 다시 앞을 돌아봤다. 죄책감을 느낄 이유는 전혀 없다.

"아까 복도에서도."

정원이 다시 입을 열었을 때에야, 정원과 함께 걷는 중이라는 것을 깨달았다.

"차 선생님을 보고 있더군요."

"네?"

"차 선생님이 걸어가는 뒷모습을 쭉 지켜보고 있던데, 그 모습이 참 애절해 보여서."

그만 말하세요, 라는 말을 꿀꺽 삼켰다.

"저도 모르게 강 선생님을 보게 되더군요."

"그럴 리 없어요."

흔들리기 싫어서 단호하게 말했다.

"강 선생님이 절 좋아할 리 없어요."

그러자 정원이 민망한 듯 머리를 긁적거렸다.

"네, 뭐…… 전 이 나이가 되도록 연애 한 번 해본 적 없으니까, 제가 본 게 꼭 맞는 건 아닐 거예요."

"아, 죄송해요, 문 선생님. 이런 식으로 말하려던 게 아닌데."

"아닙니다. 두 분의 일인데 괜히 제가 끼어들어서 죄송하죠."

단번에 분위기가 어색해졌다. 이건 전부 윤성 때문이다. 윤성만 아니었더라면 정원과 이런 식으로 얽히는 일도 없었을 거고, 이런 숨 막히는 분위기 속에서 걷는 일도 없었을 것이다.

오늘 막 윤성을 다시 만나게 되었는데, 그는 또다시 소희의 삶을 뒤흔들기 시작했다.

'학교, 관둬 버릴까?'

무책임하다는 소리를 들어도 상관없었다.

'대학 때도, 위험하다 싶은 순간에 휴학이라도 했으면 이렇게 끔찍한 기분으로 살지 않아도 됐을 거야.'

그런 한편으론 '내가 왜?'라는 생각이 들었다.

'내가 왜 아직까지 그 선배에게 휘둘려야 하지? 벌써 7년이나 지난 일인데, 내가 왜 그 선배 때문에 내 삶의 방향을 바꿔야 되는 거야?'

소희에게 생각이 많다는 것을 눈치챈 듯, 정원은 묵묵히 그녀의 옆을 걸었다. 소희는 옆에 정원이 있다는 것조차 잊고 있었다. 오래전, 대학 교정에서 재현을 옆에 두고 그랬던 것처럼.

반쯤 꿈을 꾸는 듯한 기분으로 정원과 헤어져 집으로 돌아왔다. 텅 빈 넓은 집에 들어서는 순간 현실로 돌아왔다.

"아, 정말 싫다."

중얼거리며 휴대폰을 꺼냈다. 습관적으로 누군가에게 메시지를 보내려다가 관뒀다. 가슴이 시릴 때마다 타인에게 기대려는 습관은 버려야 했다. 이 뚫린 가슴은 혼자서 감당해야만 하는 문제였다.

늘 그렇듯 공들여 샤워를 하고 물기를 닦아냈다. 그러는 동안 머릿속은 윤성으로 가득 차 있었다.

"저분이 차 선생님을 짝사랑해 왔나 보죠?"

정원의 말이 귓가에서 떠나지 않았다.

그런 말을 들을 줄은 몰랐다. 윤성이 소희를 짝사랑해 왔다니. 정원이 동료 교사만 아니었다면, 망설이지 않고 "그 반대예요."라는 말을 해 줬을 것이다.

"차 선생님이 걸어가는 뒷모습을 쭉 지켜보고 있던데, 그 모습이 참 애절해서."

그건 정원이 잘못 본 게 틀림없다. 아니, 정원이 윤성을 잘 모르기 때문에 하는 소리다.

윤성에게는 원래 윤성 특유의 묘한 분위기가 있었다. 슬퍼 보이기도 하고, 애틋해 보이기도 하는, 강윤성이란 남자만의 분위기. 추웠던 3월 초의 늦은 밤, 소희의 심장을 사로잡은 그만의 분위기.

그걸 소희를 향한 애절함으로 착각한 것이 분명했다.

'그래, 그런 거야.'

그렇게 생각하는데, 왜 이 술렁이는 마음이 가라앉지 않는 걸까. 여러 번 타 버린 이 심장, 더 탈 것이 어디 있다고 또다시 뛰기 시작한 걸까.

'이제 그만해, 차소희.'

오래전에 수시로 했던 말을, 소희는 다시 되풀이했다.

'제발 좀 그만해. 미련하게 굴지 마. 제발 좀 강윤성에게서 벗어나서 네 인생을 되찾아. 이게 뭐 하는 거야? 언제까지 그 남자에게 휘둘릴 거야? 사랑이 대체 뭐라고? 사랑이 인생에서 뭐 얼마나 대단한 부분을 차지한다고?'

사랑은 늘 그렇다. 어느 한쪽이, 어느 한쪽을 사랑하여 시작된다. 사랑의 저울은 균형을 유지하지 못한다. 늘 어느 한쪽으로 기울어진다. 똑같이 서로를 사랑하고 그 마음을 유지하는 기적적인 일은 거의 일어나지 않는다.

지금껏 소희가 보아 온 사랑도 그랬다. 예진과 윤성의 사이에서는 예진의 마음이 더 무거웠다. 윤성과 소희의 사이에선 소희의 것이, 소희와 재현의 사이에선 재현의 것이, 그 후 소희와 사귄 남자들의 사이에선 그 남자들의 것이.

단 한 번도 사랑이 균형을 이룬 적이 없다. 연인 사이에서도 더 무거운 마음을 가진 한쪽이 큰마음으로 인한 외로움과 고통을 견뎌야만 하는 것이다.

사랑이란 그러한 감정의 혼란일 뿐, 인생에서 대단히 중요한 것은 아니다.

'20살 때야 어리니까 그렇다고 치고, 지금은 아니잖아. 더 나이를 먹었잖아. 그러니까 이제 사랑이라는 환상에서 벗어날 때도 됐어, 차소희.'

자정이 막 지나갔다. 잠을 자기에 이른 시간은 아니다. 종일 정신적인 스트레스가 상당해서 피곤하기도 했다. 하지만 침대에 눕고 싶지 않았다. 분명 생각하고 싶지 않은 여러 가지 것들이 떠오를 것이다.

소희는 컴퓨터를 켰다. 무의미하게 인터넷 뉴스를 클릭하고 기사를 읽었지만, 사실은 자신이 무엇을 하고 싶은지 알고 있었다. 아랫입술 안쪽의 살을 잘근잘근 깨물다가, 결국은 폴더 하나를 열고 말았다.

그 폴더 안에는 딱 두 장의 사진이 저장되어 있었다.

머뭇거리던 마우스 커서가 사진 중 한 장을 클릭했다. 사진이 커다란 모니터를 가득 채웠다. 따뜻한 4월의 어느 날, 대학의 노천극장.

소희는 순식간에 그 안으로 빨려 들어간 듯 추억에 젖어들었다. 그날의 광경이 생생했다. 볼을 스치던 바람의 온도, 공기에 섞인 흙내음, 응원단이 연습하는 소리와 찰칵, 들려오던 셔터 음까지.

그날만큼은 행복했다.

그때만 해도 윤성을 떠올리며 순수하게 설렐 수 있었고, 그때만 해도 윤성을 떠올릴 때 아프기만 하진 않았다.

이 두 장의 사진은 윤성을 사랑했던 나날 중 유일하게 행복했던 추억이었다.

'정말 오랜만에 꺼내보네.'

쓴웃음을 지으며 사진을 응시했다.

'내가 뭘 하고 있는 걸까?'

*　*　*

'내가 뭘 어떻게 해야 하는 걸까?'

라고 생각하며, 윤성은 모니터를 가득 채운 사진을 물끄러미 응시했다. 그때 찍은 두 장의 사진은 윤성에게 보물이었다. 이 사진들만큼은 평생 가지고 가자고, 내 인생을 지탱해준 하나의 버팀목으로 삼자고 결심했다.

'이래서야 스토커라는 소리나 듣겠군.'

나이는 먹을 만큼 먹었지만, 여자에게 먼저 대시를 해본 적이 없는 윤성이었다. 어디까지가 적당한 선인지 알 수 없었다. 이럴 때 의논을 할 친구라도 있으면 좋을 텐데, 떠오르는 사람은 태훈뿐이었다.

하지만 이제 와서 태훈에게 도와 달라고 연락을 할 수는 없다.

'태훈이가 도와주지도 않을 거고.'

소희에게는 시간이 지나면서 많은 것이 변했다고 말했지만, 사실 변한 건 아무것도 없다.

'난 여전히 어수룩하고 미련해.'

소희의 앞에선 느긋한 척하지만, 사실은 굉장히 긴장한 상태였다.

소희는 모를 것이다. 그녀와 함께 있을 때 윤성의 심장이 얼마나 빠르게 뛰는지, 손이 얼마나 차가워지는지. 그녀의 말투, 표정 하나하나가 얼마나 윤성을 긴장시키는지, 소희는 조금도 모를 것이다.

아주 오래전, 그 풋풋한 첫사랑을 시작했을 때부터, 소희의 시선을 한 번이라도 받아보고 싶은 이 마음이 여전히 건재하다는 것을, 그녀는 결코 모르리라.

"난 앞으로 최선을 다해 소희의 마음을 얻을 생각입니다."

문득 재현의 말이 떠올랐다.

'그래, 재현아.'

소희를 사랑하면서도 연적인 윤성을 걱정해 주었던 착하고 곧은 남자.

‘나도 최선을 다해야겠지. 그저…….’

윤성은 모니터의 소희를 물끄러미 응시하며 생각했다.

‘내 행동 때문에 소희가 아파할 일이 없기를 바랄 뿐이야.’

8장

27살, 계속된 사랑

"자, 언니. 이제 도망 못 치십니다."

아침부터 점심시간이 될 때까지, 지혜는 호기심으로 가득 찬 눈을 번쩍번쩍 빛내며 소희와 접촉을 시도했다. 하지만 소희는 열심히 지혜를 피해 다녔다. 지혜가 퍼부을 질문의 내용을 예상하고 있었기 때문이었다.

쉬는 시간에야 이러저러한 핑계를 대고 교무실을 벗어날 수 있었지만, 긴 점심시간에는 그럴 수 없었다. 평소에는 짧게 느껴졌던 50분의 점심시간이 원망스러웠다.

밥은 10분이면 다 먹는데, 왜 50분이나 시간이 주어진 걸까.

학생들이 알게 되면 증오할 만한 생각을 하며, 소희는 지혜를 응시했다. 지혜의 눈은 여전히 번쩍번쩍 호기심의 빛을 뿜어냈다.

"점심시간은 길어요, 언니. 이제부터 진지하게 대담을 시작해 봅시다."

"이 선생님, 우리 5교시 수업 준비를 하는 게 어때요?"

"거리를 두려고 해도 소용없어요, 언니. 나는 똑똑히 목격했고, 알아내겠다고 다짐했거든요."

"대체 왜 그런 다짐을 하는 거야? 남자 친구랑 결혼 얘기 오간다면서? 그쪽 문제만으로도 생각할 거리 많은 거 아냐?"

"언니, 그런 식으로 말씀하시면 서운하죠. 원래 사람은 내 결혼 얘기보다 남의 연애 얘기 듣는 걸 더 좋아하는 법이거든요."

"연애 얘기라니. 그런 거 없어."

"없긴요. 언니, 제 눈은 절대 못 속여요. 제가 연애 경력이 몇 년인데."

"네 연애 경력이 많은 건 알겠는데, 진짜로 연애라든가 그런 거 없다니까?"

"없긴요. 언니. 어제의 상황을 생각해 보세요. 누가 봐도 있어 보였어요. 그 상황에서 아무것도 없으면, 그게 이상한 거죠. 자, 자. 제가 입에 지퍼 딱 채울 테니까, 안심하고 허심탄회하게 말씀해 보세요."

"지퍼고 뭐고."

"얼른요, 언니. 그냥 선후배는 아니었죠?"

광기조차 느껴지는 지혜의 눈빛을 보니, 대충 얼버무리면서 벗어날 수는 없을 것 같았다. 소희는 한숨을 푹 내쉬었다. 어깨까지 들썩거릴 정도로 깊은 한숨을 내쉬는 걸 보면, 지혜가 한 발 물러서 줄지도 모른다고 생각했다. 하지만 지혜는 그렇게 녹록한 여자가 아니었다.

오히려 더 눈을 빛내며, 지혜가 중얼거렸다.

"그렇게 내장까지 튀어나올 만큼 한숨을 내쉬다니. 그만큼 깊은 이야기가 있는 게 틀림없군요. 점심시간만으로 모자랄 수도 있겠네요. 우리, 다음 시간 땡땡이칠까요?"

"지혜야, 네가 선생이거든?"

"제가 땡땡이치는 꼴 보고 싶지 않으시면, 얼른 이야기 보따리를 푸시는 게 좋을 겁니다."

지혜가 이렇게 가볍게 질문을 해오니, 소희의 마음까지 가벼워졌다. 어젯밤까지만 해도 강윤성과의 관계가 끝이 보이지 않는 늪처럼 느껴졌는데 신기한 일이다. 확실히 어떤 사람과 얘기하느냐에 따라, 겪고 있는 상황의 무게도 달라지는 것 같다.

"대학교 1학년 때, 강윤성 선생님을 짝사랑했어. 하지만 강윤성 선생님한테는 그때 여자 친구가 있었고, 난 그런데도 고백을 했고, 차였지."

가볍게 얘기하려면 얼마든지 가볍게 얘기할 수 있는 이야기였다. 그래, 누구나 한 번쯤은 겪는, 대단할 것 없는 짝사랑.

"그 후에 강 선생님은 졸업을 했고, 쭉 못 보다가 이번에 다시 만나게 된 거야."

간추려서 말하고 나니 마음이 홀가분했다. 그때의 일을 모르는 타인에게 윤성을 향한 짝사랑 이야기를 해본 것은 처음이었다. 헛웃음이 나올 만큼 아무것도 아닌 이야기여서 오히려 머릿속이 정리되는 것 같았다.

"그래요?"

이야기를 들은 지혜는 어리둥절한 표정을 짓고 있었다.

"응. 딱 그것뿐이야. 어쩌다 보니 애인 있는 남자를 짝사랑하게 돼서 속앓이를 좀 했었지."

"언니가 짝사랑을 했다고요?"

"응. 왜? 짝사랑 안 하게 생겼어?"

"아뇨, 그게 아니라……."

지혜가 고개를 갸우뚱했다.

"오히려 강 선생님이 언니를 짝사랑했을 거라고 생각했거든요."

"그래?"

지혜도 그렇고, 어제 정원도 그렇고, 왜들 그렇게 생각하는지 모르겠다. 윤성이 가지고 있는 그 분위기 때문인 걸까?

"네. 아무리 봐도 그렇던데…… 뭐, 아무튼 완전 로맨틱하네요."

"로맨틱해? 뭐가? 짝사랑이?"

"그렇잖아요. 그때야 강 선생님이 애인이 있어서 잘 됐지만…… 지금은 강 선생님 솔로잖아요. 언니도 솔로고. 결혼적령기의 남녀가 서로 솔로일 때 다시 만나게 됐는데, 완전 로맨틱하지 않아요? 어쩌면 언니랑 강 선생님이랑 인연일지도 몰라요."

"아냐, 절대."

"아뇨, 완전 인연이에요. 보니까 강 선생님도 언니한테 마음이 있는 것 같던데…… 어쩌면 그때 강 선생님도 언니를 좋아했을지도 모르잖아요. 애인이 있어서 언니 고백을 받아주진 못했지만."

"아냐, 그런 거."

"에이, 언니. 그렇게 딱 잘라 말씀하실 건 아니죠. 사람 마음이라는 게, 겉으로 보기엔 절대 알 수 없는 거잖아요. 내 마음, 내가 알기도 힘든데. 언니, 이 기회에 강 선생님이랑 잘해 보세요. 강 선생님, 진짜 잘 생겼잖아요."

지혜는 마치 자기 일인 것처럼 신나서 말했다.

"학생들 얘기 들어보면 성격도 되게 좋은 것 같더라고요. 여기서 4년 근무하면서 문제 일으킨 적도 없고. 크게 화를 낸 적도 없대요. 남자 친구로 딱 좋지 않아요?"

"않아."

소희가 단호하게 말했다.

"내가 강 선생님이랑 사귀게 되는 일은 없을 거야. 그러니까 이제 내 앞에서 강 선생님 얘기는 안 했으면 좋겠어."

조금 심하다 싶을 만큼 차가운 목소리에, 지혜가 눈을 크게 떴다. 당황한 지혜의 표정을 보고 나서야, 자신이 너무 예민하게 반응했다는 것을 깨달았다.

지혜로서는 그저 좋은 의미로, 반쯤은 장난으로 얘기한 것이리라. 여자들끼리 모이면 누구 어때, 누구랑 잘해 봐, 라는 수다를 떨듯이, 그렇게 가볍게.

문제는 이 마음이 그리 가볍지 않다는 점이었다.

"미안해, 지혜야."

하지만 마음의 무거움을 지혜에게까지 떠넘길 수는 없었다. 소희는 애써 웃으며 말했다.

"난 그냥…… 아직은 누구와도 사귀고 싶지 않아."

* * *

윤성을 다시 만나게 되고 일주일이 흘렀다. 계속 마주칠까 봐 걱정했는데, 일주일 동안 한 번도 윤성을 보지 못했다. 상담실은 별관에 있었고, 교무실은 본관에 있기 때문에 윤성이 돌아다니지 않는 이상은 마주치기 힘들다.

어느 순간 복도를 걸을 때마다 윤성을 찾고 있는 자신을 깨달았다. 이 무의식적인 행위는 이성으로 자제시킬 수가 없는 모양이다. 이제는 그런 자신에게 환멸조차 느껴지지 않았다.

지혜는 윤성과 소희 사이에 무언가 일어나기를 기대하는 것처럼 보였지만, 일주일이 지나도록 아무 일도 없으니 포기한 눈치였다. 지혜가 그렇듯 자신의 마음도 그랬으면 좋겠다고 생각했다.

3월이 지나고, 4월이 오면, 그리고 5월이 되면 익숙해지지 않을까. 이 학교에 강윤성이란 상담 교사가 근무하고 있다는 사실에.

4교시 수업이 없어서 교무실에 앉아 영어로 된 소설책을 읽고 있었다. 이해되지 않는 문장이 있어서 해석을 하느라, 교무실 문이 열린 것도 몰랐다.

"차 선생님."

느닷없이 들려오는 윤성의 목소리에, 고개를 번쩍 들었다. 흰색 와이셔츠가 먼저 눈에 들어왔고, 긴 목이, 그다음에 작은 얼굴이 보였다. 윤성과 소희가 대학 선후배 관계라는 사실은 이미 교무실에 퍼진 터라, 이상하게 여기는 사람들은 없었다.

"아, 강 선생님. 안녕하세요."

멍청히 그를 올려다보며 인사했다. 그가 빙그레 웃었다.

"잠깐 볼까?"

지혜가 교무실에 없어서 다행이었다.

"네, 그래요."

보는 눈이 많은 곳에서 윤성에게 예민한 반응을 보일 수가 없었다. 소희는 애써 아무렇지도 않은 척 일어났다. 윤성이 먼저 빙글 몸을 돌려 교무실을 나섰다. 소희는 아랫입술 안쪽의 살을 잘근잘근 씹으며 그의 뒤를 따라 나갔다.

그가 교무실 앞 복도에서 소희를 기다리고 있었다.

"무슨 일이세요?"

목소리를 낮추고 물었다.

"점심 같이 먹자."

"선배님……."

일주일간 아무 일도 없어서 이제 그만두는 줄 알았는데, 또 왜 이러는 걸까? 이렇게 기습적으로 접근을 해오니 당황스럽다. 윤성의 속을 도무지 읽어 낼 수가 없었다.

"부탁이야. 같이 점심 먹자."

그는 여전히 미소를 짓고 있었지만, 그의 입가에 미묘하게 긴장된 기색이 드러났다.

'긴장이라고? 강윤성 선배가?'

윤성이 긴장할 이유는 아무것도 없었다. 만약 있다면 소희의 입에서 윤성의 대학 시절의 일들이 퍼져 나갈지도 모른다는 우려 때문이겠지.

'아, 그것 때문인가?'

어쩌면 소희의 입을 막기 위해 이렇게 잘해 주려고 하는 걸지도 모르겠다. 윤성의 대학 시절은 나쁜 소문을 만들어 내려고 하면 얼마든지 만들어 낼 수 있는 상황이었으니까.

'아니, 그럴 리는 없어.'

소희는 곧 그 생각을 지웠다. 아무리 윤성이 밉다지만, 그의 인간성까지 바닥으로 짓밟고 싶진 않았다. 윤성은 그런 생각으로 남에게 잘해 주는 사람은 아니다. 윤성에 대해 잘 아는 것은 아니지만, 그것만은 알고 있었다.

'윤성 선배는 쓰레기가 아니야. 그저…… 그래, 내 가슴이 아팠던 건 결국 내 문제였으니까.'

혼자만의 생각에 빠져 있느라, 윤성이 대답을 기다리고 있다는 것을 깜빡했다. 뒤늦게 그가 '부탁'한 것을 떠올리고 입술을 열었다가 닫았다. 소리를 내서 대답을 하는 대신 고개만 끄덕인 이유는, 이 상황이 탐탁지 않음을 이렇게나마 알리고 싶기 때문이었다.

하지만 그 대답만으로도 충분하다는 듯 윤성의 표정이 밝아졌기에, 소희는 그만 심장이 철렁 내려앉고 말았다.

'저러면 꼭…… 지혜 선생이랑 정원 선생 말이 사실인 것 같잖아.'

수업 중이라 복도에 아무도 없는 것이 다행이었다. 고개를 푹 숙이고 윤성의 뒤를 졸졸 따라가는 모습을 누구에게도 보이고 싶지 않았다.

"그런데 지금…… 어디로 가시는 거예요?"

밖으로 나가거나 교사 식당으로 갈 줄 알았는데, 윤성은 별관으로 향하고 있었다.

"상담실."

윤성이 걸음을 조금 늦춰 소희의 옆에 위치하며 말했다.

"상담실이요? 거기서 밥 먹게요?"

"응."

"왜요?"

또 밀폐된 공간에 둘만 있어야 하는 걸까? 분명 무거운 분위기가 될 텐데.

"창피해서."

생각지도 못한 윤성의 대답에 심장이 덜컥 내려앉았다.

"창피하다고요?"

"응."

"뭐가요? 제가요?"

"어?"

윤성이 놀란 듯 소희를 돌아봤다.

"저랑 밥 먹는 게 창피하면 같이 안 먹으면 되는 일 아닌가요?"

"아니, 그런 게 아니라……."

윤성이 난감한 듯 검지로 볼을 긁적거렸다. 그가 이런 식으로 당황하는 모습은 처음 봤다. 그게 조금 귀엽다는 생각이 들어서 짜증이 났다.

'귀엽긴 뭐가 귀여워! 나이 서른이 넘은 남자인데!'

"아무튼 그런 게 있어. 일단 와보면 알아."

기분 탓일까? 윤성의 얼굴이 붉어진 듯 보였다.

뭐가 창피하다는 건지는 모르겠지만, 소희가 창피한 것이 아닌 건 분명했다.

별관 1층에 있는 상담실에 도착했다. 윤성은 거리낌 없이 문을 열고 들어갔지만 소희는 망설여졌다.

괜찮을까? 들어가도? 그냥 돌아가는 게 낫지 않을까?

"들어와, 소희야."

망설임은 그가 열린 문을 잡고 비스듬히 서서 말하는 것을 듣는 순간 깨끗이 사라졌다. 마법에 걸린 것처럼, 소희는 상담실 안으로 한 걸음 발을 내디뎠다.

상담실은 두 개의 공간으로 나뉘어 있었다. 상담을 하는 공간과 윤성이 평소에 시간을 보내는 공간. 두 개의 공간 사이에는 미닫이문이 있었고, 윤성은 상담을 하는 공간으로 들어갔다.

책상이 하나, 마주 보는 위치에 의자가 두 개, 책상 위에는 예쁜 꽃병에 프리지아가 꽂혀 있었다.

"여기 앉으면 돼."

윤성이 의자를 빼내 주며 말했다. 소희가 말없이 앉자, 윤성이 맞은편에 가서 앉았다. 옆에 난 창문으로 3월의 햇살이 쏟아져 들어왔다. 상담실에 들어올 때부터 들려오던 은은한 클래식 음악이 귓가를 간질였다.

"좋네요, 상담실."

"응. 아이들이 편한 기분을 느껴야 하니까."

"뭔가 시켜먹을 건가요?"

"아니, 음…… 내가 준비를 좀 해봤어."

"준비요?"

"응. 그러니까……."

그는 조금 망설이더니, 허리를 숙여 아래에서 쇼핑백 하나를 집어 책상 위에 올려놨다. 쇼핑백 안에 든 것을 꺼내는 그의 손놀림이 묘하게 긴장한 듯 보였다.

처음에 쇼핑백을 봤을 때만 해도 편의점 도시락이나 백화점 푸드 코너에서 파는 포장 도시락을 꺼낼 줄 알았다. 그런데 등장

한 것은 4단 찬합이었다.

"찬합……이네요?"

"응, 찬합이지."

그는 뚜껑을 열지 않고 찬합을 노려봤다. 그가 가지고 온 찬합을 소희가 여는 것도 이상하기에, 소희도 말없이 찬합을 응시했다. 둘은 마치 풀기 힘든 퍼즐을 앞에 둔 사람처럼 한동안 찬합만 보고 있었다.

"저……."

결국 소희가 먼저 입을 열었다.

"그 안에 뭐가 들었기에 그렇게 노려보고 계세요? 살아 있는 거라도 들었어요?"

"아, 그래. 열어야지."

그가 잠에서 깨어난 사람처럼 말했다. 그의 손이 머뭇머뭇 찬합으로 향했다.

'대체 왜 저러지?'

윤성의 행동을 이해할 수가 없었다.

정말 이 남자는 여러 의미로 속을 알 수가 없다.

"내가."

윤성이 찬합을 한 단, 한 단 나눠 내려놨다.

"혼자 산 지 10년이 넘었거든."

그가 갑자기 인생 이야기를 꺼냈다. 찬합 뚜껑을 열며 그런 이야기를 하는 윤성의 의도가 뭔지 파악하기 힘들었다.

"10년 넘게 늘 밖에서 음식을 사 먹거나 시켜먹었어. 요리를 해본 적이 없지."

소희는 그를 이해하기를 그만두고, 찬합 안에 들어 있는 것들을 감상했다.

마치 어디서 사 온 것처럼 정갈하게 음식이 담겨 있었다. 유부초밥, 문어 모양 비엔나소시지, 계란말이, 김치, 나물, 멸치볶음…… 4단 찬합인 데다가 크기도 커서, 한 끼로 먹기 과할 정도로 종류가 많았다.

윤성과 같이 밥 먹을 기분은 아니지만, 맛있어 보이는 음식에 냄새까지 맡으니 배가 고파졌다.

"연습할 시간이 필요했어."

연습, 이라는 말은 보통 악기나 운동 쪽에 사용을 한다. 게다가 윤성은 오래전에 태훈과 농구를 자주 했었다. 그래서 소희는 막연히 농구 연습을 했다는 말일 거라고 생각했다.

"실패한 음식은 도저히 버릴 수가 없어서, 최근엔 계속 탄 음식만 먹었어. 이건 겉보기엔 괜찮은데, 맛이 어떨지는 잘 모르겠다."

그제야 찬합에 꽂혀 있던 시선을 들어 윤성에게 고정시켰다. 그의 하얗고 말간 얼굴을 멍하니 응시하다가 물었다.

"실패한 음식……."

"응, 정말 맛없더라. 내가 만든 거지만."

"연습이라는 게…… 설마…… 요리 연습?"

"응. 아니면 뭐겠어?"

"아……."

시선을 내려 다시 찬합에 가득한 음식들을 하나하나 살펴봤다. 유부초밥이나 소시지를 굽는 거야 만들기 쉽지만, 나물 무침이나 멸치볶음 같은 건 초보자가 만들기 꽤 힘들었을 것이다.

"일주일 내내 집에 가자마자 요리를 하면서 보냈어. 요리책만 보고 만드는 거, 힘들더라. 똑같이 한 것 같은데, 왜 그런 맛이 안 나지?"

쑥스러운 걸까? 그가 평소와 달리 말이 많았다.

갑자기 웃음이 나왔다.

윤성이 왜 요리 연습을 시작한 건지, 어째서 도시락을 싸와 소희와 먹으려고 하는 건지는 아직도 모르겠다. 하지만 일주일 동안 요리책을 보며 진지하게 요리를 하고, 생각대로 되지 않아 허둥거렸을 그를 떠올리니 귀엽기도 하고 웃기기도 해서, 웃음이 나왔다.

그래서 고개를 숙이고 키득키득 웃었다. 사실은 자신이 웃는다는 자각도 없었다. 그냥 그가 혼자 허둥댈 모습을 상상했고, 웃음은 저절로 따라왔을 뿐이었다.

그러다가 뒤늦게 웃고 있다는 것을 깨닫고 간신히 표정을 갈무리했다. 고개를 들자, 손바닥에 턱을 괴고 이쪽을 지그시 응시하는 그가 보였다. 그는 무척이나 달콤한 미소를 짓고 있었다.

심장이 또 철렁, 내려앉았다.

"드디어 웃어 주는구나."

윤성이 말했다.

"네가 웃는 거, 참 오랜만에 본다."

위험해.

그는 너무나 달콤하다. 속을 알 수 없는데 달콤해서 위험하다. 이대로 그에게 휘둘리면 분명 또다시 지옥을 걸어가게 될 것이다.

"선배님, 대체……."

소희는 고개를 푹 숙이고 허벅지 위에 올려 둔 두 손을 꽉 쥐었다.

"저한테 왜 이러세요?"

목소리가 떨렸다. 윤성은 대답을 하는 대신 나무젓가락을 쪼개 소희의 앞에 놔주었다.

"일단 식사를……."

"아니요, 선배님. 들어야겠어요. 저한테 왜 이러시는 거예요? 저요, 선배님. 죄송한 말인데, 아까는 이런 생각까지 들었어요. 혹시 내가 학교에 선배님 대학 시절 이야기를 퍼뜨릴까 봐, 입막음하려고 이러시나 하는 생각."

"그래, 그렇게 보일 수도 있겠다."

그의 목소리가 쓸쓸하게 들려왔다.

"선배님이 그런 사람이 아니라는 건 알아요. 그런데요, 그게 아니면 이러시는 이유를 정말 알 수가 없어서요. 선배님이 원래 다정한 사람이라는 건 아는데, 그래도 이건…… 이렇게 열심히 요리 연습을 해서 도시락을 싸오는 이런 행동은…… 꼭…… 정말 꼭…….”

‘날 좋아해서 그런 것 같잖아요.’

라는 말을 삼켰다. 설레발치는 마음을 드러내서 비참해지고 싶지 않았다. 다 잊었다고, 흔들리지 않을 거라고 윤성에게 말해 둔 주제에, 이제 와서 그런 말들에 흔들리는 걸 들키기 싫었다.

사랑에 자존심 같은 거 필요 없다고?

아니, 그렇지 않다. 사랑 때문에 자존심을 버리면 비참해지고, 그 비참함은 자존감을 야금야금 갉아먹어, 결국은 자존감도 자신감도 없는 삶을 살아가게 된다.

“이런 거 정말…… 이상해요, 선배님. 만약 제가 옛 소문 퍼뜨릴까 봐 그러시는 거라면 걱정 안 하셔도 돼요. 전 절대…….”

“인연이 세 번이면 운명이라는 말 알아?”

윤성이 소희가 어렵게 이어가는 말을 끊으며 물었다. 생각지도 못한 주제를 꺼내는 윤성 때문에 울컥 화가 치밀었다.

놀리는 걸까? 이쪽은 정말 심각한데.

고개를 번쩍 들어 그를 노려봤다. 그는 웃음기 없는 얼굴로 소희를 보고 있었다. 그의 눈동자에 소희를 놀리는 기색은 없었다.

“그렇다면 세 번의 사랑은 뭘까?”

“선배님, 전…….”

“소희야. 난 31년을 살면서 세 번 사랑을 했고, 그 세 번 다 같은 여자를 사랑했어."

윤성의 사랑이라는 말에 떠오르는 여자는 예진뿐이었다. 지금 예진과의 사랑 이야기를 듣고 싶지 않았다. 그래서 짜증 섞인 목소리로 물었다.

"주예진을 아직도 사랑하세요?"

"예진이는 솔직하게 자기 마음을 표현하면서 나에게 다가왔어. 그 애를 많이 좋아했지만, 아마 그건 사랑이라기보단 우정에 가까운 감정이었을 거야."

"거짓말. 그런 게 어디 있어요?"

"그런 게 있다는 걸, 너는 알 거야."

왜인지, 소희는 윤성이 재현의 이야기를 하고 있다는 것을 알 수 있었다. 만약 소희가 윤성을 짝사랑하지 않았다면, 그럴 때에 재현이 고백을 해 왔다면 사귀었을지도 모르겠다.

재현을 사랑하게 되었을지 아니었을지는, 이제 와서는 모르겠다. 하지만 사랑하지 않았다면, 많이 좋아했을 것이다. 가장 편하고 좋은 친구 같은 연인. 어쩌면 사랑보다 우정에 가까운 그런 감정을 가졌을지도.

"못 보면 보고 싶고, 보면 설레고, 이름만 들어도 심장이 격하게 뛰고, 하루 종일 그 사람만 생각나고, 그 사람에 대한 내 상상 하나 때문에 하루에도 수십 번씩 천국과 지옥을 오가고. 그 사람과의 미래를 꿈꾸고, 그러다가 그럴 일 없다는 것에 좌절하고, 이제 그만두자고 생각하지만 정신을 차리고 보면 다시 그 사람을 찾고 있고…… 그런 사랑을 했어."

윤성이 담담하게 늘어놓는 감정의 나열에 입안이 바싹 말랐다. 그것은 소희가 윤성을 짝사랑했을 때에 느꼈던 감정이었다.

"그래, 소희야. 난 세 번 짝사랑을 했고, 그 세 번 전부 같은 여자였어."

그제야 윤성이 오래전 해 주었던, 첫사랑에 대한 이야기가 떠올랐다.

"친구 사촌 동생……."

"그래. 기억하는구나."

그의 입가에 그립다는 듯 옅은 미소가 떠올랐다. 그 순간, 소희는 이름도 모르는 그녀를 미치도록 질투하는 자신을 깨달았다. 이제 그에 대한 마음을 접었다고 생각했는데, 그의 사랑을 오롯이 받는 그 여자가 밉고 질투 나서 당혹스러웠다.

"어린 시절 만났던 그녀는 친한 동생의 사촌 동생이었어. 그러고 몇 년이 흘러 3월 초 신입생 환영회의 밤, 차가운 바람이 부는 골목에서 술 때문에 힘들어하는 신입생을 만났고 또 짝사랑이 시작됐어."

이 남자가 무슨 소리를 하는 거지?

소희는 멍하니 윤성의 붉은 입술을 응시했다.

3월 초 신입생 환영회의 밤, 차가운 바람이 부는 골목에서 술 때문에 힘들어하던 신입생.

'아니, 다른 신입생 환영회겠지. 신입생 환영회는 매년 열리

니까.'

소희는 가슴속에 피는 빛을 억지로 뽑아 내던졌다.

"그리고 지금 이 학교에 들어온 신입 영어 교사. 7년 만에 만나는 건데 보는 순간, 난……."

윤성이 소희를 지그시 응시하며 말을 이었다.

"또 사랑에 빠졌어."

"……."

"그렇게 세 번, 나는 한 여자를 사랑하고, 사랑하고, 또 사랑하고 있어."

시선을 돌려야만 한다. 저 거짓말 같은 이야기를 온전히 받아들여서는 안 된다. 저 달콤한 거짓말을 믿어서는 안 된다.

윤성이 세 번이나 소희를 짝사랑했다니. 이 가슴에 질투의 불을 붙인 여자가, 사실은 자신이었다니. 말도 안 됐다. 정말 말이 되지 않았다.

하지만 떠올랐다.

친한 동생이 내 사촌 동생은 건드리지 말라고 했다는 말. 태훈이라면 할 법한 말.

7년 전 마지막 밤, 그의 서글픈 눈빛과 이마에 닿은 입술.

그리고 지금, 소희의 앞에서 긴장한 듯 보이는 그의 행동.

"갈래요!"

비명처럼 외치며 일어났다.

"갈 거예요."

그렇다고 그의 말을 고스란히 믿을 수는 없었다. 그렇게 사랑했다면, 왜 그때에 예진을 선택했단 말인가. 예진의 일을 해결할 때까지 기다려달라는 말이라도 했으면 얼마든 기다렸을 텐데. 그리고 왜 예진과 헤어진 후에 연락을 하지 않았단 말인가. 그렇게나 사랑한다면 한 번쯤 철면피가 될 수도 있는 건데.

그러니까 그의 말을 믿을 수 없다.

"소희야."

그가 소희의 손목을 붙잡았다.

"제발 도망치지 마."

"아뇨, 갈래요. 전 그 말을 도저히 믿을 수가 없어요. 선배는 그때 주예진을 선택했어요. 주예진과 헤어진 후에도 내게 연락하지 않았어요. 그래 놓고 사랑한다고요? 아뇨, 선배. 아니에요. 난 선배를 위해 뭐든 할 수 있었는데, 선배는 아니었잖아요."

"나 때문에 네가 변해가게 둘 수 없었어."

"……!"

"나 때문에 네가 네 몸에 상처를 입혔어. 그런데 어떻게 너에게 기다려달라고 말하지? 어떻게 그런 너에게, 이제 나 자유의 몸이 되었다고 연락하지? 네가 날 위해 어디까지 할 수 있는지 아는데, 내가 어떻게 넉살 좋게 네 곁에 돌아가?"

"그럼 지금은 왜 이래요? 내가 싫다는데, 왜 자꾸 이래요?"

"10년 후에 후회하기 싫어서."

"10년 후……."

"이제는 내가 널 행복하게 해 줄 수 있을 것 같아서."

"……."

"이제 네 마음 불안하게 만드는 존재가 아니게 돼서."

"……."

"그리고 이 마음이……."

윤성이 소희를 억지로 돌려세웠다. 그는 소희를 내려다보며 말했다.

"이제 나 자신도 자제시킬 수 없어져서."

"……."

"그냥 놔두면 터질 것 같아서."

"……."

"그렇게 널 사랑해서."

윤성이 소희를 끌어안았다.

"사랑해, 소희야. 처음 사랑을 했을 때보다 두 번째 사랑을 했을 때 이 마음이 더 커졌고, 지금은 그보다 더 커졌어."

이런 고백을 꿈꾸던 시기가 있었다. 하지만 그 시기는 오래전에 지나갔고, 그 시기 때문에 심장이 타버렸다. 그의 고백을 진실이라 믿으며 속 편하게 받아들이기엔, 심장이 너무 굳어 있었다.

소희는 두 손으로 윤성의 가슴을 밀어냈다.

"이러지 마세요."

그때를 기다렸다는 듯 점심시간을 끝내는 종이 울렸다.

"수업이 있어요. 갈게요."

"소희야."

"여기가……."

소희는 자기 가슴을 손가락으로 콕콕 찔렀다.

"새까맣게 탔어요."

마음이 진정을 되찾았다. 언제 술렁였냐는 듯, 뻥 뚫렸던 시기로 돌아갔다.

"그래서 이제 없어요. 선배를 향한 마음도, 열정도. 그러니까 그만두세요. 이제 재생되지 않으니까."

소희는 휙 돌아서서 도망치듯 상담실을 빠져나왔다. 황급히 나와 달려가느라, 소희는 몰랐다. 그 모습을 지켜보는 학생들이 있다는 것을.

* * *

소희가 상담실에서 도망치듯이 뛰어나왔다. 상담실에서 윤성과 단둘이 있을 때 무슨 일이 있었던 거다. 소희가 윤성에게 고백을 했다가 차인 게 분명하다. 아니다, 윤성이 소희에게 몹쓸 짓을 한 것 같다.

소문은 학생들의 입에서 교사들의 입을 타고 빠르게 퍼졌다. 그 이튿날, 흉흉한 소문에 대해 모르는 사람은 당사자인 소희와 윤성밖에 없었다.

아침 조회 시간에 교무실에서 흘끗흘끗 쳐다보는 교사들의 시선을, 소희는 느끼지 못했다. 머릿속이 윤성의 일로 꽉 차 있어서 다른 것을 살펴볼 여유가 없었던 것이다.

하지만 1교시 수업을 할 때는 이상함을 느꼈다. 교실 분위기가 전반적으로 어수선했고, 칠판에 필기를 하기 위해 돌아설 때마다 학생들이 수군거리는 것을 느꼈다. 귀를 기울여 보니 간간이 윤성이라든가, 상담실 같은 소리가 흘러나왔다.

'무슨 일이지? 어제 상담실에 같이 들어간 걸 누군가가 본 건가?'

윤성은 여학생들 사이에서 스타니까, 사소한 일로도 이런저런 소문이 돌 법도 했다. 하지만 지금 수업을 하는 반은 남학생 반이다.

'윤성 선배는 남학생들한테도 인기가 많은 걸까? 하긴, 태훈이 오빠가 윤성 선배한테 그렇게 신경 썼던 걸 보면, 남자한테도 꽤 인기가 많을지도 모르겠네.'

아이들 사이에 돌고 있을 소문이 궁금했지만, 구태여 물어볼 생각은 들지 않았다. 어차피 금방 사라질 소문이다. 앞으로 윤성과 만나지 않으면 언제 그랬냐는 듯 잠잠해질 것이다.

하지만 수업을 마치고 교무실로 돌아갔을 때, 소희는 그것이 쉬이 가라앉을 소문이 아니라는 것을 깨달았다.

"차 선생, 교장실로 가 봐."

교무실에 들어서는 순간 심상찮은 분위기를 느꼈는데, 한참 선배인 수학 선생이 냉랭한 목소리로 말했다. 그 말을 듣는 순간

윤성과 관계된 일일 거라는 생각이 들었고, 교장실 소파에 앉아 있는 윤성의 모습에 자신의 짐작이 맞아떨어졌다는 것을 알게 되었다.

"안녕하세요."

윤성에게 시선을 주지 않고, 그 맞은편에 앉아 있는 교장에게 인사를 했다. 교장은 어두운 표정으로 윤성의 옆자리를 가리켰다.

"차 선생, 앉아 봐요."

"네."

윤성과의 사이에 한 사람분의 공간을 남겨 두고 떨어져서 앉았다. 교장은 가슴 앞에서 팔짱을 끼고 윤성과 소희를 번갈아 쳐다봤다.

"강 선생과 차 선생 사이에 불미스러운 소문이 돌고 있던데, 알고 있어요?"

머리가 희끗한 교장은 콕 집어 말하기 난감한 듯 두루뭉술하게 물었다.

"불미스러운 소문이요?"

"강 선생이랑 차 선생이 대학 선후배 관계였다, 는 이야기는 들어서 알고 있는데. 두 사람이 어제 상담실에서 단둘이…… 흠. 안 좋은 일이 있었다는 이야기를 들었는데."

"안 좋은 일이요?"

"그러니까……."

교장은 여자인 소희 대신 윤성에게로 시선을 고정시켰다.

"강 선생. 혹시 차 선생에게 성적 수치심을 느낄 만한 행동을 한 것 아닙니까?"

"그런 이야기가 돌고 있습니까?"

윤성이 처음으로 입을 열었다. 소희는 그가 어떤 표정을 짓고 있는지 보고 싶었지만 꾹 참았다.

"여러 이야기가 오가는데, 차 선생이 상담실에서 도망쳐 나온 건 분명한 것 같더군요. 그걸 직접 본 학생들에게 확인을 했어요. 차 선생이 무척 불쾌한 표정이었다고 하던데."

"아……."

윤성은 의미를 알 수 없는 탄성을 작게 내뱉었을 뿐, 그 어떤 변명도 하지 않았다. 소희는 윤성이 왜 아무 변명도 하지 않는지 알고 있었다. 그는 생각하고 있을 것이다. 자신이 그럴 의도가 없었더라도 소희가 불쾌감을 느꼈다면, 그것은 처벌받아 마땅한 일이라고.

그런 사람이었다, 윤성은. 단 1년, 먼발치에서 그를 바라봤을 뿐인데, 윤성이 그런 사람이라는 것을 알고 있는 자신이 싫었다.

"어제."

소희가 입을 열었다.

"강 선생님이."

교장은 소희의 입에서 파렴치한 행위에 대한 이야기가 나올 거라고 예상한 듯, 소희 쪽을 보지 못하고 있었다.

"도시락을 싸 주셨어요."

이어지는 말에 놀란 듯, 교장이 눈을 동그랗게 뜨고 소희를 쳐다봤다. 늘 엄격하게 보이던 교장의 놀란 표정이 조금 웃겼다.

"그게 너무 맛없어서요."

"뭐라고요?"

교장은 잘못 들은 줄 알았는지 미간을 좁히며 되물었다.

"그러니까…… 어제 강 선생님이 직접 도시락을 싸오셨어요. 오랜만에 같이 밥이나 먹자고. 그런데 그게 얼마나 맛없는지……."

"아……."

이번에는 교장이 의미를 알 수 없는 탄성을 내뱉었다.

"어쨌든 저에게는 선배님이 싸오신 도시락이기도 하고, 그래서 억지로 어떻게든 먹어보려고 했거든요. 일단 다 먹긴 했는데, 너무 짜고 느끼해서 탄산음료라도 마셔야겠더라고요. 수업 전에 매점에 들러야 할 것 같아서 뛰어나온 건데, 학생들이 그걸 보고 오해했나 봐요."

"아……."

"아무리 어린애들이라지만, 그걸 보고 그런 식으로 해석을 할 줄은 정말 몰랐어요. 죄송해요, 강 선생님. 일부러 싸오신 건데, 솔직히 정말 맛없었어요."

소희는 난처하다는 표정을 지으며 윤성을 향해 살짝 고개를 숙였다. 거짓말이 먹혀들었는지, 교장이 어쩔 줄 몰라 하는 표정으로 소희와 윤성을 쳐다봤다.

"정말…… 이런 상황은 너무 난처하네요. 들어온 지 얼마 되지도 않았는데, 이런 사건을 일으켜서 죄송합니다."

소희가 일어나서 교장을 향해 깊이 허리를 숙였다.

소희의 말대로라면 잘못한 사람은 학생들의 말을 그대로 믿고 죄 없는 윤성을 성추행범으로 몰아붙인 교장이었다. 교장은 경위 없는 사람이 아니었기에, 소희의 정중한 사과에 무척이나 당황스러워했다.

"고마워."

교장실을 나와 문을 닫은 후, 윤성이 말했다.

"고마워, 소희야."

윤성에게 감사 인사를 받을 이유는 없었다. 불미스러운 소문이 돌았고, 그 소문을 잠재우기 위해 가장 좋은 방법을 택했을 뿐이다.

소희는 윤성의 인사를 무시하고 몇 걸음 걸어가다가 멈췄다. 울컥, 짜증이 치밀어서 윤성을 돌아봤다. 윤성은 가만히 서서 소희를 지켜보고 있었다.

"변명을 좀 하세요."

"……."

"이런 오해를 받았을 때요, 선배님. 제 기분, 상대의 기분, 그런 거 생각하지 말고요. 그냥 선배님 입장을 이야기 좀 하세요."

짜증이 난 이유는, 대학 시절 그를 따라다녔던 무수한 소문들이 떠올랐기 때문이었다. 그때 그가 한 마디만 말했더라면, 그와 주예진 관계에 대해 입장 표명만 했더라면, 윤성은 그렇게 지독한 대학 생활을 하지 않았을 것이다.

"적어도 저와의 관계에 대해서만큼은요, 선배님. 선배님이 나쁜 사람이 되려고 하지 마세요. 선배님이 밉지만, 저 때문에 선배님이 나쁜 사람이 되는 건 더 싫으니까요."

* * *

교장이 교사들에게는 잘 말해 둔 듯 교무실의 분위기는 달라졌다. 하지만 학생들 사이에 도는 소문까지는 어떻게 하지 못한 것 같았다. 점심시간이 지나고 5교시 수업 때까지, 들어가는 교실마다 뒤숭숭했다. 5교시는 여학생반 수업이었는데, 남학생반과 달리 소희를 보는 시선이 심상치 않았다.

질투, 미움, 의문이 가득한 눈빛들.

신경 쓰지 않고 수업을 하려고 했지만, 돌아설 때마다 수군거리는 소리와 간간이 섞여 들려오는 욕설 때문에 견디기 힘들어졌다. 소희는 크게 한숨을 내쉬고 교탁을 두 손으로 짚었다. 학생들을 한 명, 한 명 돌아본 후, 소희가 물었다.

"너희들, 나한테 뭐 할 말 있니?"

그 말을 기다렸다는 듯, 여학생들이 너도나도 말을 뱉어내기 시작했다.

"선생님, 상담 선생님이랑 무슨 사이세요?"

“선생님, 상담 선생님 좋아해요?”

“고백했다 차였죠?”

“상담실에서 둘이 뭐했어요?”

중구난방으로 들려오는 질문들이 하나, 하나 예리하게 소희의 귀에 꽂혔다. 소희는 소란이 잦아들 때까지 기다렸다가 말했다.

“강윤성 선생님은 나랑 같은 대학교 선배님이셔. 그뿐이야.”

“에이, 거짓말!”

“거짓말마세요. 아무리 선배님이라도 그렇지 상담실에 왜 둘이 있어요?”

“선생님이 화가 나서 달려가는 거, 다 봤거든요?”

“선생님, 상담 선생님한테 관심 있는 거 아니에요?”

아이들은 믿지 않았다.

지독하다, 고 소희는 생각했다.

이건 정말 지독하다. 대학 때보다 더하다.

학생들은 선생에게 마음이 없다고 생각한다. 만약 소희가 자기들과 같은 학생이었다면, 소희의 마음을 짐작할 때 더 조심스러웠을 것이다. 하지만 선생의 마음을 짐작할 때는 달랐다. 그들은 말하고 싶은 대로 떠들어댔고, 원하는 대로 엮어버렸다. 자기들이 멋대로 떠들어도 어른인 교사는 상처받지 않을 거라고 생각했다.

이제 와서 생각해 보면, 대학 때 윤성을 향한 소희의 마음을 눈치챈 친구들이 아마 꽤 많았을지도 모르겠다. 다만 예민한 부분이기에 소희의 앞에서 그 이야기를 꺼내지 않았던 것이리라.

하지만 지금은 대놓고 소희와 윤성의 관계를 캐물어서, 오히려 윤성과 연결된 끈이 더 두꺼워지는 것 같다. 끊어내고 싶은 끈이 점점 두꺼워지니, 정말이지 지독하다.

"너희들이 어떤 대답을 원하는지 잘 모르겠는데, 나랑 강윤성 선생님은 그냥 대학교 선후배 관계일 뿐이야. 선배님 졸업하고 7년 동안 우린 연락 한 번 안 했고, 지금도 서로 연락처조차 몰라. 너무 오랜만에 만난 거라서 상담실에서 서로 어떻게 살았는지 대화를 좀 했고, 수업에 늦을까 봐 뛰어나온 거야. 화가 난 표정에 대한 거라면……."

소희는 아이들을 쭉 둘러보며 물었다.

"내가 언제 즐거운 표정을 지은 적이나 있었니?"

* * *

"생각해 보면, 영어 말이 맞아."

5교시 수업이 끝나고, 성지가 중얼거렸다.

"영어가 웃는 걸 본 적이 없는 것 같긴 해. 뭐, 얼마 되진 않았지만."

"야, 너 영어 편들지 마. 영어가 상담 꼬시려고 한 거 확실하거든? 영어가 안 웃긴 해도, 어제 상담실에서 뛰어나올 땐 진짜 화난 표정이었어."

나희가 짜증 섞인 목소리로 말했다.

"옛날이야기하다가 마음 상했을지도 모르지. 게다가 객관적으로 봤을 때, 영어가 딱히 아쉬울 게 없어. 영어, 예쁘게 생겼잖아. 그 정도면 괜찮은 남자 골라잡을 수 있을 텐데."

"야, 야. 그래도 상담 같은 남자는 찾기 힘들거든?"

"영어 주위엔 많을지도 모르지. 향기 좋은 꽃엔 벌이 꼬이잖아."

"시 쓰네. 향기 좋은 꽃은 지랄."

"만약 영어랑 상담이랑 진짜 아무 관계 아니면 어쩌려고그래? 괜히 우리가 여기저기 말하고 다녀서, 두 사람 다 난리 난 거잖아."

"아무 관계 아닌 거, 진짜 아니라니까 그러네. 내가 감이 좋잖아."

"감은 무슨. 그렇게 감이 좋으면 시험이나 잘 찍어봐, 이 계집애야."

나희와 성지가 티격태격 다투는 걸 가만히 보던 다선이 말했다.

"그냥 상담한테 가서 물어보자. 상담은 우리랑 친하니까 솔직하게 말해 주지 않을까?"

"상담 쌤, 은근히 입 무거운데."

"그냥 대충 분위기 보고 오면 되잖아. 만약 둘 사이에 뭔가 있으면 표정에 드러날 테니까."

정규 수업 마지막 시간인 7교시가 끝나자마자 세 학생은 상담실로 달려갔다. 다른 교사들과 달리 정규 수업이 끝나면 일과가 끝나는 윤성은 퇴근 준비를 하고 있었다.

학생들이 노크도 없이 들이닥쳤는데도 윤성은 놀란 기색이 없었다. 다선은, 윤성의 그런 면이 좋았다. 윤성은 또래의 남학생들과 달리 늘 여유가 있었다.

"쌤!"

나희가 이유 없이 바락 외치는데도 윤성은 부드럽게 미소를 지었다.

"왜?"

"쌤, 쌤! 솔직하게 말해 주세요! 솔직하게!"

"뭘?"

"쌤, 영어랑 무슨 관계예요?"

"영어?"

"차소희요!"

"김나희. 말 예쁘게 해야지."

"아씨, 소희 쌤이요. 무슨 사이세요?"

다선이 보기에도 나희는 버릇없어 보일 만큼 무례하게 굴었다. 그래도 윤성은 여유를 잃지 않고 나희를 상대했다.

"소희 선생님은 뭐라셔?"

"소희 선생님 대답은 됐고요, 선생님 대답을 듣고 싶어요! 선생님, 소희 쌤이랑 사귀는 거 아니죠?"

"응, 사귀는 거 아니야."

기분 탓일까?

순간 다선은 윤성의 미소가 무척이나 쓸쓸해 보인다는 느낌을 받았다.

"정말요? 그럼 어제 상담실에서 둘이 뭐하셨어요? 소희 쌤, 엄청 화나서 달려 나가던데."

"같이 밥 먹었어. 수업 늦어서 뛰어나가신 거고."

"거짓말."

"진짜야."

"거짓말이죠? 소희 쌤이 쌤한테 고백했는데, 쌤이 거절하신 거죠?"

나희의 무례한 질문에, 윤성의 얼굴에서 미소가 사라졌다. 윤성의 표정이 굳은 것은 아주 잠깐이었지만, 다선은 똑똑히 목격했다. 하지만 자기만의 세계에 빠진 나희는 보지 못했는지, 몰아붙이듯 말했다.

"선생님, 지금까지 상담실에 여자 선생님이랑 단둘이 있은 적 한 번도 없잖아요. 분명 소희 선생님이 상담실에 밀고 들어왔을 거야. 그쵸? 저 그때 선생님이 이상형인 여자가 되게 다정하고 순수하고 웃는 게 예쁜 사람이라고 말했던 거 기억하거든요. 그런데 영어, 아니, 소희 선생님은 아무리 봐도 다정하지 않아요. 엄청 차갑지. 우리랑 거리 두려고 하고. 웃지도 않고."

"나희야."

윤성이 부드럽지만 단호하게 나희를 불렀다. 그제야 윤성의 분위기가 심상치 않음을 느꼈는지, 나희가 입을 다물었다.

"차소희 선생님은."

윤성의 음성에 한숨이 섞였다.

"정말 좋은 분이야."

윤성의 시선이 나희를 비껴갔다. 분명 어딘가를 응시하고 있는데, 무엇을 보고 있는지 알 수 없었다. 다선은 혹시 소희가 들어왔나 싶어 뒤를 돌아봤지만, 그곳엔 아무도 없었다.

윤성은 무언가 그리운 추억을 더듬는 것 같았다. 그의 눈빛은 다선의 가슴까지도 저릴 만큼 애틋하고 애절했다.

"나희야. 나 때문에 소희 선생님을 괴롭히면 안 돼. 굉장히 착하고 마음이 여린 사람이라서, 너희가 괴롭히면 내색하진 않아도 무척 힘들어할 거야."

나희와 소희. 비슷한 이름인데도 부를 때의 깊이가 달랐다. 윤성의 목소리가 만들어 내는 '소희'라는 이름은, 입안이 바싹 마를 만큼 예쁘고 귀하게 들려왔다. 나희에게 휩쓸려 윤성을 좋아하는 척하는 다선조차도 소희라는 이름을 가진 여자가 질투 날 정도로.

눈치가 없는 나희도 그걸 느꼈는지, 아무 말 없이 눈만 끔뻑거렸다. 윤성이 다시 평소처럼 미소를 지었다.

"자, 그럼 잘 알아들은 거지?"

"네, 선생님."

나희가 넋이 나간 사람처럼 중얼거렸다.

"그럼 선생님은 퇴근해야 하니, 너희들도 얼른 교실로 돌아가. 곧 야자 시작이지?"

"네, 가 보겠습니다."

"안녕히 가세요."

윤성이 억지로 쫓아낸 것도 아닌데, 나희와 다선, 성지는 도망치듯 상담실에서 나왔다. 계단 앞에 도착할 때까지, 셋은 말이 없었다. 계단을 올라가며, 성지가 입을 열었다.

"난 확신한다. 윤성 쌤이 소희 쌤을 좋아하는 거라고."

다선은 나희가 반박할 줄 알았다. 예상과 달리 나희는 입술을 달싹거리다가 고개를 끄덕였다.

"응, 나도 동의해."

"넌 어때? 네가 그래도 사람은 제일 잘 보잖아."

성지가 다선에게 물었다. 다선은 윤성의 표정과 눈빛과 목소리를 떠올리며 말했다.

"작년에 우리가 상담한테 좋아하는 여자 있냐고 물어봤을 때, 고등학교 때부터 쭉 짝사랑했던 여자가 있었다고 했잖아."

"아아, 그…… 친한 동생의 사촌."

"응. 그 여자가 소희 쌤인 것 같지 않아?"

"하지만…… 영어랑 상담은 대학 선후배잖아."

"그건 소희 쌤 얘기고. 윤성 쌤이 소희 쌤을 고등학교 때부터 알고 있었을지도 모르지."

"에이, 설마."

설마, 라고 하면서도 성지는 그럴지도 모른다고 생각하는 표정이었다. 나희가 입술을 비쭉거렸다.

"아, 진짜 싫다."

"야, 소희 쌤 괴롭히지 마. 만약 우리 생각이 진짜면, 윤성 쌤이 멋대로 소희 쌤 좋아하는 거잖아. 오히려 소희 쌤이 피해자야."

"야, 넌 누구 편이냐?"

"이런 거에 왜 편을 따져? 우리가 네 편 들어준다고 윤성 쌤이 널 좋아해 줄 것 같아?"

"에이씨. 날 좋아해 주길 바라는 게 아니라, 그냥 나 졸업할 때까지 윤성 쌤이 솔로로 남아 있기를 바라는 거거든."

"솔로일 것 같던데, 뭐. 상담 얘기할 때 영어 표정 못 봤냐? 완전 철벽 치더라."

성지가 비아냥거리듯 말했다.

"그래서 더 싫다고. 감히 윤성 쌤이 좋아해 주는데도 철벽을 치다니! 나 같으면 감사합니다, 하고 받아 줄 텐데."

"그러니까 그건 네 사정이고. 영어는 예쁘게 생겼잖아. 꼭 상담 아니라도 남자 많을 거라고."

"아, 진짜! 김성지, 너 진짜 말 그따위로 할래?"

세 학생이 윤성과 소희의 관계에 대해 추측하고 있을 때, 소희는 일과 정리를 하며 휴대폰을 만지작거리는 중이었다. 마음이 혼란스러울 때마다 친구들을 만나는 습관을 버리려고 노력했다. 하지만 오늘은 정말로 누군가를 만나고 싶다.

게다가 앞자리에서 눈을 번쩍거리는 지혜도 거슬렸다. 불미스러운 소문은 교무실 내에서 사라졌지만, 윤성과 소희의 관계에 대한 의문도 사라진 것은 아니었다. 특히 지혜는 윤성과 소희가 상담실에서 단둘이 무엇을 했는지 굉장히 알고 싶어 했다.

지혜를 피하기 위해서라도 저녁 약속을 잡아야만 한다고, 소희는 자신의 행동에 당위성을 부과했다.

[연준, 오늘 저녁에 시간 있어?]

결심을 하자마자 연준에게 메시지를 보냈다. 5분쯤 지나 답이 왔다.

[안 그래도 연락하려고 했는데. 김다영 만나기로 했어. 같이 보자.]

[응. 어디서?]

[홍대 전철역 앞. 7시.]

[그래. 이따 봐.]

사실 연준과 단둘이 만나고 싶었다. 다영이 싫은 건 아니지만 조금 껄끄러운 부분이 있었다.

다영은 오래전 소희가 윤성을 위해 했던 짓을 목격했고, 그 당시 재현의 마음도 알고 있었다. 게다가 지금도 재현과 무척 친해서, 일주일에 한 번은 만난다고 들었다.

"강윤성한테서 벗어나야 돼, 소희야. 그 남자가 재현이보다 나을 게 뭐가 있어? 외모도, 능력도, 널 사랑하는 마음도, 재현이가 그 남자보다 나아."

재현과 이별을 했을 때, 다영은 그렇게 말했다.

소희를 진심으로 걱정해 주는 다영의 마음을 모르는 건 아니지만, 강요당하는 기분이 들었다. 소희도 알고 있었다. 재현의 사랑이 얼마나 깊고 진한지. 다만 가슴에 그 사랑을 받아 줄 심장이 없는 것이 문제였다.

모든 일에 있어서 당당하고 독립적인 다영은, 한 남자 때문에 심장을 잃은 소희의 나약함을 이해하지 못했다. 그래서 다영이 불편했다.

"언니. 저녁 같이 드실래요? 우리 술 한잔 해요."

6시쯤 되었을 때, 소희의 예상대로 지혜가 접선을 해 왔다. 소희는 미리 약속을 잡아둔 게 다행이라고 생각하며 대답했다.

"나 선약이 있는데. 다음에 같이 하자."

"정말?"

"응, 정말."

"에이, 언니랑 저녁 먹기 진짜 힘들다. 그럼 다음에 꼭 같이 먹기예요."

"응, 그래. 그럼 먼저 가 볼게."

전철역까지라도 같이 가자고 할까 봐, 소희는 서둘러 일어났다. 학교를 나와 전철역을 향해 빠르게 걸었다. 어딘가에서 불쑥 윤성이 튀어나와 말을 걸어올 것만 같았다.

'자의식과잉이야. 어제 그렇게까지 했는데 또 다가올 리가 없지. 윤성 선배도 자존심이 있을 텐데.'

어제 그의 고백이 머릿속을 떠나질 않았다.

"그렇게 세 번, 나는 한 여자를 사랑하고, 사랑하고, 또 사랑하고 있어."

세 번의 사랑이라니.

말도 안 된다. 이제 바보 같은 꿈을 꾸는 건 사양하고 싶었다. 그런 달콤한 고백을 믿고 마음을 열었다가, 또다시 새까맣게 타버리는 경험을 하고 싶지 않았다.

오랜만에 찾은 홍대 앞 거리는 여전히 북적거리고 밝았다. 전철역 계단을 올라가자마자 연준과 다영을 발견했다. 두 사람은 마주 보고 서서 대화를 나누고 있었다.

"여, 소희."

연준이 먼저 소희를 발견하고 손을 들어 인사했다.

"와, 소희. 오랜만이야."

다영이 달려와서 소희를 끌어안았다. 껄끄럽다고 생각했던 게 미안할 만큼 스스럼없는 행동이었다.

"응, 진짜 오랜만이네. 거의 5개월 정도 됐나?"

"작년 겨울 전에 봤으니까, 그 정도 됐겠다. 너, 더 마른 것 같다?"

"그래? 몸무게는 똑같던데. 나이 들어서 얼굴 살이 쭉 빠졌나?"

"푸하하하. 그런가 보다. 나도 요새 얼굴 살만 아주 쭉쭉 빠져."

다영이 자연스럽게 소희에게 팔짱을 끼었다.

뭘 먹을까, 밥 먼저 먹을까, 그런 이야기를 하며 걸었다. 연준이 잘 아는 술집이 있다고 해서 그곳으로 향했다. 식사도 함께할 수 있는, 넓은 술집이었다.

끼니를 때울 만한 요리 두 개에 맥주 한 병, 소주 한 병을 시켰다.

"그래서, 학교생활은 어때? 재미있어?"

다영이 맥주를 따라주며 물었다.

"그냥 그렇지, 뭐. 아직 좀 어색해."

"애들이 말썽부리진 않고?"

"의외로 얌전해. 요새 청소년 범죄 많아서 걱정했는데, 막상 그렇지도 않더라. 불량스러운 애들도 별로 없고."

"구안 고등학교가 좀 명문이지 않나? 평준화가 되긴 했어도 아직 학교마다 분위기는 다르니까."

"응, 좀 그렇지."

윤성의 이야기를 꺼내야 할지 말아야 할지 망설여졌다.

"아, 맞다. 나 일하면서 진짜 생각지도 못한 사람 만났다?"

다영은 복지관에서 직업상담사로 근무하고 있었다.

"생각지도 못한 사람?"

"너, 이 이름 들으면 진짜 놀랄 거다. 진짜. 체하지 마라. 진짜 진짜 깜짝 놀랄 테니까."

"야, 그냥 좀 말해 봐."

기다리다 못한 연준이 채근하자, 다영이 젓가락으로 테이블을 탁탁 두드린 후 말했다.

"주예진."

쿵—

윤성을 봤을 때와는 다른 의미로 심장이 내려앉았다.

"누구?"

"주예진."

"내가 아는, 그 주예진?"

연준이 인상을 찌푸리고 물었다.

"어, 그 주예진. 강윤성 여친이었던 주예진."

"직업상담 하러 왔든?"

소희와의 일 때문에, 연준은 예진에게 좋은 감정이 없었다. 그의 목소리에 빈정거리는 뉘앙스가 섞여 있었다. 정작 소희는 처음 한 번만 덜컥했을 뿐, 놀랍도록 담담했다.

"아니. 이게 더 놀랄 일인데…… 그 여자, 사회복지사더라."

"사회복지사? 진짜?"

"응. 날 못 알아봐서 굳이 아는 척을 하진 않았는데, 노인복지 쪽 일을 하나 봐. 사실 나도 처음에 몰라봤어. 표정이 너무 달라져서."

"어떤데?"

"전엔 좀…… 묘한 분위기였잖아. 잘 웃는 여자이긴 했는데, 그 웃는 얼굴이 섬뜩했다고 해야 하나?"

"난 자주 보질 못해서 모르겠는데."

"뭐, 하여간 그랬어. 그런데 지금은 그냥 평범하던데? 예쁘게 생긴 여자네, 어디서 많이 본 얼굴인데, 하다가 그 여자가 준 명함을 보고 나서 깨달았지."

"그러고 보니 그 여자랑 강윤성은 아직도 사귀나?"

"그거 말인데."

소희는 윤성의 이야기를 꺼낼 기회라고 생각했다.

"강윤성 선배, 우리 학교 다녀."

이거야말로 생각지 못한 말이었는지, 연준과 다영이 입술을 벌리고 소희를 쳐다봤다. 둘이 똑같은 표정을 짓고 있는 모습에, 소희는 조금 마음이 가벼워졌다.

"상담 교사더라고. 청소년상담사 자격증을 딴 모양이야."

"자, 잠깐, 잠깐. 그 강윤성 말이야?"

다영이 자기 귀가 의심스럽다는 듯 물었다.

"응, 그 강윤성."

"그러니까…… 주예진이랑 사귀었던, 그 강윤성?"

"응, 그 강윤성."

"헐! 미쳤네? 진짜?"

"응, 진짜."

"허……! 웬일이래. 하!"

다영이 기가 막혀 헛웃음을 흘렸다. 연준이 심각한 표정으로 소희를 빤히 응시했다.

"너, 괜찮아?"

응, 괜찮아. 그렇게 말하며 미소를 지으려고 했다. 그럴 계획이었고, 이곳에 도착했을 때부터 속으로 시뮬레이션까지 했다.

주르륵—

하지만 막을 새도 없이 볼을 타고 흐르는 뜨거운 눈물을 느끼는 순간, 계획이 틀어졌다는 것을 깨달았다. 아마도 울고 싶었던 모양이다. 윤성을 만난 그 순간부터 계속 울고 싶었던 모양이다. 울어도 소용없다는 걸 알아서 참고 또 참았는데, 친구의 걱정스러운 질문이 그동안의 노력을 허물어버렸다.

차라리 연준이나 다영이 웃으면서

"야, 야. 뭐 그런 걸로 울고 그래? 울 일 아냐."

라고 가볍게 말해 주면,

'그래, 윤성 선배를 다시 만난 건 큰일이 아냐. 그저 그렇고 그런 우연일 뿐이야.'

라고 생각하며 금방 눈물을 멈출 수 있었을 것이다. 하지만 다영도, 연준도 걱정스럽게 소희를 응시하고 있었다. 그들의 눈동자에 가득한 연민을 깨닫자, 눈물이 멈추지 않았다.

그랬다. 그리 가벼운 일이 아니었다. 가벼운 마음이 아니었고, 가벼운 만남이 아니었고, 가벼운 인연이 아니었다. 그를 향한 사랑은 깊고, 짙었고, 그로 인한 상처는 너무 컸다. 이 얼굴에서 웃음을 앗아갈 정도로.

"아니."

소희는 손바닥으로 멋없이 눈물을 닦아냈다.

"아니, 안 괜찮아. 안 괜찮은가 봐."

"소희야."

"나, 정말 안 괜찮은가 봐. 괜찮은 줄 알았는데, 아니었나 봐. 아아, 그래. 하나도 안 괜찮아. 이제 안 아픈 줄 알았는데 다시 아파졌거든. 이제 그 사람 봐도 아무렇지도 않을 줄 알았는데, 안 그래. 옛날이랑 똑같아."

인정할 수밖에 없었다.

"그 사람 이름만 들어도 심장이 내려앉고, 복도를 걷다가 또 그 사람을 찾아 헤매. 하루 종일 그 사람을 생각하게 돼. 그러는 나 자신이 너무 싫은데, 그걸 멈출 수가 없어. 어떡하지? 내가 어떻게 해야 하지?"

다영이 소희의 등을 쓰다듬었다. 소희는 다영에게 안기다시피 해서 한참을 울었다. 눈이 부을 정도로 울고 나니 속이 좀 후련해졌다. 아직 가득 채워져 있는 맥주를 단번에 들이켰다. 맥주는 김이 빠져서 미지근하고 맛없었다.

"좀 진정했어?"

"응, 미안."

"야, 서운하게 미안하다는 말 좀 하지 마. 친구 좋다는 게 뭔데."

"응, 그러게."

"그 사람이랑 얘기는 해봤어?"

연준이 물었다.

"응, 했어."

"뭐래?"

"주예진이랑 헤어졌대."

"아, 그래?"

"졸업하고 1년쯤 지나서 헤어진 모양이야."

"생각보다 빨리 헤어졌네. 생각해 보면 주예진 상태는 제대로 치료만 받으면 금방 나을 병이긴 했어."

"응."

소희는 가슴에 남은 찌꺼기를 털어 내려는 듯 깊게 한숨을 내뱉었다.

"그럼 지금은 그 선배랑 잘 지내고 있는 거야?"

다영의 질문에 소희는 잠시 갈등하다가 솔직하게 말했다.

"고백을 받았어."

"뭐?"

"고백?"

이번에도 다영과 연준이 똑같은 표정으로 소희를 쳐다봤다. 이번엔 아까처럼 바보 같은 표정이 아니라 경악에 찬 표정이었다.

"아니야, 가능해."

먼저 정신을 차린 연준이 고개를 끄덕였다.

"가능해."

"야, 야, 가능하다니. 소희랑 강윤성이랑 다시 만나게 된 지 얼마 되지도 않았잖아. 맞지?"

소희가 고개를 끄덕였다.

"거봐. 그런데 갑자기 고백이라고? 느닷없이? 소희 고백, 그때는 거절해 놓고?"

"아니, 그러니까…… 옛날에 소희가 부대에 찾아와서 강윤성 얘기할 때, 사실 좀 생각이 많았어. 소희가 더 혼란스러워질까 봐 말은 안 했는데……."

"야, 뭔데. 왜 이렇게 말을 끌어?"

"너도 아까 끌었잖아."

"아, 그건 그거고. 빨랑 말해 봐."

"그때, 소희 얘기 들으면서 계속 생각한 게…… 강윤성이 소희를 좋아하는 것 같더라고."

"뭐?"

이번에는 소희가 놀랐다. 물론 윤성에게 그때도 소희를 좋아하고 있었다는 이야기를 듣긴 했다. 하지만 연준까지 그렇게 느꼈을 줄은 몰랐다.

"그렇잖아. 일단 신입생 환영회 때. 네 옆에 같이 있어 줬다고 했지? 그 얘기 들었을 땐 좀 긴가민가했거든. 그런데 노천극장에서 네 사진 찍었던 거. 그건 정말 의심할 만하더라고."

"아, 맞아. 그런 일이 있었지. 나도 그 얘기 들었을 땐, 뭐야, 그 남자, 라는 생각을 하긴 했어."

다영이 고개를 끄덕였다.

"그 후에 한 행동들도 보면…… 아무리 봐도 소희를 좋아하는데 자기랑 가까워지면 주예진이 무슨 짓을 할지도 모르니까, 걱정돼서 밀어내려고 하는 걸로만 보이더라고. 게다가 보통 남자들은, 아무리 자길 짝사랑하는 여자가 자기를 위해 자해까지 했다고 해서, 미안한 마음에 이마에 키스를 해 주든가 하지 않거든."

연준이 안주로 나온 골뱅이 무침을 덜어가며 덧붙였다.

"그래서 강윤성이 소희를 좋아하는 게 분명하다고 생각하긴 했었지. 뭐, 소희한테 그 얘기를 들었을 땐 다 끝난 후라서 얘기할 수가 없었지만."

"그래?"

"응."

소희는 빈 잔을 만지작거렸다.

"사실은……."

소희는 느릿하게, 그리고 담담하게 윤성에게 받은 고백에 대해 털어놨다. 그가 했다는 세 번의 짝사랑에 대해. 연준도 거기까지는 생각하지 못했는지, 진지하게 소희의 이야기를 들었다.

"난 되게 당황스러워. 윤성 선배가 이렇게까지 막무가내인 사람인 줄 몰랐거든. 그만하라고 하는 데도 자꾸 다가오니까, 어떻게 해야 할지도 모르겠고. 그 고백이 진심인지도 모르겠고. 또 상처받을까 봐 무섭기도 해."

"음. 마음이 진심인지 아닌지는 제쳐 두고. 태훈이 형처럼 까칠한 사람이 강윤성이랑 친했던 걸 보면, 강윤성이 원래 그런 성격인 거 아냐? 싹싹하고 밀어붙일 땐 확실하게 밀어붙이고."

"그런 사람이었으면 왜 고등학교 때 나한테 고백을 안 했겠어? 그땐 주예진도 없었는데."

"그런 건 네 머리로 좀 생각해 봐라. 너도 일단은 심리학과 나왔잖아."

"모르겠어. 남의 마음은 잘 알겠는데, 그 사람 마음은 진짜 모르겠어."

"거봐. 원래 사람은 모두에게 똑같을 수가 없어. 보통 사랑하는 사람한테는 약해지는 법이거든. 게다가 그 당시에 강윤성은 사춘기였잖아. 사춘기 남자애가 짝사랑하는 여자애한테 자기 마음 고백하는 거, 정말 쉬운 일 아냐. 100번 고민하고, 1000번 시뮬레이션하고, 각오했다가도 막상 짝사랑하는 여자를 마주치면 포기하는 게 그 나이 때의 사랑이지."

"……."

"대학생 때는 주예진 때문에 못 했고. 그러다가 이번에 만났으니 운명이라고 생각했겠지. 나라도 그 사람처럼 할 것 같은데. 세 번의 짝사랑이라니. 같은 남자인 나도 홀리겠다, 야."

연준이 빙긋 웃었다.

"웃지 마, 나 웃을 기분 아니거든?"

"일단 짝사랑하던 남자한테 지금 고백 받았잖아. 웃을 기분이지 않냐?"

"않아. 완전 최악이야. 그 사람 고백을 받아 줄 마음이 남아 있질 않아."

"그건 그냥 네 방어기제가 작용해서 그런 거고. 일단 그 사람 때문에 고민하고 생각한다는 것부터가, 넌 아직도 그 사람에 대한 마음이 남아 있다는 증거야."

"난 또 상처받기 싫어."

"그래, 그렇긴 하겠지."

"무서워. 좋다는 생각보다 무섭다는 생각이 더 커. 나 진짜…… 너무 힘들었어."

"응. 힘들어했지."

"강윤성 선배도, 나도, 서로를 짝사랑했어. 짝사랑은 있지, 못 이룬 사랑에 대한 환상을 자라게 해. 강윤성 선배나 나나 서로에 대한 환상을 품고 있을 거야."

"그래."

"만약 내가 그 마음을 받아 줬다고 쳐. 그런데 막상 사귀고 보니, 강윤성 선배가 생각했던 차소희가 아닌 거야. 환상 속의 그대가 아니라 현실의 차소희인 거야. 뭐야, 얘도 결국 별 볼 일 없는 똑같은 여자였잖아. 강윤성 선배는 그렇게 생각하게 되겠지."

"반대로 네가 그런 생각을 하게 될지도 모르지."

"아니, 난 그러지 않을 거야. 난 아마 더 많이 강윤성 선배를 사랑하게 될 거야."

두려웠다.

돌고 돌아 만난 사랑이 또다시 깨지게 되면, 그땐 더 이상 일어서지 못할 것이다.

"네 마음에 대해 확신하지 마, 차소희. 그거 오만이야."

연준과 소희의 대담을 조용히 듣고 있던 다영이 끼어들었다.

"세상에 변하지 않는 마음은 없어. 더 커지거나 더 작아지는 차이일 뿐."

다영이 소희의 잔에 소주를 따랐다.

"난 강윤성 싫어. 그런데 내 감정을 떠나서, 그 남자는 널 세 번이나 사랑했어. 말이 세 번이지, 고등학교 때부터 널 쭉 사랑해 왔다는 거야. 네가 대학교 때부터 그 사람을 쭉 사랑해 왔던 것처럼."

"……."

"내가 너한테 들은 강윤성이라는 사람, 주예진을 빼고 보면 무척 경위 바른 사람이었어. 그런 사람이 이제 와서 너한테 고백하고 밀어붙이는 거, 정말 쉽지 않았을 거야. 그 사람도 자기가 되게 뻔뻔하고 개념 없다고 생각하고 있을걸. 그러면서도 계속 너한테 다가서는 건, 그만한 각오를 했기 때문이겠지."

다영은 소희를 보고 있지 않았다. 테이블을 내려다보며 말하는 다영의 옆모습을, 소희는 물끄러미 응시했다. 다영이 강윤성 이야기를 하며, 누구를 떠올리는지 알 것 같았다.

아마 재현을 생각하고 있으리라.

"난 그 사람이 정말 싫은데. 그 사람이 이제 와서 너에게 고백하는 것도 너무 싫은데. 그런데 소희야. 네가 재현이한테 그랬다며? 10년 후에 후회하지 않을 선택을 하고 싶다고. 너, 지금 그 사람 밀어내고 나서 10년 후에 후회하지 않을 자신 있어?"

다영이 서서히 고개를 돌려 소희를 마주 봤다. 소희는 대답 대신 그동안 다영에게 묻고 싶었던 것을 물었다.

"재현이는…… 잘 지내?"

순간 다영의 표정이 굳었다가 풀어졌다. 다영은 빙긋 웃으며 말했다.

"응, 굉장히 잘 지내고 있어."

*　　*　　*

"거짓말 잘하네, 김다영."

소희가 택시를 타고 떠난 후, 연준이 중얼거렸다. 다영이 짧은 단발머리를 뒤로 쓸어 넘기며 연준을 돌아봤다.

"아니, 못 했어. 소희는 내 거짓말 눈치챘을 거야."

"재현이 그 녀석, 잡지에 나온 걸 보면 되게 잘 지내는 것처럼 보이는데 말이야."

"그러게. 거짓말은 나보다 김재현이 더 잘하지."

다영은 쓴웃음을 지으며 재현을 떠올렸다.

그는 잘 지내지 못했다. 윤성 때문에 소희의 심장이 새까맣게 타버렸듯, 재현의 심장도 소희 때문에 새까맣게 타버렸다.

"나는 할 만큼 했어. 그러니까 괜찮아."

재현은 늘 주문처럼 말했다.

"난 괜찮아, 정말로. 더 이상 내가 할 수 있는 게 없다는 걸 아니까."

다영이 보기에도 재현이 소희를 얻기 위해 할 수 있는 것은 더 이상 없었다. 재현은 소희와 수준이 맞는 남자가 되기 위해 노력했다. 그가 돈 몇 푼으로 노점상을 시작한 후, 잠도 자지 못하고 일했던 것을 알고 있다. 커피숍을 성공적으로 운영하기 위해, 수

많은 강의를 듣고 연구를 했다는 것 또한 알고 있다. 그렇게 바쁜 와중에도 늘 소희를 위해 시간을 내고, 소희를 챙겨 주었다는 것을 서글플 정도로 알고 있었다.

하지만 강윤성, 그 남자가 소희의 심장을 다 가지고 가버려서, 재현이 가질 수 있는 부분이 남아 있지 않았다. 그게 문제였다. 소희에게 심장이 없는 것.

한 조각이라도 남아 있었다면, 재현에게도 기회가 있었을 것이다. 재현은 분명 그 작은 한 조각을 어떻게든 달래고 어루만져 원래의 크기로 되돌렸을 것이다.

"미치겠다, 정말."

소희와 헤어지고 딱 한 번, 재현이 자기 마음을 솔직하게 얘기한 적이 있었다. 아마 작년 봄이었을 것이다.

"내가 할 만큼 했고, 더는 할 수 없다는 걸 아는데…… 왜 이 미련이 사라지질 않는 거지?"

그 답을, 다영은 알고 있었다.

소희가 아직 혼자니까. 그 애의 심장을 가져간 남자가 어디서 뭘 하고 있는지 모르니까.

그 이유를 말해 줬더니, 재현은 울음보다 슬픈 미소를 지으며 말했다.

"누구라도 좋으니, 소희를 행복하게 해 줬으면 좋겠어. 그러면 나도 이 미련을 떨칠 수 있을 테니까."

연준과 헤어져 전철역을 향해 걸어가며, 다영은 생각했다.

'재현아. 어쩌면 조만간 그날이 올지도 모르겠다.'

소희가 윤성의 고백을 쉬이 받아들이지 못하는 마음은 이해했다. 윤성 때문에 깊은 상처를 받은 소희가 그에게 쉽게 마음을 열 수 없는 것은 당연했다.

하지만 다영은 소희가 재현을 위해서라도 윤성을 받아들여 주기를 바랐다. 그러면 재현도 언젠가는 대학 시절, 그 농구코트에서 그랬듯이 청량한 미소를 지을 수 있을 테니까.

9장

27살, 사라진 심장의 행방

4월 초가 되니 날씨가 많이 풀렸다. 이제 곧 완연한 봄이 올 것이다.

4월은 가장 바쁜 기간이라고 들었다. 중간고사가 있고, 끝나자마자 소풍 시즌이었다. 담임이 아닌 교사들도 소풍 때는 참가해야 한단다.

"문 선생님도 시험 문제 출제하세요?"

소희는 2교시 수업이 바로 옆 반이라서 정원과 함께 걸어가는 중이었다. 정원은 소희와 지혜에게 많이 익숙해진 듯, 이젠 같이 점심을 먹는 사이가 됐다.

"네. 1, 2학년 10문제씩 제가 출제하게 됐어요. 차 선생님은요?"

"저도요. 어제 범위 좀 훑어봤는데 문제 내는 게 생각보다 어렵더라고요."

"그러게요. 고등학생 때는 문제 내는 선생님 생각은 한 번도 안 해봤는데, 이게 보통 일이 아니네요. 애들 수준을 맞춰야 하니까."

"맞아요. 너무 어렵지도, 쉽지도 않게 내야 하는 게 제일 어려운 것 같아요."

"이래서 시험 기간에 선생님들도 예민해지고 그랬나 봐요."

"아, 오늘 저녁에 지혜 선생이랑 같이 술 한잔 하기로 했는데, 같이 가실래요?"

"그래요. 그럼 수업 잘하시고요."

"네, 문 선생님도 수고하세요."

인사를 하고 교실로 들어갔다. 소희는 2학년 3반 수업이었는데, 이 반 수업은 참 버겁다. 구안 고등학교에서 가장 시끄러운 세 명의 여학생이 있는 반이기 때문이다. 게다가 그 세 명은 윤성의 추종자이기도 했다.

전처럼 예리한 시선을 보내지는 않았지만, 늘 의미심장하게 눈을 번쩍번쩍 빛내서 굉장히 부담스러웠다. 특히 나희는 눈을 가늘게 뜨고 품평하듯 소희를 훑어볼 때가 있었다. 친구 사이라면 '그렇게 보지 좀 마.'라고 한마디 해 줄 텐데, 상대가 학생이다 보니 일일이 반응하기도 민망했다.

학생들은 정말 어렵다.

'난 교사가 안 맞나?'

한숨을 삼키며 교과서를 펼쳤다. 오늘도 역시 의미심장한 시선을 보내던 나희가 손을 번쩍 들었다.

"선생님! 질문이 있습니다!"

"응. 뭔데?"

"문정원 선생님이랑 자주 같이 다니시던데, 친하세요?"

"수업이랑 관계없는 질문에는 대답 안 해 줄 거야."

"관계있어요. 궁금해서 수업에 집중이 안 될 것 같아요."

"도대체 내 인간관계를 왜 그렇게 궁금해하는지 모르겠네."

"선생님한테 관심이 많으니까요!"

"그럼 성적을 잘 받아서 관심을 표현해 줘. 곧 시험 기간이고, 나도 시험 문제 출제하거든. 오늘 수업 열심히 들어야 될 거야."

가볍게 질문을 피해갔다고 생각했지만, 나희는 거기서 끝내지 않았다. 오늘 아주 작정한 모양이다.

"선생님. 하나 더요."

"수업이랑 관계있는 거겠지?"

"네. 선생님, 애인 있으세요?"

"……나희야. 내 애인과 영어 수업이 무슨 관계일까?"

"선생님이 애인과 대화할 때 영어를 사용하는지 안 하는지 궁금합니다."

"하아. 너 방금 질문, 되게 맥락 없었다는 거 알지?"

"네, 저도 지금 되게 바보 같다고 생각했어요."

순순히 인정하며 나희가 배시시 웃었다. 때때로 부담스럽기는 하지만, 소녀들이 저렇게 웃을 때면 참 사랑스럽다. 봄 햇살을 가득 머금은 듯한 미소는, 나희 자체를 반짝반짝 빛나게 만들었다.

"전요, 선생님. 이런 생각을 좀 했어요."

"어떤 생각?"

"선생님이랑 친해져야 영어 공부도 더 재미있을 거란 생각이요."

"흐음."

"이번 건 그럴듯했죠? 맥락 있죠?"

"응. 상당히 그럴싸하네. 계속해 봐."

"제가 처음에 이상한 오해를 해서 선생님 기분을 상하게 했던 건 죄송합니다. 정말로요. 선생님은 믿기 힘드시겠지만, 제가 사실 선생님들한테 예쁨을 받거든요."

"지랄하네."

나희의 옆에 앉아 있던 성지가 작게 중얼거리는 소리가 들려왔다. 문득 고등학교 때의 친구들이 떠올라 웃음이 나왔다. 그래, 저 나이 때는 친구에게 거친 욕설을 내뱉는 게 애정표현이었지.

나희가 눈을 동그랗게 뜨고 있는 걸 깨닫고, 얼른 미소를 지웠다. 비웃는 듯 보였을지도 모르겠다. 이제 막 분위기가 좋아지려던 참인데.

"아, 그러니까…… 와, 선생님. 그렇게 웃는 거 처음 봤어요."

"미안, 비웃을 생각……."

"진짜 예쁘네요, 선생님. 와, 그렇구나. 와, 진짜였구나."

생각지도 못한 찬사가 쏟아져 나와서 얼굴이 화끈거렸다. 소희가 당황하든 말든, 나희는 뭔가 깨달은 듯,

"그래, 정말이었네. 이상형에 딱 들어맞아. 웃으니까 엄청…… 와, 깜짝 놀랐네."

라는 소리를 중얼거렸다. 짝인 성지가 나희의 뒤통수를 가볍게 때린 후에야, 나희가 정신을 차리고 원래의 이야기로 돌아갔다.

"아무튼 선생님한테도 예쁨을 받고 싶어요."

나희의 솔직한 말에 소희는 또 웃고 말았다.

"그래. 그리고 믿기 어렵겠지만, 예뻐하고 있어."

"정말요?"

"응."

"다정하시네요?"

"응?"

"그래요. 다정하고 웃는 얼굴이 예뻐. 순수한지는 모르겠지만. 선생님, 애인이랑 어디까지 가셨어요?"

"그건 정말 수업 내용이랑 관계없는 것 같은데?"

"아니, 애인이랑 미국에는 가보셨는지, 거기서 영어를 사용하셨는지 궁금해서요."

나희가 솔직하게 사과를 했기 때문일까. 더는 나희가 쏟아 내는 질문들이 버겁지 않았다. 번쩍거리는 눈빛도 이제는 괜찮았다.

이 아이들은 그저 친해지고 싶어서 그런 것뿐인데, 너무 예민

하게 받아들였다. 그러고 보면 소희도 고등학교 때 마음에 드는 선생님과 친해지기 위해 이것저것 질문을 하고, 열심히 지켜보기도 했었다.

학생들과 자신의 관계에 윤성을 끼워 넣지 말아야겠다고 다짐했다. 설령 아이들에게서 윤성에 대한 이야기가 나오더라도, 그건 아이들의 순수한 호기심에서 비롯된 일일 뿐이라고 생각해야겠다.

윤성 때문에 삶이 흔들리는 건, 이제 그만 멈춰야 한다.

"애인이랑 미국에 갔는지, 영어를 사용했는지는 너희가 정말 수업을 열심히 들었다고 생각될 때 말해 줄게. 자, 수업하자."

"아, 궁금해서 수업에 집중하기 힘들 것 같은데."

"그만 좀 해, 이 계집애야."

보다 못한 다선이 나희에게 책을 던졌다.

퍽—

어깨에 책을 맞은 나희가 콧등을 실룩거렸지만, 자기가 생각하기에도 너무 심했다 싶었는지 결국 입을 다물었다.

수업 초반에 수다를 떠는 바람에, 쉬는 시간이 시작되고 나서야 수업을 끝냈다. 정원은 원래 5분 일찍 수업을 끝내기 때문에, 소희가 3반 교실에서 나왔을 때 4반은 이미 시끌벅적했다.

2학년 3반 수업이 버거운 이유 중 또 하나는, 교실이 별관에 있기 때문이었다. 별관에서 본관으로 향하는 2층 통로. 그곳은 윤성이 자주 찾는 곳인 듯, 때때로 윤성과 마주치곤 했다.

교장실에 불려갔던 날 이후로도 윤성은 소희와 마주치면 아무 일도 없다는 듯 반갑게 인사를 건네 왔다. 소희는 늘 못 들은 척하고 지나갔지만, 그럴 때마다 마음이 불편했다.

오늘도 통로에는 윤성이 서 있었다. 통로 중간에서 운동장을 내려다보던 윤성이 소희의 발걸음 소리를 듣고는 이쪽으로 고개를 돌렸다. 그의 얼굴에 부드러운 미소가 퍼졌다.

"차소희 선생."

그가 꼭 이름을 붙여서 부르는 것이 싫었다. 그의 목소리가 만들어 내는 차소희라는 이름은 너무나 감미롭다.

"좋은 아침이야."

소희는 늘 그랬듯 무시하고 지나가려다가 걸음을 멈췄다. 드디어 소희가 반응을 보인다고 생각했는지, 윤성의 얼굴에 순수한 미소가 번졌다.

욱신—

가슴이 아팠지만 소희는 무표정하게 윤성을 올려다보며 말했다.

"선배님. 저는 선배님이 떠난 후에 많이 힘들었어요. 정말로."

"그래."

"그래도 혼자 견디고 잊으려고 노력했어요."

윤성의 얼굴에서 미소가 사라졌다. 소희는 느릿하게 손을 올려 윤성의 가슴에 손바닥을 살짝 가져다가 댔다.

"선배님도 그렇게 하시는 게 좋겠어요."

미련 없이 손을 떼고 돌아섰다. 다시 걸음을 옮기는데, 윤성의 갈라진 음성이 소희를 따라왔다.

"미안. 난 못 하겠다. 약해빠진 남자라서, 더는 못 하겠어."

더는 못 하겠다, 라는 것이 무엇을 의미하는 건지 알 수 없었다. 계속 사랑하는 것을 못 하겠다는 걸까, 소희처럼 혼자 견디는 것을 못 하겠다는 걸까.

'아무래도 상관없어.'

그가 어떤 생각이든, 이제는 관계없다. 소희야말로 말해 주고 싶었다. 당신을 사랑하고 당신을 찾아 헤매는 일, 더는 못 하겠다고.

"들었어?"

통로 끝의 공간에 몸을 감춘 나희가 속삭였다. 조용히 윤성의 얼굴을 훔쳐보는 다선 대신 성지가 고개를 끄덕였다.

"응. 아무래도…… 그냥 선후배는 아닌데?"

"야, 야. 일단 저리로 좀 가자. 윤성 쌤이 이쪽 보겠다."

정신을 차린 다선이 얼른 친구들의 팔을 끌고 복도 반대쪽으로 걸어갔다. 가면서 흘끗 뒤를 돌아봤지만 윤성은 여전히 통로 중앙에 서 있었다. 소희와 마주 보고 있을 때의 자세 그대로 굳어 버린 그의 모습을 보니, '망부석'이라는 단어가 떠올랐다.

"상담이 영어 좋아하는 건 확실해. 아까 영어 웃을 때 봤지? 진짜 짜증 나게 예쁘더라."

나희가 중얼거렸다.

"어, 깜짝 놀랐어. 사람이 웃는다고 그렇게까지 분위기가 변하나? 게다가 나희를 좋아한다잖아. 말이 돼? 나 같으면 이런 계집애 트럭으로 가져다줘도 트럭조차 갖기 싫을 텐데."

성지의 말에 나희가 콧등을 실룩거렸다.

"난 원래 쌤들한테 사랑받거든?"

"시끄러. 하여간 상담 쌤이 영어 쌤 좋아하긴 하는 것 같아. 그때 말했던 짝사랑이 영어 쌤인 거, 확실하지?"

"그런데 대화 내용으로 봐서는, 둘 사이에 뭔가 있긴 있었던 것 같은데. 좀 이상하지 않아? 상담 말로는 첫사랑한테 고백도 못 했다고 했잖아."

"아, 그러네. 근데 분위기는 옛날에 사귀다가 헤어진 것처럼 보이는데. 영어 쌤이 혼자 견디고 잊으려고 했다잖아. 그건 상담 쌤이 영어 쌤 깠다는 거 아냐?"

"그럼 상담이 영어한테 배신 때렸다가 이제 와서 다시 고백하는 건가? 우리 상담이 그런 남자일 리가 없는데."

나희는 믿을 수 없다는 표정이었다.

친구들이 소희와 윤성의 과거에 대해 추측을 하는 동안, 다선은 생각에 잠겨 있었다. 윤성은 소희가 돌아서는 순간, 금방이라도 울음을 터뜨릴 것 같은 표정을 지었다. '어른'이, 그것도 '선생님'이 이런 표정을 지을 줄은 몰랐다.

어른들은 좀 더 담담하고 냉정하게 사랑을 할 줄 알았는데.

만화나 드라마에 나오는 정열적인 사랑은, 좀 더 젊은 사람들이나 하는 건줄 알았는데.

"아무튼 우리가 끼어들 일은 아닌 것 같아. 앞으로 상담이랑 영어 앞에서는 입 조심해야겠어."

모처럼 성지가 어른스럽게 말했다.

"응. 소희 쌤도 윤성 쌤한테 학을 뗀 것 같기도 하고."

나희도 고개를 끄덕였다. 둘은 아마 다선도 동의할 줄 알았을 것이다. 셋 중에 가장 이런 일에 관심이 없으니까.

"소희 선생님이 말이야."

하지만 다선은 그들의 말에 대꾸하는 대신 다른 이야기를 꺼냈다.

"정말로 윤성 선생님을 싫어하는 걸까?"

"좋아하진 않는 것 같지 않아? 생각해 보면 윤성 쌤 얘기 꺼낼 때마다, 소희 쌤 표정 진짜 안 좋았어. 그때, 상담실에서 도망쳤을 때도 그렇고."

"하지만……."

다선은 윤성의 가슴에 손을 얹고 말하던 소희의 얼굴을 떠올렸다. 그녀는 윤성을 밀어내는 말을 했는데, 오히려 자신이 밀려나가는 것 같은 표정을 짓고 있었다. 윤성의 가슴에 꽂으려던 칼날에 자기 심장을 찔린 듯이.

"미움이랑 사랑은 같은 선상에 있대."

"얘가, 얘가. 또 꿈꾸는 소리 하네. 그건 그냥 환상에나 존재하는 말이고, 싫은 건 그냥 싫은 거지, 뭐."

"아냐, 소희 쌤은 윤성 쌤 싫어하는 게 아닌 것 같아. 그냥……."

저벅. 저벅.

복도를 걸어오는 소리가 들려서, 셋은 숨을 죽이고 살금살금 계단을 올라갔다. 계단 위에서 아래를 내려다보니, 윤성이 1층으로 내려가는 것이 보였다.

드르륵─

탁─

상담실 문이 여닫히는 소리가 들린 후에야, 다선이 다시 입을 열었다.

"소희 쌤이 잘 안 웃는 게 윤성 쌤 때문이라면, 소희 쌤을 웃게 해 줄 수 있는 것도 윤성 쌤뿐이지 않을까?"

* * *

힘겨운 중간고사가 끝나고 학생들에게도, 선생들에게도 자유가 찾아왔다. 중간고사 후 최대 관심사는 봄 소풍이었다. 수험생인 3학년은 큰 기대가 없는 듯했지만, 2학년까지는 기대를 품고 어디로 가게 될지, 뭘 입고 갈지 떠들어 댔다.

아직 학생들에게는 발표하지 않았지만 소풍 장소는 이미 정해졌다. 1학년은 등산, 2학년은 놀이공원. 1학년 아이들의 거센 반발이 예상되는 장소 선정이었다.

선택의 자유 없이 등산에 포함된 1학년 담임들은 말없이 한숨만 내쉬었고, 2학년 담임들은 그들보다는 밝은 표정이었다.

"놀이공원이라고 해서 편한 건 아니지. 애들이 얼마나 성난 말처럼 날뛰는데. 그 넓고 사람 많은 데서 애들 관리하는 게 더 힘들어."

4년째 2학년 담임을 맡아온 국어 선생이 중얼거렸다.

"그래도 등산보다는 낫죠. 아, 이 나이에 산을 타야 한다니."

"정 선생 나이가 어때서? 그리고 젊을 때 산 좀 타두고 그래야 건강해져. 이제 건강 신경 쓸 나이잖아."

담임이 아닌 과목 담당 교사들은 제비뽑기를 했다. 정원은 등산 행, 지혜와 소희는 다행히도 놀이공원 행이었다.

소풍 장소가 발표되자 1학년은 침울해졌고, 2학년은 난리가 났다. 확실히 등산은 아이나 어른이나 부담스러운 모양이다. 1학년 교실에서 수업하는 내내 아이들이 투덜거리는 소리를 들어야 했고, 2학년 교실에서는 들뜬 아이들을 자제시키느라 진땀을 뺐다.

"선생님은 어디로 가세요?"

성지가 물었다.

"난 놀이공원."

"우와! 잘 됐다. 쌤, 무서운 거 잘 타요?"

"글쎄. 잘 탔던 것 같기도 한데."

놀이공원은 고등학교 3학년 때 가본 게 끝이었다. 생각해 보면 10년도 안 된 일인데, 참 먼 옛날의 일처럼 느껴진다. 아마도 소희의 삶이 윤성을 만나기 전과 후로 나뉘기 때문일 것이다. 윤성을 만나기 전의 삶이 어땠는지, 기억이 가물가물했다.

"우리 이번에 가는 곳에요, 되게 무서운 귀신의 집이 있대요. 그거 같이 들어가요."

"난 무서운 건 싫어. 자, 수업이나 하자."

"쌤, 제가 꼭 안아드릴게요."

소풍 한 번 가는 걸로 신난 아이들이 사랑스러웠다. 그래, 너희 나이 때는 낙엽만 굴러가도 웃는다더라. 많이 웃고, 많이 즐겨야지.

간신히 수업을 끝내고 2학년 3반 교실을 나섰다. 복도에 우르르 모여 나와 있는 아이들은 아마도 소풍 때 뭘 입고 갈지에 대해 이야기를 하는 중이리라.

삼삼오오 모여서 떠드는 아이들을 피해 걸어가는 소희의 뒷모습을, 나희가 빤히 지켜봤다.

"기회야."

소희가 완전히 보이지 않게 됐을 때, 나희가 말했다.

"윤다선, 너 저번에 네가 했던 결심, 달라지지 않은 거지?"

다선이 진지한 표정으로 고개를 끄덕였다.

"그래, 좋아. 그럼 이번이 기회야. 놀이공원이란 건 자고로 데이트의 명소, 혹은 고백의 장이라고 불리는 곳이지. 이번 기회를 놓치면, 두 번 다시 기회는 없을 거야."

"그런데 상담은 소풍 안 따라가지 않아?"

성지의 말에 나희가 씩 웃었다.

"그거 말인데. 상담도 소풍에, 그것도 우리랑 같이 갈 수밖에 없게 만드는 방법을 하나 생각해 봤어."

* * *

5월에는 전교생 상담이 있다. 거의 한 달의 시간이 걸리는 긴 프로젝트였다. 학생들이 느끼는 부담감과 혼란스러운 정신 상태에 대해 체크를 하고, 문제가 밝혀진 학생에게 적절한 상담을 시도해야 하는 어려운 일. 적당한 질문지를 작성하기 위해 사례집과 기존의 질문지를 꺼내 읽어보고 있었다.

드드드드—

책상 위에 올려놓은 휴대폰이 울렸다.

[한태훈]

생각지도 못한 이름이 액정에 깜빡이는 바람에, 들고 있던 색연필을 떨어뜨릴 뻔했다. 망설이다가 끊어지기 직전에 전화를 받았다.

"응, 태훈아."

거의 6년 만의 연락이었다. 중간에 전화번호를 한 번 바꿨기 때문에, 태훈이 윤성의 번호를 알고 있다는 것이 신기했다. 하지만 어떻게 아느냐고 묻지 않았다. 태훈이라면 어떤 방법을 써서

든 알아낼 수 있으니까.

[뭐해?]

태훈 역시 중간의 공백기가 없었다는 듯 자연스럽게 물었다. 한 톤 낮고 약간 거친 목소리는 6년 전과 똑같았다.

"일하지. 넌?"

[난 일하다가 잠깐 쉬러 나왔어.]

"무슨 일 하는데?"

[회사 마케팅 부서에서 일하고 있어. 형은 구안 고등학교 상담 교사던가?]

"응. 잘 아네."

[소희도 그 학교를 다니게 됐지.]

"응. 그렇더라. 깜짝 놀랐어."

[얘기 좀 해봤고?]

"응, 소희는 전이랑 똑같더라."

[거짓말이 미숙해, 형. 걔가 뭐가 똑같아? 매력 없는 여자애가 되어 버렸는데.]

"내 눈엔 똑같던데."

잠시 침묵이 흘렀다. 괜한 소리를 한 건가 싶어 후회하는데, 태훈이 긴 한숨을 내뱉은 후 말했다.

[형. 그냥…… 이번엔 내가 형한테 꼭 이 말을 해 둬야 할 것 같아서.]

"어떤 말?"

[난 형 편이야.]

"……."

[강윤성 편이니까 형이 하고 싶은 대로 잘해 봐. 누군가 반대를 하고 나서면 내가 형 옆에 있으니까.]

이럴 땐 뭐라고 말해야 하는 걸까?

[고등학교 때, 이 말을 해 줬어야 했는데, 너무 늦었지?]

"태훈아."

[그래서 더 늦기 전에 말해 주고 싶었어. 형이 하고 싶은 대로 해.]

처음으로 이 마음을 누군가에게 인정받았다. 괜찮다고, 소희를 사랑해도 된다고, 누군가 말해 준 것은 처음이었다. 콧등이 시큰거렸다.

"고마워."

[별말씀을. 조만간 만나서 술이나 한잔 하자.]

"그래."

[그럼 수고하셔.]

"그래, 수고해."

전화를 끊고 다시 책으로 시선을 옮겼다. 하지만 글자가 눈으로 들어오지 않았다. 10년도 넘게 흐른, 고등학교 때의 일이 생생하게 떠올랐다. 태훈의 집에서 우연히 보게 된 그의 사촌 동생. 새하얀 얼굴과 동그란 눈이 인상적이었던 사랑스러운 소녀.

드르륵—

그녀에 대해 제대로 생각하기도 전에 상담실 문이 거칠게 열렸다.

"선생님! 큰일 났어요! 응급입니다, 응급!"

성지의 목소리가 쩌렁쩌렁 울렸다. 다선이 나희를 부축해서 데리고 들어왔다. 나희는 반쯤 정신이 나간 듯한 모습으로 비틀거리고 있었다.

"무슨 일이야?"

"선생님, 나희가…… 나희가…… 응급 상황이에요."

응급상황이라면 119를 부르든가, 양호실에 데리고 가는 게 좋을 텐데. 윤성은 이들이 뭘 하려는 건가 싶어, 미간을 모으고 그들의 다음 행동을 기다렸다.

"나희가 글쎄…… 공황장애인 것 같아요!"

"공황장애……."

"보세요, 쌤. 애, 지금 땀 뻘뻘 흘리고 호흡곤란까지 왔어요."

아니나 다를까. 나희는 흰자위를 드러내고 헐떡거리는 중이었다.

"게다가 심장도 엄청 빠르게 뛰고, 집중력도 하나도 없어요."

나희는 원래 집중력이 없단다, 라는 말을 하지 않고 더 떠들어대기를 기다렸다.

"애가 혼란스러워하는 데다가 공포를 느끼고 있어요. 죽음에 대한 공포!"

거기까지 말하고 성지는 입을 다물었다. 자신들의 행동이 가지고 온 극적인 반응을 기대하는 눈빛이었다.

윤성은 대체 이들이 왜 이런 연극을 하는 건지 알 수 없었지만, 일단 장단에 맞춰 주기로 했다.

"흠. 그것참 큰일이네."

"그쵸? 큰일이죠? 이거 진짜 큰일 난 거 맞죠?"

"그래, 정말 큰일이야. 정신병원에 연락을……."

덥석—

휴대폰 번호를 누르려는데, 성지가 윤성의 손을 잡고 씩 웃었다.

"에이, 다 알만하신 분이 왜 이러십니까?"

"응?"

"선생님. 잘 생각을 해 보세요. 나희, 아직 꽃다운 18살이에요. 물론 얘한테 꽃다운 부분은 없지만, 단지 18살의 여고생이라는 이유만으로도 '꽃'이라 불릴 수 있단 말이죠. 그런 나이에 정신병원을 들락거렸단 사실이 알려져 봐요. 얘가 어떻게 되겠어요?"

어떻게는 지금도 충분히 어떻게 된 것 같았지만, 여린 마음에 상처를 받을까 봐 굳이 말하진 않았다. 나희는 숨넘어가는 연기를 하는 자신에게 푹 빠진 듯, 열연을 하고 있었다. 저러다가 진짜로 숨이 넘어가겠다.

"아무튼 그래요. 걔 공황장애예요. 맞죠?"

"그래, 그러네."

공황장애라기보다는 그냥 미친 것처럼 보였지만, 꽃다운 학생에게 그런 말을 할 수는 없었다.

"그래서 말인데요, 선생님. 선생님의 보조가 필요해요."

"보조?"

"다음 주에 우리들 봄 소풍 가는 거 아시죠? 2학년은 놀이공원."

아아, 그거였군.

윤성은 그제야 이 기이한 연극의 이유를 알 수 있었다. 상담 교사는 소풍이나 수학여행에 참가하지 않는다. 하지만 문제를 일으킬 소지의 학생이 있을 때는 어쩔 수 없이 참가할 수밖에 없었다. 아마 그 '어쩔 수 없는 이유'를 만들어 내려고 이 연극을 계획한 모양이다. 그냥 같이 가자고 하면 절대 싫다고 할 테니까.

"쌤, 함께 해 주셔야겠어요. 나희가 언제 어떻게 될지 모르니까."

다선이 말했다. 그나마 어른스러운 다선까지 이러니, 황당함을 넘어서서 웃음까지 나왔다. 윤성은 표정을 갈무리하고 고개를 끄덕였다.

"그래, 꼭 그래야겠네. 그나저나…… 공황장애 발작은 보통 10분에서 20분 정도 지속되는데, 나희는 대체 언제부터 그런 상태였지? 그게 오랫동안 지속되면 내 힘으로는 부족할 텐데."

"이제 괜찮아졌어요, 선생님."

나희가 언제 그랬냐는 듯 평소의 모습으로 돌아왔다. 윤성은 가슴 앞에서 팔짱을 끼고 나희를 빤히 응시했다. 하지만 나희는 거리낄 것이 하나도 없다는 듯 뻔뻔한 표정으로, 이마에 흐르는 땀(아마도 수돗물일 것이 분명한 물기)을 닦았다.

"제가 요새 애들이랑 어깨만 부딪쳐도 숨이 차서 왜 이런가 싶었거든요. 놀이공원은 아마 더 무서울 테니까, 선생님이 꼭 좀 보살펴 주세요."

나희가 조금 전까지 공황장애 증상을 보이던 사람답지 않게 차분히 말했다. 윤성은 웃음을 감추고 짐짓 진지한 척 고개를 끄덕였다.

"그래, 그렇게 할게."

암, 그렇게 해 주고말고.

* * *

계획은 이랬다.

나희가 공황장애인 척해서 윤성이 걱정스러운 마음에 봄 소풍에 동참하도록 만든다. 그 후에 적당히 윤성을 상대해 주다가, 윤성과 소희의 만남을 주선하고 뒤로 빠진다.

그게 학생들의 계획이었다.

하지만 윤성은 그렇게 녹록하지 않았다.

봄 소풍 당일.

학교에서 버스를 대절했다. 선생님들의 허락하에 사복을 입을 수 있는 날이었기에, 아이들은 마음껏 꾸몄다. 새 옷을 사서 입고, 옅게 화장을 한 아이들도 있었다. 예쁜 가방 속 지갑에는 부모님이 주신 용돈이 두둑했다.

놀이공원까지 이동하는 버스 안에선 분위기가 아주 좋았다. 나희를 걱정한 윤성까지 2학년 3반 버스에 탔기 때문에, 윤성을 좋아하는 여학생들은 신이 났다. 하지만 나희는 마냥 신나지만도 않았는데, 간간히 공황장애인 척 연기를 해야만 했기 때문이다. 앞자리에 앉은 윤성이 돌아볼 때마다, 나희는 식은땀이 나는 척, 숨이 가쁜 척해야 했다.

'이것도 곧 끝이야.'

라고 생각했지만, 나희의 고된 연기는 거기서 끝나지 않았다. 버스에서 내려 놀이공원에 입성했다. 각 반 담임이 학생들을 모아 놓고 주의사항과 다시 모일 장소, 시간을 알려 주었다.

"와아아아!"

아이들은 물 만난 물고기처럼 흩어졌다. 나희 외 2명만 빼고.

"나희 넌 잠깐 그늘에서 쉬어야겠다."

놀이공원에서 가장 인기 있는 롤러코스터를 타러 가려는데, 윤성이 나희를 불러 세웠다.

"네?"

"아무래도 상태가 안 좋아 보여. 그늘에서 좀 쉬는 게 좋겠어."

나희는 도움을 청하기 위해 친구들을 쳐다봤다. 롤러코스터는 인기가 너무 많아서, 빨리 줄을 서지 않으면 몇 시간이고 대기해야만 한다.

'미안.'

다선과 성지가 입 모양으로 사과를 하고 슬금슬금 뒷걸음질을 칠 때였다.

"다선아, 성지야."

"네."

"넷?"

"너희도 나희랑 같이 있어 줘야지. 공황장애라는 게, 갑자기 환경이 바뀌면 더 안 좋거든. 갑자기 놀이공원이라는 환경의 변화 때문에 위험한데, 늘 옆에 있던 친구들까지 사라지면 나희가 많이 힘들 거야."

"아…… 저희가 나희랑 그렇게 꼭 붙어 다니던 건 아닌데요."

성지가 배신을 했다.

"우리 정도면! 콜록, 콜록! 늘 붙어 다니던 거지! 콜록, 콜록. 너희가 필요해!"

공황장애와는 아무 상관없는 기침까지 해가며, 나희가 친구들의 발목을 잡았다. 그래서 성지와 다선도 울며 겨자 먹기로 나희의 곁에 있어주는 수밖에 없었다.

학생들이 이리로 우르르, 저리로 우르르 다니는 동안, 나희와 두 친구는 그늘에 앉아 가만히 시간을 보냈다. 1시간쯤 지나 윤성이 말했다.

"자, 그럼 이제……."

"가도 돼요?"

"일단 천천히 움직여보는 게 좋겠다. 위험한 놀이기구는 금물이야. 그래, 저게 좋겠네."

윤성이 가리킨 것은 회전목마였다. 나희의 눈에 눈물이 그렁그렁 맺혔다.

"쌤! 저 롤러코스터 타고 싶어요!"

"네 마음을 이해하지 못하는 건 아냐. 하지만 공황장애라는 게 그렇게 쉬운 병이 아니라서, 그런 위험한 놀이기구를 타게 놔둘 순 없어."

"쌤……."

"네가 걱정돼서 여기까지 온 거니까, 내 말 들어야지?"

그 순간, 세 학생은 봤다. 윤성의 입가에 희미하게 묻어 나오는 '악마의 미소'를.

셋은 투덜거리면서도 일단 하나라도 타기 위해 회전목마에 가서 줄을 섰다. 윤성이 안 볼 때 몰래 빠져나갈 생각이었지만, 윤성은 그들의 차례가 올 때까지 그들 옆에 딱 붙어 있었다.

"악마야."

하얀 말에 탄 나희가 안전 바를 두 손으로 꽉 붙들고 중얼거렸다.

"상담, 악마였어."

"응. 저게 진짜 상담 성격이라면…… 과거에 상담이 영어한테 상처를 입힌 게 분명해. 저 인간은 그럴 만한 놈이야. 나쁜 놈."

성지가 처음으로 윤성에게 '놈'이라는 칭호를 하사했다.

"나희, 네 연기가 너무 오버였어. 처음부터 딱 들켰을 거야."

다선이 상황을 정확하게 판단했다.

"오버라니! 내 인생 최고의 열연이었다고! 그것도 내 문제를 위해서가 아니라, 오로지 상담과 영어를 위해! 그런데 은혜를 이렇게 원수로 갚을 줄이야!"

"아무튼 이대로라면 상담이랑 영어를 이어 주기는커녕, 우리 아무것도 못 타고 집에 가게 생겼어."

"어쩌지? 다선아, 어떡해?"

"그러게. 어떻게든 상담을 떼어 놓고 영어가 어디 있는지 찾아봐야 하는데."

중얼거리던 다선의 눈에 저 멀리 걸어가는 지혜와 소희가 보였다. 둘은 팔짱을 끼고 범퍼카가 있는 방향으로 가고 있었다.

'범퍼카 타고 싶다.'

라고 생각하며, 다선이 말했다.

"일단 내리자마자 튀자."

"공황장애는 어쩌고?"

"어쨌든 윤성 쌤을 놀이공원에 오게 한다는 목표는 달성했으니까, 공황장애는 아무래도 상관없어졌어."

"아, 그러네."

"내려서 뛰면 세 방향으로 갈라져. 윤성 쌤은 분명 나희를 따라갈 거야."

"야, 나 버리지 마!"

"안 버려. 너, 윤성 쌤 붙들고 있어. 그리고 1시간 후에 저기."

다선이 관람차를 가리켰다.

"저기서 접선해. 윤성 쌤 데리고."

"나는? 나는? 난 롤러코스터 타러 가도 돼?"

성지가 물었다.

"아니. 너랑 난 내리자마자 범퍼카 쪽으로 달려. 거기서 도와줄 사람이랑 접선해야겠어."

"우리 꼭 스파이 같다, 야."

성지가 킬킬 웃었다. 다선은 피식 웃으며, 기다리고 있는 사람들 사이에 서 있는 윤성을 찾아냈다. 윤성은 얇은 베이지색 점퍼 주머니에 양손을 찔러 넣고, 멍하니 하늘을 올려다보고 있었다. 그 모습이 조금 아련하고 쓸쓸해 보여서, 다선은 얼른 저 팔에 소희의 손이 닿는 날이 왔으면 좋겠다고 생각했다.

하늘은 그날의 하늘처럼 파랬다. 노천극장에서 소희의 사진을 찍었던, 그 따스하고 달콤한 봄날. 볼을 스치는 바람도, 온기도, 그때와 비슷했다. 다른 점이 있다면 이 눈앞에 소희가 없다는 것뿐.

이런 곳에서까지 소희를 부담스럽게 만들고 싶지 않았다. 소희에게도 봄 소풍은 즐거운 행사일 테니, 오늘만큼은 소희를 찾지 말아야겠다.

'소희는 뭘 하고 있을까?'

어딘가에서 재미있게 놀고 있겠지. 무표정한 얼굴에 조금이라도 미소가 떠올랐으면 좋겠다고, 윤성은 생각했다.

회전목마가 점점 느려지고 있었다. 이제 멈출 때가 된 모양이다.

'요 녀석들은 언제까지 놀려 줄까? 점심 먹을 때까지만 할까?'

고민을 하며 아이들이 내리기를 기다렸다. 출구로 사람들이 우르르 몰려나왔고, 거기에 섞인 나희를 발견했다. 나희를 향해 다가가는데,

"뛰어!"

하는 소리가 들리더니 다선과 성지가 달리기 시작했다. 친구를 버리기로 한 모양이다. 나희는 순순히 윤성에게 붙잡혔지만, 다선과 성지는 돌아오지 않았다.

"친구들한테 버림받았네, 우리 나희."

"네. 괜찮아요. 전 공황장애니까요. 버림받아도 싸요."

나희는 자포자기 상태였다. 조금 안쓰러운 마음이 들었다. 장난은 그만둬야겠다.

"그래, 이제 거의 다 나은 것 같으니까 굳이 나랑 같이 안 다녀도 되겠다. 친구들이랑 가서 놀아."

"정말요? 아니, 아니, 괜찮아요."

눈을 반짝 떴던 나희가 무슨 생각인지 다시 어깨를 축 늘어뜨렸다.

"전 그냥 선생님이랑 같이 있을래요. 언제 발작이 일어날지 모

르니까."

"후회할 텐데."

"후회 안 해요. 후회라면 아까 여기로 오는 버스에서 실컷 했으니까, 이제 남은 후회도 없어요."

이번만큼은 나희의 속을 알 수가 없었다. 보내 주겠다는데 왜 이러는 걸까? 뭔가 다른 장난을 계획하고 있는 걸까?

"그래, 그렇다면 사양하지 않으마. 저기 가서 저거 탈래?"

10세 이하 아이들에게 인기 있는 자동차 어쩌고 하는 놀이기구를 가리켰다. 대기 줄엔 사람이 없었고, 타는 사람들은 전부 어린아이들뿐이었다.

"네, 좋아요. 선생님과 함께라면 이것도, 저것도 다 좋아요."

"나희야, 너 괜찮은 거냐?"

"그럼요. 엄청 괜찮아요. 이보다 더 괜찮을 수가 없어요. 저거라면 공황발작이 일어나지도 않겠어요."

맥이 빠진 듯하면서도 윤성에게서 떨어지지 않으려는 나희를 보며, 윤성은 생각에 잠겼다.

'이 녀석, 진짜 무슨 짓을 하려는 거지?'

* * *

우두두두두—

소가 달려오는 것처럼 보였다.

북적거리는 학생들을 헤치고 달려온 성지와 다선은, 설명도 없이 양쪽에서 지혜의 팔에 팔짱을 끼고, 우두두두— 달려가 버렸다.

'왜 저러지?'

황당했지만, 여고생들의 이상행동은 드문 일이 아니었기에, 소희는 혼자 놀이공원을 즐겼다. 놀이공원에 왔던 건 분명 고등학교 때의 일인데, 그때보다 대학 시절 이 무렵의 일이 더 많이 떠오른다.

느릿하게 걸어가다가 놀이공원 안의 커피숍 앞에서 멈췄다. 어디서 많이 본 이름이다 싶었는데, 재현이 만든 체인점이었다.

[카페 벗]

까만 간판에 하얀색 글씨, 한글로 그렇게 쓰여 있었다.

[카페 벗]

왜 이름을 그렇게 지었느냐고 그랬을 때, 재현은 평소처럼 무뚝뚝하게 대답했다.

"그냥."

세간에선 영어의 'but'이다, 친구를 의미하는 '벗'이다 말이 많았지만, 소희는 알고 있었다. 그냥. 재현이 그냥이라고 했으면, 그냥이 맞는 거다.

최근 인터뷰에서는 '일상에 지친 여러분의 좋은 친구가 되고

자 하는 의미에서 벗이라고 지었습니다.'라고 말하고 다녔지만, 사실은 '그냥'이라는 것을 알고 있다.

소희는 [카페 벗]에 들어가 커피를 한 잔 시켰다. 아메리카노, 아주 차갑게. 그걸 손에 들고 창가에 앉아, 창문으로 들어오는 봄 햇살을 맞으며 눈을 감았다.

옛 생각이 난다. 그립다.

소희가 대학 시절을 그리워하고 있을 무렵, 다선과 성지에게 화장실 옆으로 끌려간 지혜는 눈을 동그랗게 뜨고 아이들의 이야기를 듣고 있었다. 다선과 성지는 자기가 대화의 주도권을 잡고 싶은 듯 나서서 이야기를 했고, 덕분에 제대로 알아들을 수가 없었다.

하지만 들은 것들을 추려보면, 윤성이 소희를 좋아하는 게 분명하고, 소희도 윤성을 좋아하는 것 같으니, 두 사람을 연결시켜 줘야겠다, 가 주된 내용인 것 같다.

"남의 연애사에는 참견하지 않는 게 좋아."

사실 누구보다도 둘의 연애에 끼어들고 싶은 지혜지만, 일단은 어른스럽게 말해 봤다.

"물론 그게 세간에 알려진 규칙이긴 하지만, 우리에겐 우리만의 규칙이 있어요!"

성지가 무슨 소리인지 모를 말을 당당하게 내뱉었다.

"너희 규칙이 뭔데?"

"내 아이돌은 내가 볼 수 있는 곳에서, 내가 허락한 사람이랑 연애를 해야 돼!"

"그거 참 무서운 규칙이구나."

"이 정도면 양호하죠. 절대 연애 못 하게 하는 팬들도 있는데요."

"맞아, 맞아."

그나마 어른스러운 다선까지 성지의 말에 동의를 하니, 지혜는 뭐가 어떻게 돌아가고 있는 건지 알 수 없었다. 소희와 윤성 사이에 흐르는 미묘한 분위기는, 눈치가 아주 없는 사람이 아니라면 다들 알고 있을 것이다. 다만 둘 사이의 일인 데다가, 그다지 좋은 분위기 같지 않아서 아무도 끼어들지 않고 있는 것뿐이었다.

그들의 분위기는 아무리 어린아이라고 해도, 섣불리 끼어들지 말라는 아우라를 뿜어냈다.

'하긴. 이 세 명은 못 말리는 삼인방이긴 하지.'

라고 생각하다가, 가장 나서야 하는 나희가 이 자리에 없다는 걸 깨달았다.

"나희는 어디에 두고 왔어? 걘 빠지겠대?"

"그럴 리가요. 나희가 가장 중요한 역할을 맡았어요."

"중요한 역할?"

"때가 되면 은밀히 윤성 쌤을 이끌어 올 거예요."

"은밀이란 단어는 나희랑 너무 안 어울리지 않아?"

"뭐, 밧줄로 꽁꽁 묶어서 끌고 오기라도 하겠죠. 아무튼 쌤, 도와주실 거죠?"

"글쎄. 난 잘 모르겠는데."

윤성이 소희를 좋아하는 것 같다는 생각은 하고 있었다. 하지만 그 마음이 굉장히 깊다는 것은 이 아이들의 이야기를 듣고서야 알게 되었다.

'소희 언니 입장은 진짜 모르겠는데.'

소희와 붙어 다녔지만, 윤성을 향한 소희의 마음은 도저히 짐작할 수가 없었다. 때때로 소희는 아련한 눈빛을 짓곤 했는데, 그게 꼭 윤성을 향한 것이란 보장은 없었다. 어쩌면 소희에게는 달리 짝사랑하는 남자가 있을지도 모른다.

만약 그렇다면 둘을 엮어 주기 위해 이런 행동을 하는 것이 소희에게는 큰 실례가 되리라.

"쌤한테 큰 걸 바라는 게 아니에요."

"작은 것도 바라지 마. 난 소희 쌤 미움받기 싫어."

"에이, 소희 쌤은 이런 걸로 누구 미워하고 그런 성격 아니에요."

"너희가 그걸 어떻게 알아?"

"알아요. 소희 쌤은 나희도 안 미워하는 걸요."

"그거야 니들이 학생이니까 미워도 안 미운 척하는 거지."

"헉! 그런 건가?"

"그래. 그러니까 괜히 끼어들지 마, 이것들아. 소희 쌤, 진짜로 마음 상하게 하면 혼내줄 거야, 너들."

단단히 말하고 돌아서려 했지만, 다선과 성지가 포기하지 않고 지혜의 팔을 또 붙잡았다. 여고생은 왜 이리 힘이 센지, 있는 힘껏 뿌리치려 했지만 벗어날 수가 없었다.

"야, 김성지. 너 또 삥 뜯냐?"

"적당히 좀 해라. 상대는 선생님이야."

"양아치들."

지나가던 아이들이 도와줄 생각은 하지 않고 킬킬 농담만 던졌다.

"있죠. 정말 억지로 뭘 어떻게 하자는 건 아니니까 절대 소희쌤이 화내지 않을 거예요."

결국 지혜는 한숨을 내쉬며 다선을 돌아봤다.

"말해 봐, 뭘 어떻게 하고 싶은 건데?"

"저거요."

다선이 씩 웃으며 멀리 보이는 관람차를 가리켰다.

"이름하여."

성지가 말을 받았다.

"관람차에서의 은밀한 만남."

"부제."

"두 교사의 긴밀한 접촉."

마주 보고 씩 웃는 성지와 다선의 모습에, 지혜는 깊게 한숨을 내쉬었다.

"이것들이 대체 뭘 보고 돌아다니는 거야?"

*　　*　　*

"언니, 여기 있었어요?"

창가에 앉아 있는 소희를 발견한 지혜가 카페 안으로 들어왔다.

"카페 벗이 여기까지 입점했네요. 진짜 잘 나간다."

"그러게."

이거 내 친구가 하는 거야. 나랑 대학 때 제일 친했던 친구. 그렇게 자랑할 수 없어서 슬펐다. 이젠 재현과 친구가 아니니까.

"너도 커피 한잔 할래?"

"아뇨, 괜찮아요."

"아까 애들은 왜 그런 거야?"

"아, 걔들…… 뭐, 그 삼인방이 하는 짓에 이유가 있나요. 괜히 멍청한 짓을 하고 싶었던 거지."

"사진이라도 찍혔어?"

"네, 바보 같은 표정으로 끌려가는 거, 사진 찍혔어요. 언닌 안 잡혀가서 다행이에요."

"그러게. 넌 학생들이랑 친하구나."

"언니도 친하잖아요."

"난…… 잘 모르겠어. 아직 어색한 것 같아."

"하지만 걔들은 언니를 되게 좋아하는 것 같던데요."

"걔들? 그 삼인방 말이야?"

"네."

"그래. 그 애들은 나도 좋더라."

소희는 정신 사납게 굴지만 미워할 수 없는 나희를 떠올리며 빙그레 미소를 지었다. 그런 소희를 보며, 지혜는 성지가 했던 말을 떠올렸다.

"쌤, 소희 쌤이 진짜로 웃는 거 본 적 있어요? 정말 예뻐요, 그거. 진짜 깜짝 놀랄 만큼 예뻐요."

더불어 다선도 말했다.

"저희 정보에 따르면, 소희 쌤이 웃음을 잃은 이유는 윤성 쌤 때문이에요. 그렇다면 웃음을 돌려줄 수 있는 것도 윤성 쌤 아니겠어요?"

말도 안 되는 그들의 논리에 걸려들고 말았다. 아니, 걸려들었다기보다는 그들이 밀어붙이는 바람에 도망칠 수가 없었다.

"언니, 우리 관람차 탈래요?"

"관람차? 이 시간에?"

아직 오후 1시도 안 된 시간이었다. 관람차란 자고로 늦은 시간 놀이공원 전체의 야경을 보기 위한 것. 소희가 이상하게 생각할 만도 했다. 하지만 접선 시간이 오후 1시니까 어떻게든 소희를 데리고 가야 했다.

"네. 벚꽃 피어서 볼만 하대요."

"아, 그래. 벚꽃이 있구나."

소희의 입가에 쓸쓸한 바람이 한차례 불어지나간 듯 보였다. 지혜는 때때로 보이는 그 쓸쓸함이 마음에 걸렸다. 그래, 아이들 말대로 소희의 쓸쓸함이 윤성 때문이라면, 윤성이 그걸 채워 줄 수 있을지도 모르겠다.

'뭐, 잘 안 되면 애들 탓으로 미뤄버리면 되겠지.'

지혜는 소희의 팔에 팔짱을 끼고 카페를 나섰다. 저 멀리서 지켜보던 성지가 엄지를 척 들어 보이고는 인파 속으로 사라졌다.

"그러고 보니, 난 관람차를 타본 적이 없어."

소희가 말했다.

"아, 진짜요?"

"응. 놀이공원 온 게 이번이 두 번째거든. 처음에 갔을 땐 롤러코스터다, 바이킹이다…… 그런 거 타느라 정신이 없었지."

"하긴. 어릴 땐 다들 그런 거 타니까요."

"지혜야."

"네?"

순간 계획을 들켰나 싶어 움찔했다.

"말 편하게 해도 돼."

하지만 다른 이야기라서 안도했다.

"응, 안 그래도 그 말을 기다리고 있었어!"

넉살 좋은 지혜의 대답에 소희가 피식 웃었다.

"어울리다 보면 알아서 놓을 줄 알았는데."

"내가 의외로 예의범절을 따지거든."

"그러게. 진짜 의외다."

그런 이야기를 하며 관람차 앞까지 갔다. 관람차는 그다지 인기 있는 놀이기구가 아니었다. 사람은 별로 없었고, 나희와 윤성도 보이지 않았다.

기다리는 사람은 2팀 정도였다.

지혜는 주위를 둘러봤다.

'애들, 언제 오려는 거지?'

"쌤, 얼른요."

나희가 윤성의 팔을 두 손으로 잡고 열심히 잡아당겼다.

"안 돼. 공황장애가 무슨 관람차야. 밀폐된 공간이고 중간에 내릴 수도 없는데."

"아, 저 지금 관람차 안타면 죽는 병 걸렸다니까요!"

"김나희."

"왜요!"

"너, 이 녀석. 선생님 갖고 놀 생각하지 마. 정말 화낸다?"

윤성이 짐짓 심각하게 말했지만, 나희에게는 먹혀들지 않았다. 나희는 오히려 인상을 구기고 큰소리로 외쳤다.

"아, 선생님이야말로 절 좀 가지고 놀지 마세요! 저 진짜 화낼 거예요! 화낼 거라고요!"

나희의 성격을 아는 학생들은 모르는 척 지나갔지만, 다른 곳에서 온 손님들이 흘끗흘끗 쳐다봤다. 그들의 눈에는, 남자 교사가 어린 여고생을 농락하는 모습으로 보일 것이다. 더 이상 사람들의 시선을 끌 수는 없었다.

"김나희, 너…… 돌아가서 보자. 하루 종일 상담을 받는 게 어떤 건지 알려 주겠어."

"뭐든 알려 주셔도 되니까요, 일단 좀 가자고요! 좀 빨리 걸어요! 더 빨리! 아, 군대 안 갔다 왔어요? 왜 이렇게 느려 터진 거예요, 진짜!"

윤성은 비명을 지르고 싶었다. 누군지는 몰라도, 나희의 애인이 될 이름 모를 소년이 무척이나 안쓰러웠다.

나희가 간신히 윤성을 끌고 관람차 앞에 도착했을 때, 소희는 이미 관람차 안에 탄 상태였다. 안절부절못하던 지혜가 나희를 발견하고 손을 들었고, 나희는,

"잠깐만요오오오오!"

외치며 사람들을 밀치고 들어가, 윤성의 등을 확 밀어 버렸다.

털썩─

윤성은 거의 쑤셔 넣어지는 짐짝처럼, 관람차에 타게 되었다.

생각지 못한 나희의 괴력에 놀라 정신이 없어서, 처음에는 관람차에 누구와 함께 탔는지도 몰랐다. 윤성은 머리를 쓸어 넘기며 의자에 앉았다.

탁—

문이 닫혔다.

"나희, 너……."

맞은편에 앉은, 흰색 스니커즈를 신은 여자가 당연히 나희일 거라고 생각했다. 그러다가 깨달았다.

'나희는 분명 파란색 운동화를 신었었는데.'

번쩍—

고개를 들었다.

"소……희야……."

소희였다.

소희가 무척이나 난감하다는 표정으로 앉아 있었다. 반사적으로 문 쪽으로 시선을 돌렸다. 문은 닫혀 있었고, 창문 밖으로 나희와 다선, 성지와 지혜가 손을 크게 흔드는 모습이 보였다. 넷 다 무언가 대단한 일을 성취한 듯한 미소를 입가에 가득 머금고 있었다.

그제야 그동안의 상황을 알 수 있었다. 나희가 왜 갑자기 공황장애를 보였는지, 자유를 줬는데도 왜 윤성의 옆에 붙어 있었는지.

"소희야. 미안하다."

아랫입술 안쪽의 살을 잘근잘근 씹는 소희에게, 진심으로 미안한 마음을 전했다.

“정말 미안해. 난 이런 일…….”

“선배가 시킨 일 아니라는 거 알아요. 선배는 이런 짓 할 사람 아니죠.”

“그래. 그래도 미안해. 애들이 괜히…… 하아. 정말 미안하다.”

이런 와중에도 소희가 부르는 호칭이 ‘선배님’에서 ‘선배’로 바뀌었다는 사실이 기뻤다. 조금은 가까워진 기분이었다.

소희는 고개를 돌려 창밖을 내다봤다. 이제부터 아무 말도 안 할 작정인 듯했다. 윤성도 이런 상황에서 굳이 그녀를 몰아붙이고 싶지 않았다. 그래서 소희와 반대쪽의 창문을 물끄러미 응시했다.

관람차가 서서히 위로 올라가고 있었다.

밀폐된 공간 안이 소희의 향기로 가득 찼다. 대학 때처럼 베이비파우더 향기에 아메리카노의 고소한 향기가 조금 섞였다. 윤성은 천천히 호흡했다. 혹시라도 숨 쉬는 소리가 소희의 신경을 건드릴까 봐서.

“이거 되게 느리네요.”

예상치 못한 소희의 말에 윤성이 허리를 곧추세웠다. 선생님 앞에 있는 학생처럼.

소희는 여전히 창밖을 응시하고 있어서, 윤성의 그런 행동을 보지 못했다. 다행이라고, 윤성은 생각했다. 이 얼마나 바보 같은가. 아무리 사랑하는 여자 앞이라도 그렇지, 이렇게나 긴장하는 꼴이라니. 굉장히 멋없어 보일 것이다.

"아무 얘기라도 해 주세요. 시간이 갈 만한 걸로."

소희가 요구해서, 윤성은 기뻤다.

물론, 얼마든지, 네가 원하는 건 무엇이든.

윤성은 자세를 조금 편하게 하고, 다시 창밖으로 시선을 던졌다.

"고등학교 땐, 그런 꿈을 꿨어. 손을 잡고 거리를 걷는 거. 다른 건 다 필요 없고, 그 작은 손을 마음껏 잡을 수 있기만 해도 행복할 것 같았어. 그래서 매일, 매일 상상했어. 손잡고 거리를 걷는 걸. 어느 거리를 가도, 수업 시간에도, 가끔은 농구를 할 때까지도, 손잡고 걷는 것을 상상했어."

뭘 말하려는 건지 깨달은 듯, 허벅지 위에 올려 있던 소희의 손에 힘이 들어갔다. 하지만 자기가 아무 얘기라도 하라고 했기 때문인지, 소희는 뭐라 하지 않았다. 그래서 윤성은 안심하고 계속해서 얘기했다.

"욕심이 점점 커졌어. 손잡고 걷다가 카페에 들어가서 시간을 때우고 싶기도 하더라. 아무 얘기를 안 해도 좋아. 그냥 커피 하나 시켜놓고 마주 보고 앉아 있을 수 있다는 것만으로도, 세상을 다 얻은 기분일 거야."

"……."

"해산물을 좋아하니까, 이왕이면 해산물을 듬뿍 넣은 요리를 먹을 거야. 일주일 내내 만난다면 일주일에 다섯 번은 해산물을 먹겠지. 두 번 정도는, 아마도 내가 먹고 싶은 걸 먹으라고 말해 줄 것 같아."

상대가 누구인지는 말하지 않았다. 말할 수 없었다.

"가끔은 길거리에서 파는 핫도그를 들고 걸어 다니면서 먹는 것도 좋을 것 같아. 그러다가 케첩이 내 옷에 묻으면 되게 미안해하겠지. 아니, 내가 묻힐지도. 서로 미안해하다가 얼굴 보고 웃다가, 뽀뽀해 주면 용서해 주겠다고 하겠지."

소희가 허벅지 위의 손을 꽉 움켜쥐었다. 자그마한 주먹을 보며, 윤성은 계속해서 말했다.

"첫 키스는 아마도 굉장히 망설일 거야. 생각만 해도 두근거려서, 똑바로 쳐다볼 수가 없을 테니까. 난 생긴 것만큼이나 우유부단하고 바보 같고 용기가 없어서, 아마 망설이고, 망설이다가, 아주 늦게야 하게 되겠지. 하지만 그렇게 한 번 하고 나면, 아마 난 주인 허락을 받은 강아지처럼 계속 달려들걸. 하고, 또 하고."

"……."

"매일 해도 질리지 않을 거야, 나는. 하지만 그렇게 못 해도 되니까, 같이 바다를 보러 가고 싶어. 그냥 아무도 없는 해변에 나란히 앉아서 해가 뜨고 지는 걸 보고 싶어. 그거 하나 할 수 있다면, 나는……."

"비겁해."

어느새 윤성을 똑바로 보고 있던 소희가 중얼거렸다.

"선배는 너무 비겁해."

"소희야……."

"정말 너무 비겁해. 비겁해요, 선배."

소희의 눈에 고여 있던 눈물이 볼을 타고 흘러내렸다.

"하지 말라고 했잖아요. 혼자서 잊으라고, 나도 혼자 해냈으니까 선배도 그렇게 하라고 했잖아요. 그런데 왜……."

소희가 일어났다.

흔들—

관람차가 흔들렸지만 겁도 없이 소희는 윤성에게 다가왔다. 다가왔다고 해 봐야 아주 좁은 공간이라서, 허리를 숙이고 한 발 앞으로 옮겼을 뿐이지만.

"왜 나랑 같은 꿈을 꾸고 있어요?"

소희의 얼굴이, 윤성과 아주 가까운 곳에 있었다. 숨결이 섞였다. 언젠가, 이런 적이 있었다.

"왜 내가 끊임없이 꿈꾸던 걸 선배가 얘기해요?"

"소희야."

"어떻게 내 꿈을 선배가 알고 있어요?"

언젠가 이런 일이 있었을 때에, 윤성은 아무것도 할 수 없었다. 하지만 이번엔 손을 뻗었다. 그의 커다란 손이 소희의 목덜미를 감쌌고, 부드럽게 아래로 끌어내렸다. 코끝이 스치고, 그다음에 부드러운 입술이 윤성의 입술 위에 겹쳐졌다.

윤성의 입술이 소희의 촉촉한 입술을 한껏 머금고 빨아들였다. 이보다 더 단 것은 없다는 듯. 입술이 부풀 정도로 빨아들이다가, 그녀의 입안으로 혀를 밀어 넣었다. 그녀의 고른 치아와 잇몸을 쓰다듬고, 도망치려는 그녀의 혀를 잡아끌어 왔다.

힘이 빠지는 듯 떠는 그녀의 허리를 감싸 끌어당겼다. 그녀의 무릎이 윤성의 다리 사이로 들어왔고, 상체가 밀착되었다. 그 자세로, 윤성은 소희와 긴 키스를 나눴다. 지금껏 못 했던 것을 보상이라도 받으려는 듯, 끝나지 않을 것 같은 키스였다.

이윽고 소희가 두 팔로 윤성의 어깨를 밀어냈다. 윤성은 순순히 소희를 놔주었다. 발갛게 상기된 소희의 얼굴이 너무나 사랑스러워서, 윤성은 이곳이 관람차라는 것도 잊고 이성을 잃을 뻔했다.

"정말 나빠요, 선배."

촉촉하게 젖은 입술이 달싹거렸다.

"난 정말…… 무서운데."

그녀의 입에서 처음으로 진심이 흘러나왔다.

"또 그렇게 아프게 될까 봐, 무섭고 겁나는데."

윤성은 손을 뻗어 그녀의 뺨을 살며시 어루만졌다. 그녀의 볼은 따뜻하고 부드러웠다.

윤성은 소희의 허리를 끌어와 옆에 앉혔다. 고개를 숙인 소희의 턱에 손등을 대고 그녀의 얼굴이 자신을 향하도록 만들었다.

"나는 소희야. 네가 없는 삶이 두려워."

소희의 눈썹이 난처하다는 듯 아래로 늘어졌다.

"미안해, 소희야."

윤성은 소희를 끌어안았다. 이 마르고 작은 몸을 얼마나 안고 싶었던가. 고등학생 때 그녀를 처음 본 이후로, 이 순간을 얼마나 꿈꿨던가.

"나는 더 이상 내 사랑을 잃고 싶지 않아."

소희는 대답하지 않았다. 말없이 조용히 그의 넓은 품에 안겨, 그의 심장박동 소리에 귀를 기울였다.

그의 나직한 음성이 소희의 꿈과 같은 것을 나열하는 순간, 마법에 빠진 것 같은 기분이 들었다. 윤성도 자신과 같은 것을 꿈꾸고 있었을 거라고는 상상도 못 했기 때문이다.

둘만의 공간에서 어떻게든 시간을 보내다가 나갈 생각이었는데. 관람차를 나서는 순간, 미련 없이 지혜와 함께 떠날 생각이었는데.

입맞춤을 했고, 포옹을 했다.

입맞춤은 꿈결처럼 달았고, 포옹은 따뜻했다. 그의 품이 어찌나 아늑한지, 소희는 이대로 시간이 멈추기를 바랐다. 대답하지 않아도 되고, 헤어지지 않아도 되고, 겁을 내지 않아도 되도록, 이대로 멈춰버렸으면 좋겠다.

하지만 그럴 수 없다는 것을 알았다.

이 순간은 끝날 것이고, 소희는 그에게 대답을 해 주어야만 했다.

어떤 대답을 해야 하는 걸까. 분위기에 휩쓸려 키스는 했지만,

'예.'라는 대답을 하기 힘들었다. 그에게 말한 대로, 두려웠다. 또 다시 상처를 받게 될까 봐. 언젠가 그의 마음이 변하게 될까 봐.

그렇다면 차라리 시작하지 않는 게 좋을 거란 생각이 들었다. 가슴 찢어지는 짝사랑, 시작하지 않았더라면 좋았을 거라고 매일 되풀이하며 생각했듯, 이 순간의 대답을 후회할 날이 올지도 몰랐다.

그때였다.

윤성의 입에서 한숨 섞인 음성이 들려온 것은.

"아아, 이 순간이 정말 기적 같다."

쿵—

뻥 뚫린 가슴이었다.

쿵—

몇 번이나 타고, 또 타서 사라진 심장이었다.

쿵—

그 심장이 언제 그랬냐는 듯 되돌아와 격렬하게 뛰기 시작했다. 한 번도 아픈 적 없다는 듯, 한 번도 괴로운 적 없다는 듯, 심장이 뛰었다. 그 시절 그대로의 설렘을 머금고.

그래서 소희는 말할 수밖에 없었다.

"선배를……."

지금 이 순간 하고 싶은 단 한 마디를.

"사랑해요."

또 한 번 키스를 하고, 서로의 볼을 어루만졌다. 한 번도 아픈 적 없는 것처럼, 한 번도 헤어진 적 없는 것처럼. 둘은 그렇게 친밀하게 포옹을 나누고 입을 맞췄다.

관람차는 서서히 내려가기 시작해서 곧 있으면 지상에 도착할 터였다.

"저, 선배."

"응?"

"일단은 아무 일도 없었던 것처럼 행동하는 게 좋을 것 같아요."

먼저 정신을 차린 소희가 말했다. 윤성이 미소를 지으며 엄지로 소희의 입가를 닦아 주었다.

"너, 립스틱 다 지워졌어."

"앗! 얼른 발라야겠다."

소희가 백을 뒤져 급하게 립스틱을 꺼냈다.

"아무튼 우리, 평소처럼 지내요, 당분간은."

"왜?"

"그럼 여기서 애들이 원하는 대로 됐다는 걸 여기저기 알릴 생각이세요?"

"응. 너만 괜찮다면 학교 게시판에 공지로 붙여두고 싶은데. 차소희는 강윤성 여자다. 이렇게."

소희가 황당하다는 표정으로 윤성을 노려봤지만, 윤성은 싱글싱글 웃기만 했다.

"선배가 이런 성격인지는 정말 몰랐어요."

"말했잖아. 시간은 많은 걸 변하게 한다고."

"연준이가, 그러니까, 제 친구가 그러는데 원래 이런 성격이었을 가능성이 농후하대요."

"그래, 그럼 그럴지도."

립스틱을 다 고친 소희가 초조한 눈으로 창밖을 확인했다.

"아무튼 선배, 당분간은 비밀이에요."

"그래."

"정말로요. 무표정하게 내려야 돼요. 선배는 계속 쓸쓸한 표정 짓고 계시고요."

"난 쓸쓸한 표정 지은 적 없는데."

"아뇨, 늘 쓸쓸한 표정이었어요."

"그렇게 쓸쓸한 날 그냥 버리려고 했던 거야?"

"네. 미우니까요."

"나야말로 네가 그렇게 냉정한 성격인지 몰랐는데?"

"그래서 싫어요?"

"아니, 좋아 죽겠다."

윤성이 웃으며 끌어안으려 했지만, 소희는 그의 손을 탁 쳐서 내리게 한 후 맞은편에 가서 앉았다.

"우리 이제 곧 내려요. 표정 관리하세요."

"응."

"얼른요."

"관리하고 있는데."

"웃고 계시거든요?"

"아, 자꾸 웃음이 나와서."

윤성이 곤란한 듯, 한 손으로 입가를 가렸다. 그래서 소희도 웃고 말았다.

저런 사람이었구나. 사랑을 하고, 그 사랑을 보답 받으면 저렇게나 풀어지는 남자였구나.

"자, 이제 됐어?"

윤성이 다시 손을 내렸을 때 입매가 굳어 있었다. 평소에 비하면 약간 부드러웠지만, 다른 사람들은 눈치채지 못할 것이다.

"네, 그 정도면."

"그래. 그럼 너도 표정 관리를 하는 게 좋겠다. 다음에 우리가 내릴 차례거든."

"전 완벽한 것 같은데요."

"아니, 너도 웃고 있어."

그래서 창문에 얼굴을 비춰 봤다. 밖이 환해서 잘 보이진 않았지만 웃고 있는 건 확실했다. 소희가 자꾸 올라가는 입꼬리를 아래로 늘어뜨리려고 애쓸 때, 관람차가 지상에 도착했다.

철컹—

일하는 사람이 문을 열었다. 소희가 먼저 내리고, 그 뒤를 윤성이 따랐다. 둘은 아무 일도 없었던 것처럼, 조금 떨어져 걸었다.

출구에서 학생들과 지혜가 기다리고 있었다. 그들은 뭔가 기대하는 듯 눈을 반짝반짝 빛내고 있었다. 하지만 무표정을 넘어서서 험악해 보이기까지 하는 두 사람의 모습에, 얼굴색이 변했다.

'어떡하지?'

'더 안 좋아진 것 같은데?'

'큰일 났다?'

'일단 도망치자.'

학생들은 그런 눈빛을 주고받은 게 틀림없었다. 나희와 다선, 성지는 눈을 몇 번 마주치더니 휙 돌아서서 도망쳤다. 지혜만 놔두고.

졸지에 혼자 남겨진 지혜는 안절부절못하며 윤성과 소희의 눈치를 살폈다. 윤성과 소희는 웃지 않기 위해 평소보다 어두운 표정을 짓고 있었다.

"저…… 언니, 그게……."

"가자, 지혜야."

소희가 얼른 지혜의 팔에 팔짱을 끼었다.

"아, 윤성 선생님은……."

"됐어. 가자."

"그래도……."

"전 괜찮습니다. 가 보세요."

윤성이 고개를 숙였다. 마침 웃음이 나오는 바람에, 그걸 감추려는 의도였다. 그게 지혜 눈에는 굉장히 화난 것으로 보였는지, 지혜는 숨을 집어삼키고 소희가 잡아끄는 대로 걸음을 옮겼다.

그들이 멀어진 후, 윤성은 주위를 쭉 둘러봤다. 나희와 다선, 성지는 멀리 가버렸는지 보이지 않았다. 그제야 윤성은 표정을 풀고 근처에 있는 벤치로 가서 앉았다. 따스한 봄바람이 불어와 윤성의 머리카락을 헤집고 지나갔다.

윤성은 고개를 들어 하늘을 올려다봤다. 새파란 하늘이었다. 그날, 노천극장에서 봤을 때와 똑같이.

하지만 그때와 완전히 다른 기분으로, 윤성은 중얼거렸다.

"날씨, 참 좋네."

* * *

사람 마음이라는 것은, 참 신비하다고 생각했다. 그러고 보면 심리학과 수업을 들을 때 교수님들이 늘 하는 소리가 있었다. 100년을 공부해도, 사람의 마음이 어떻게 흘러갈지는 짐작할 수가 없다고.

그 말이 딱 맞았다.

윤성의 고백을 받아들이는 순간, 그간의 아픔이 깨끗이 사라졌다. 차인 적 없고, 아픈 적 없다는 듯, 전부 잊혔다. 누구를 만나도, 누구에게 사랑을 받아도 지끈지끈, 공허한 통증이 가슴 부근에 남아 있었다. 하지만 그 아픔조차도 이제는 꿈속의 일처럼 희미했다.

어떻게 이럴까? 어쩜 이렇게 새로운 사랑을 시작한 사람처럼 말끔할까?

사랑을 하는 사람들이 유독 세상을 맑고 깨끗하고 아름답게 보는 이유를 알 것 같다. 이 봄 하늘은 대학교 1학년 때 봤던 봄 하늘과 같은 빛인데, 훨씬 더 화사하고 깨끗하게 보였다. 바람도 그때보다 청량하다.

"언니, 미안해."

생각에 잠겨 있다가 지혜의 목소리에 정신을 차렸다. 두 사람은 다시 카페 벗에 와서 커피를 시켜놓고 앉아 있었다.

"응?"

"그게…… 하, 정말 두 분 일에 끼어들고 싶지 않았거든. 그런데 어쩌다 보니…… 그렇게 됐어. 진짜 미안해."

"아아."

"내가 너무 주책없었어. 아무리 애들이 하자고 한대도 그렇게 쉽게 말려드는 게 아니었는데."

지혜가 솔직하게 사과를 하니 민망해진 것은 소희였다.

"언니, 너무 기분 나빠 보여. 미안해."

그런 지혜에게 세상이 아름답다는 생각을 하고 있었다는 말을 할 수는 없었다. 지혜에게라면 말해도 되지 않을까 싶었지만, 원래 한 명이 알면 두 명이 알고, 두 명이 알면 모두가 알게 되는 법이다. 학교에서 젊은 교사 두 명이 사귄다는 이야기가 퍼져서 좋을 게 없었다. 게다가 소희는 이제야 막 발령받은 신출내기 교사였다.

"지혜야, 나 진짜 괜찮아. 앞으로 이러지만 말아 줘."

"응, 미안해."

지혜는 무거운 표정으로 빨대를 쪽쪽 빨다가 물었다.

"그런데…… 무슨 일 있었어?"

"응?"

"관람차에서."

"아아. 그냥 창밖을 구경했어."

"말도 안 하고?"

"응, 말도 안 하고."

소희의 담담한 대답에, 지혜는 윤성이 불쌍해졌다. 윤성과 소희의 과거에 무슨 일이 있었는지는 모르겠지만, 대화도 안 하고 같은 공간에 앉아 있었을 뿐인데 소희가 이렇게까지 기분이 상하다니.

'대체 그 선생님, 우리 소희 언니한테 무슨 짓을 한 거지?'

* * *

"그만두는 게 좋을 것 같은데."

라고 성지가 중얼거렸다. 셋은 솜사탕을 하나씩 들고 벤치에 나란히 앉아 있었다.

"선생님들 기분 진짜 안 좋아 보이더라."

"어. 나 상담이 그런 표정 짓는 건 처음 봤어."

어지간한 나희까지도 고개를 설레설레 저었다.

윤성과 소희는 외나무다리에서 원수를 만났을 때보다 더 안 좋은 표정을 짓고 관람차에서 내렸다. 남겨 둔 지혜에게는 미안하지만, 세 학생은 도망치지 않으면 죽을지도 모른다는 공포에 냅다 달릴 수밖에 없었다.

"하지만 말이야."

자기 몫의 솜사탕을 다 먹은 다선이 성지의 것을 뺏어먹으며 말했다.

"그 표정, 진짜일까?"

"야, 너 또 뭔 소리야? 설마 그게 좋아 죽겠어서 짓는 표정이라고 말하려는 건 아니겠지?"

성지가 기겁을 했다.

"응, 바로 그거야. 좋은 걸 감추려고 짓는 표정이었을지도 몰라."

"야, 야. 너 눈이 어떻게 된 거 아냐? 윤성 쌤 불러올까?"

나희가 걱정스레 다선의 얼굴을 살펴봤다.

"소희 선생님은 진짜 싫어서 그런 표정을 지은 걸지도 몰라. 하지만 윤성 선생님은 소희 선생님이랑 같이 있는 게 싫을 이유가 없잖아. 게다가 원래 화를 잘 내는 사람도 아니고. 그런데 그런 표정을 짓는다는 건, 좋은데도 싫은 척하느라 과하게 표정 연기를 했을 가능성이 있어."

"에이, 설마."

나희가 고개를 저었다.

"아니, 듣고 보니 그러네."

그러나 성지는 다선의 편을 들어줬다.

"다선이 말이 맞네. 윤성 쌤이 소희 쌤 좋아하는 것만은 진짜 확실하잖아. 그런데 왜 화를 내면서 내렸겠어? 오히려 우리한테 고마워할 일이지."

"관람차에서 둘이 싸웠을지도 모르지. 아니면 윤성 쌤이 소희 쌤 덮치려고 했다가 실패했을지도 모르고."

"야, 김나희. 그게 가능하냐? 관람차에서 어떻게 사람을 덮쳐?"

"왜 못 덮쳐? 만화 보면……."

"대체 무슨 만화를 보는 거야, 넌?"

"야, 야. 나희가 음란한 게 문제가 아니잖아, 지금."

다선이 싸우려는 두 사람을 말렸다.

"아무튼 좀 진정하고 생각해 보니까, 수상쩍은 게 많아. 그 두 사람, 적어도 남들 앞에서는 싫은 티 안 냈거든. 그런데 우리가 있는 걸 뻔히 알면서도 엄청 화난 표정이었단 말이야."

"그건 그래."

이번에는 나희도 동의했다.

"마치 우리 보라는 듯이 화난 표정을 지은 것 같지 않아?"

"흠. 그런가?"

"그래. 사실은 둘이 저 안에서 잘 됐는데, 괜히 우리 보기 쑥스럽기도 하고, 소문이 나서 좋을 것도 없고, 그래서 연기를 한 걸지도 모른다는 거지."

"우와, 윤다선. 너 진짜 똑똑하다."

"훗."

다선이 우쭐해 하자, 나희가 덧붙였다.

"성적은 바닥이지만."

"인생 사는데 성적이 뭐가 필요하냐? 만년 꼴등 우리 오빠, 창업해서 돈만 잘 벌더라."

"그런 건 아무래도 됐고. 만약 다선이 말이 맞으면, 우리 잘한 거네?"

성지가 말했다.

"하지만 확실하진 않잖아. 만약 두 사람이 진짜로 관람차에서 싸우고, 진짜로 사이가 안 좋아진 거면…… 돌이킬 수 없게 돼."

나희가 모처럼 이성적으로 굴었다.

"그럼 딱 한 번만 더 해 보자."

다선이 놀이공원 지도를 펼쳤다.

"둘만 들어갈 수 있는 공간이 뭐가 또 있지? 좀 긴 시간이어야 하고, 밀폐된 게 좋겠어."

"흠. 이거 어때?"

한참 지도를 들여다보던 나희가 뭔가를 가리켰다.

*　*　*

"또 걸려들었네요."

라고 소희가 말했다.

핸들을 붙잡고 열심히 발을 굴리던 윤성이 답했다.

"이번엔 걸려들어 준 거야."

"전 걸려든 거예요. 정말 두 번째 시도가 있을 거라고는 상상도 못 했어요."

"쟤들이랑 1년을 같이 보내서 알아. 쟤들은 열 번, 스무 번이라도 시도할걸."

"정말 무서운 애들이네요."

"학생주임 선생님도 쟤들은 못 건드려."

삼인방의 두 번째 시도는 하늘 자전거였다. 원형의 통처럼 생긴, 딱 둘만 들어갈 수 있는 공간. 그걸 타고 놀이공원 전체를 둘러싼 레일 위를 달리는, 운동기구에 가까운 놀이기구였다.

막무가내로 두 사람을 하늘 자전거에 태운 삼인방 중 다선과 성지는, 둘의 행동을 관찰하려는 듯 바로 뒤의 자전거를 타고 따라왔다. 두 학생이 뚫어지듯 관찰하고 있어서, 등이 따끔거릴 지경이었다.

"아쉽게 스킨십은 할 수 없겠는데."

윤성이 중얼거렸다.

"원래 스킨십을 좋아하시나 봐요."

"13년이야. 13년 동안 그거 하나 꿈꿨는데?"

"저랑 스킨십 하는 걸요?"

윤성이 의미심장하게 웃었다. 그의 짓궂은 미소에, 소희는 하마터면 관찰당하는 중이라는 것도 잊고 윤성의 팔을 때릴 뻔했다.

"계속 안고 있고 싶고, 손잡고 있고 싶고, 키스하고 싶어."

윤성이 솔직하게 말했다. 소희는 반대쪽으로 고개를 돌리며 작게 속삭였다.

"그건 저도 그래요."

굳이 보지 않아도, 윤성이 달콤한 미소를 짓고 있다는 걸 알 수 있었다.

"오늘 일정 끝나고 서울 도착하면 몇 시쯤 될까?"

"길 좀 막힐 시간인데. 8시쯤 되지 않을까요?"

"데이트할까?"

데이트.

참 별거 아닌 단어인데 심장이 술렁거렸다. 데이트를 하고 싶었다. 강윤성이란 사람을 처음 봤을 때부터. 그의 미소에 처음 사로잡혔을 때부터. 데이트라는 단어를 아무렇지도 않게 사용할 수 있는 관계이기를, 바라고 또 바랐었다.

"너무 늦은 시간이지 않아요?"

"아, 일찍 들어가야 돼?"

"아뇨. 전 어차피 혼자 살아서 괜찮긴 한데…… 선배, 내일 피곤할 텐데."

"피곤할 리가."

그가 바람 부는 듯한 목소리로 말했다.

"몇 날 며칠을 자지 못해도 피곤하지 않을 기분이야."

소희는 작게 웃으며 다시 정면을 응시했다. 대놓고 보면 뒤에서 따라오는 애들에게 보일 것이 분명하기에, 곁눈질로 그의 얼굴을 살폈다. 그도 곁눈질로 소희를 보고 있었다. 입가에 미소를 가득 머금고.

꿈이 아닐까, 라는 생각이 들었다.

어쩌면 지독하게 행복한 꿈일지도 모르겠다.

"진짜 꿈같다."

그 말을 한 건 소희가 아닌 윤성이었다.

"깰까 봐 무서워. 꿈이 아니어야 할 텐데."

그도 같은 생각을 하고 있다는 게 우습기도 하고, 슬프기도 했다. 소희는 뒤에서 눈치채지 못하도록 그의 허벅지 위에 손을 올렸다. 그의 근육이 움찔, 긴장하는 게 손으로 전해졌다.

"그러고 보니, 선배님이 더 길었네요. 짝사랑의 기간."

"응. 이렇게 되기를 바랐던 기간도 더 길었지."

"저도 꿈같아요. 눈을 번쩍 떴는데 침대 위일까 봐, 학교에 출근했는데 여전히 그런 사이일까 봐, 아니, 대학 때 그때로 돌아가 있을까 봐, 무서워요."

"만약 대학 때로 돌아가면 어떻게 할 거야?"

"음. 아마 있는 힘껏 선배를 좋아하지 않으려고 노력할 거예요. 하지만 분명 사랑하게 될 거고, 그러면 난 또 똑같이 반복할 거예요. 후회 안 해요, 내가 한 짓."

"그래."

"선배는요?"

"나는……."

윤성은 잠시 말을 끊었다. 생각을 하는지 움직임이 느려져서 하늘 자전거의 속도가 느려졌다. 윤성대신 소희가 열심히 발을 놀렸다.

"나는 주예진한테 솔직하게 말할 거야."

그가 다시 발을 빠르게 움직이기 시작했다.

"나 사실은 물을 엄청 무서워한다고."

* * *

혼났다.

다선과 나희, 성지는 결국 윤성에게 엄청 혼났다. 세 학생이 혼나고 있을 때, 지혜와 소희는 다른 학생들과 함께 사진을 찍었다. 사교성 좋은 몇몇 학생과 어울려 회오리감자라는 것도 먹고, 핫도그도 먹었다.

"언니, 그런데."

학생들이 다른 선생님을 찾아 떠난 후, 지혜가 입을 열었다.

"진짜로 솔직하게 말해 줘."

"응. 뭘?"

"대학 때, 윤성 쌤이랑 언니, 무슨 일 있었던 거야?"

짝사랑을 했고, 고백했고, 차였다. 그 정도의 설명으로는 납득하기가 힘든 모양이다.

"나랑 강 선생님 사이가 그렇게 이상해 보여?"

"그냥 뭐…… 믿어지지 않기도 하고."

"뭐가?"

"그 당시에 윤성 쌤이랑 사귀던 여자가 얼마나 예뻤는지는 모르겠지만, 솔직히 남자들이란 예쁜 여자한테 끌리는 법이잖아. 언니는 엄청 예쁘고 귀엽고, 여자인 내가 봐도 가끔 안아주고 싶을 만큼 사랑스러운데, 윤성 쌤이 언니를 딱 거절했다는 걸 믿을 수가 없어."

"정말 딱 거절했어."

그럴 만한 사정이 있었지만, 그건 윤성의 일이었다. 거기까지 설명할 수는 없었다.

"정말이야? 둘 사이에 뭔가 수상한 게 있었던 건 아니고?"

"응, 그런 건 없었어. 그저…… 내가 그런 식으로 누굴 좋아해 본 게 처음이라서 너무 많이 힘들었어. 아마 그것 때문에 우리 분위기가 이상한 걸 거야."

"하지만 난 아무리 봐도 언니보단 윤성 쌤이 언니를 더 좋아하는 것 같은데."

문득 오래전의 한 영상이 떠올랐다.

보쌈을 먹었던 것 같다. 대강당에서 하는 법과 사회 수업이 끝난 후였다. 연준과 재현이 함께였고, 강윤성에 대한 이야기가 나왔다. 그때, 재현이 했던 말.

"내가 봤을 땐 소희보다는 그 사람이……."

그것이 불현듯 생생하게 떠올랐다. 바로 어제의 일처럼.

'아, 그렇구나.'

재현은 알고 있었다.

'재현이는 그때부터 알고 있었구나. 윤성 선배의 마음을.'

지끈—

재현을 생각하자 가슴이 아파졌다.

'그래, 넌 알고 있었구나. 그때부터.'

언젠가부터 재현이 소희의 마음을 눈치챘다는 것은 알고 있었다. 하지만 윤성의 마음까지 알고 있는 줄은 몰랐다.

'그래, 그랬던 거구나.'

울고 싶어졌다.

'아아, 재현아. 그랬던 거였어.'

재현이 소희에게 사랑을 고백하던 날, 그는 말했다.

"오리엔테이션 때, 네가 술 취해서 바보 같은 짓 하는 거 보고 반했어. 내 취향도 특이하지, 참."

재현은 소희를 사랑하면서, 소희가 사랑하는 남자를 알았고, 그 남자 역시 소희를 사랑한다는 걸 알고 있었다. 그 사실을 감춘 재현에게 화가 나는 게 아니라, 감출 수밖에 없었던 재현이 안쓰럽고 안타까웠다. 그리고 그것을 짐작조차 하지 못한 자신이 미웠다.

재현의 마음을 모르는 채로, 자기 사랑에 취해 비틀거리며 그에게 기대기만 했다. 그의 심장은 새까맣게 타들어 가고 있었을 텐데.

'나 진짜 지독한 여자였구나.'

울 것 같은 표정이었나 보다. 지혜가 황망히 두 손을 저었다.

"언니, 언니. 이제 안 물어볼게. 미안해. 으아, 울지 마."

"어? 아니야. 울긴."

소희는 심호흡을 하며 지혜를 향해 웃었다.

"안 울어."

"아, 진짜 미안해. 내가 진짜…… 아, 이 입이 문제야, 진짜. 미안해."

"아냐. 그냥 좀 나중에…… 다 얘기해 줄게. 아직은 좀 말하기가 그래."

"응, 응. 언니가 말해 줄 때까지 딱 기다릴게. 안 울 거지?"

"안 울어, 안 울어."

윤성에게 엄청 혼난 세 학생은 더 이상 접근하지 않았고, 지혜는 아무것도 묻지 않았다. 그다음부터는 순수하게 놀이공원을 즐기고, 학생들을 챙겨 버스에 탔다.

의자에 등을 기대고 눈을 감았다.

하루가 무척이나 길게 느껴졌다. 사실 많은 일이 있기는 했다.

'아니, 있었던 일은 딱 하나지.'

윤성을 받아들였다.

'하지만 정말 큰일이었어.'

늘 생각했다. 사람이 사랑 없이 살 수 없는 건 아니다. 하지만 한 번 사랑을 해본 사람은, 사랑 없이 살기 힘들어진다. 그래서 소희는 윤성이 없는 동안, 삶이라 부를 수 있는 것을 살아가지 못했다.

아무것도 느끼지 못하고 시간의 흐름에 몸을 내어 맡겼을 뿐이었다.

하지만 관람차에서 입을 맞추고 그를 받아들이는 순간, 삶은 오롯이 소희의 것이 되었다. 무채색이었던 주위의 사물이 선명한 원색으로 변해 가는 것을 목격했다. 그래서 27살의 4월은 그 여느 때보다도 따뜻하고 반짝거렸다.

졸음이 몰려와서 잠깐 눈을 붙였다가 떴는데, 어느새 학교에 도착했다. 학생들을 먼저 보내고 나니 예상대로 8시가 되었다.

"언니, 나 오늘 남친이랑 약속 있어서 가 봐야 하는데…… 혹시 언니 기분 안 좋으면 약속 취소할게."

지혜는 아까의 일이 신경 쓰였는지 조심스럽게 제안을 해 왔다.

"안 그래도 돼. 신촌에 내가 좋아하는 중국집이 있는데, 거기 탕수육이 기가 막히거든. 다음 주에 거기나 같이 가자."

"응, 그래."

지혜의 표정이 밝아져서 소희는 안도했다. 남을 속이는 건 참 힘든 일이다.

지혜가 먼저 가고, 소희도 남은 선생들에게 인사한 후 교문을 나섰다. 윤성과는 신촌에서 만나기로 했다. 신촌. 소희의 대학 시절을 밝게도, 어둡게도 만들어 준 그리운 장소.

신촌역 3번 출구로 올라가니 맥도날드 앞에서 그가 소희를 기다리고 있었다. 사람이 많은데도 단번에 그를 찾을 수 있었다. 언제나 그랬듯이.

윤성 역시 마찬가지인 듯, 출구로 나오는 수많은 사람들 중 소희를 한 번에 발견하고 환하게 웃었다. 지나가던 여자들이 그를 한 번씩 쳐다봤다.

'그래, 생긴 거 하나는 진짜 굉장한 사람이야. 난 얼굴만 따지는 여자였나?'

진즉에 했어야 할 생각을 이제야 하며, 소희는 그에게 다가갔다.

"우리 어디 가요?"

"일단 뭐 먼저 먹을까?"

"음. 학교 가 볼 거죠?"

"응."

"그럼 햄버거 사 들고 노천극장 가서 먹을까요?"

"그래, 그러자."

걸어가면서 머뭇머뭇 그가 손을 뻗어 왔다. 손등이 살짝 스쳤고, 심장이 뛰었다. 그래서 소희는 작게 웃으며 그의 손을 꼭 잡았다.

손등이 스친 정도로 설레다니. 신기하다.

그도 같은 것을 느끼고 있을지 궁금해서 힐끗 그의 얼굴을 올려다봤다. 무슨 생각을 하는지는 모르겠지만, 그는 녹을 듯 달콤한 미소를 머금고 있었다. 어쩌면 나도 저것과 비슷한 미소를 짓고 있지 않을까, 라는 생각을 했다.

맥도날드 안에 들어가 줄을 서서 메뉴판을 올려다봤다.

"뭐 먹을래?"

윤성이 물었다. 소희는 희미하게 미소 지으며 윤성을 올려다봤다. 윤성의 눈이 가늘어졌다.

"왜?"

"그냥. 신기해서요."

"신기해?"

"선배가 저한테 뭐 먹을 거냐고 물어보는 거요."

"응, 나도 신기하다. 이런 일상적인 질문을 할 수 있는 게."

윤성이 소희의 정수리에 가볍게 입을 맞췄다.

메뉴를 고르고 주문을 했다. 평소에는 길게 느껴졌던 대기시간이 빠르게 지나갔다. 포장한 햄버거를 들고 학교로 향했다. 몇 년 전 매일 걸었던, 그다지 달라지지 않은 길이 신선하게 느껴졌다.

교문을 들어가 노천극장까지 말없이 걸었다. 어둑한 교정에는 아직도 학생들이 오가고 있었다. 노천극장 주위에는 가로등 몇 개가 서 있었다. 가로등에서 흐르는 오렌지색 빛무리가 길을 밝혔다.

"그러고 보니."

노천극장의 무대 위에는 응원단이 한창 연습을 하는 중이었다.

"곧 응원제구나."

"아아, 그러네요."

응원제.

신입생 때 처음으로 응원제에 참가했을 때의 일이 떠올랐다. 응원제는 응원단이 1년에 두 번씩 여는 축제로, 대강당에서 열렸다. 대강당은 학생들로 가득 찼고, 스피커에서 흘러나오는 응원가 보다 학생들의 더 큰 응원가에 대강당이 들썩거렸었다.

그때의 감각이 되살아났다.

"깜짝 놀랐었어요. 처음 응원제 봤을 때. 고등학교 때랑은 차원이 다르더라고요."

"응. 나도 처음엔 정말 놀랐었어. 문화적 충격이었지."

"그러고 보니 첫 대학축제도 그랬어요. 각 과마다 노점상도 열고, 연예인도 오고…… 고등학교 때 운동장에서 여는 작은 축제를 가지고 신났던 게 우스울 정도였지."

"하지만 난 고등학교 축제도 좋았어."

윤성이 그리운 듯 미소를 지었다.

"기억나? 우리 고등학교 축제 때, 네가 왔던 거."

"아, 그랬어요?"

소희는 미간을 좁히고 그런 적이 있는지 기억을 더듬었다. 가만히 생각해 보니, 태훈의 고등학교에서 축제를 연다고 해서, 친구들과 놀러 갔던 기억이 있었다.

"아! 선배가 태훈이 오빠랑 같은 고등학교였죠."

"응."

"아……."

소희는 입술을 반쯤 벌리고 윤성을 올려다봤다. 가로등 불빛 때문에 그의 얼굴이 더욱 해사하게 빛나고 있었다. 짙은 눈썹 아래에 자리 잡은 아몬드 형의 눈매. 그 안에 담긴 커다랗고 새까만 눈동자.

'저 눈동자가 그때에도 날 보고 있었던 걸까? 지금과 같은 애정 어린 눈빛으로?'

그런 생각이 들자 심장이 시큰, 아려왔다.

"그래, 맞아."

소희의 생각을 읽은 듯, 윤성이 가만히 허리를 굽혀왔다. 그의 따뜻한 입술이 소희의 반듯한 이마에 닿았다가 떨어졌다.

"그때도 지금 같았어."

"아……."

"축제 며칠 전에 태훈이가 그러더라. 사촌 동생이 친구들이랑 놀러 오기로 했다고."

그가 다시 소희의 손을 잡고 걸었다. 둘은 노천극장 한편에 앉았다.

"그때부터 축제를 하는 날까지, 잠도 제대로 못 잤어. 혹시라도 보게 되면 무슨 말을 할까, 어떻게 인사할까, 태훈이랑 아는 사이라고 말을 건네 볼까, 태훈이네 집에서 본 적 있다고 말해도 될까."

그가 느릿하게 말했다.

"고민하고 생각하고 머릿속으로 몇 번이나 시뮬레이션을 하고…… 그런 생각들을 하느라 밤을 지새웠지."

"절…… 봤어요?"

그가 빙그레 웃었다.

"응, 봤어."

"그런데 왜 말 안 걸었어요?"

"그러게. 나는 수줍은 사춘기 소년이었고, 너는 너무 반짝반짝 빛났으니까."

"제가 뭘 빛나요. 전 제대로 꾸미지도 못하는, 평범한 여중생이었는데."

"아무리 평범한 사람이라도, 사랑에 빠진 사람의 눈에는 세계적인 스타보다 더 빛나는 법이잖아. 수많은 사람들 사이에서도 그 사람만 딱 찾아낼 수 있지. 꼭 그 사람한테 스포트라이트가 비추는 것처럼."

그런 건 소희도 알고 있었다.

"게다가 넌 실제로도 굉장히 예쁘고."

그가 소희의 머리를 쓰다듬었다. 소희는 눈을 가늘게 뜨고 그의 손길을 느꼈다. 그의 긴 손가락이 머리카락을 부드럽게 헤집는 느낌이, 소희는 좋았다.

"선배는 민망한 칭찬을 잘도 하시네요."

"사실을 말하는 건데?"

"의뭉스러운 너구리 같아."

"아하하하."

윤성이 크게 웃었다. 그가 소리를 내서 웃는 걸 보는 건 처음이었다. 서쪽으로 진 태양이 사실은 윤성의 안에 숨어 있는 듯, 그가 웃는 모습은 눈이 부셨다.

아아, 그래. 이런 식으로 웃는 사람이었구나.

연준의 말이 떠올랐다. 원래 그런 사람인데 단지 그렇게 행동할 수 있는 기회가 없었을 뿐일지도 모른다던 말.

그랬다. 윤성은 원래 짓궂고 장난스럽고 크게 웃을 수 있는 사람이었다. 단지 그 본연의 모습을 드러낼 수 없었을 뿐이었다.

억누르고 살아야만 했던 그의 삶이, 이제 와서 다시 한 번 안타까웠다. 한창 웃고 설레고 장난쳐야 할 때에, 그는 속박되어 껍데기만 지닌 채 살아왔던 것이다.

"그런 표정 안 지어도 돼."

안타까움이 얼굴에 드러난 모양이다. 이윽고 웃음을 멈춘 그가 커다란 손으로 소희의 볼을 감쌌다.

"내가 선택했던 삶이니까."

"응, 맞아요. 선배가 선택한 삶이었죠."

"그 끝에 네가 있어서 다행이란 생각뿐이야."

소희는 정면으로 고개를 돌리고 가만히 그의 어깨에 머리를 기댔다. 그가 조심스레 팔을 뻗어와 소희의 어깨를 감쌌다. 그의 품에 안기다시피 기대어 눈을 감았다. 두근. 두근. 두근. 들려오는 심장 소리가 그의 것인지, 자신의 것인지 알 수 없었다. 아마 둘의 심장 소리가 겹쳐진 것이리라.

심장은 비슷한 속도로 뛰고 있었다.

"학교 복도에서 마주쳤을 때, 네가 못 견디게 사랑스러우면 어떻게 하지?"

순간 대학생 때로 돌아간 기분이었기에, 그가 대학 강의실 복도를 말하는 줄 알았다. 뒤늦게 고등학교 복도를 말하는 것이라는 걸 깨달았다.

"참으세요."

"못 참겠으면?"

"어디 한 번 안아보세요. 비명 지를 테니까."

"정말?"

"네, 정말."

"가끔 상담실에 놀러 올 거지?"

"제가 거길 왜 가요? 볼일도 없는데."

"와, 너무한다. 상담받는 척하고 올 수도 있는 거잖아."

"선배는 청소년상담이잖아요."

"가끔 선생님들 상담도 해 주고 있어."

"그래요?"

"응. 학생들이랑 문제 있는 선생님이나 집안에 문제 있는 선생님들."

"난 문제 없는데요."

"정신적인 문제가 있는 척하면서 찾아와봐. 나희처럼."

"애인이 공황장애인 척하면 선배는 참도 좋으시겠네요."

그가 또 크게 웃으며 소희를 꽉 끌어안았다.

"아, 진짜 좋다. 애인이라는 단어. 그게 이렇게 기분 좋은 단어였나?"

숨이 막힐 정도로 꽉 안겼지만 소희는 그를 밀어내지 않았다. 그렇게 안고 있는데도 부족하다는 느낌이었다. 더 꽉, 더 세게, 그래도 괜찮을 것 같았다.

햄버거를 사왔다는 것을 한참 후에야 깨달았다.

부스럭부스럭—

작은 쇼핑백에서 꺼낸 햄버거는 차게 식어서 딱딱해져 있었다. 식은 햄버거와 감자튀김은 맛없었지만, 남김없이 먹었다. 늦은 저녁 식사를 끝낼 무렵엔 응원단의 연습도 끝나가고 있었다.

무대를 정리하는 그들을 뒤로하고 노천극장을 벗어났다.

소화도 시킬 겸 교정을 걸어 다녔다. 대학 교정은 7년 전과 비슷했지만, 못 보던 건물들이 여러 채 생겼다. 깨끗하고 화려한 건물들을 보며,

"이런 게 생겼네요."

"등록금이나 줄여 주지."

라는 이야기를 했다. 대단한 주제로 대화를 나누는 것도 아닌데 시간이 빨리 흘러갔다. 손을 꼭 잡고 걸어가면서 문득 그의 얼굴을 확인할 때마다, 그를 처음 마주친 것처럼 설레었다.

두근, 두근, 두근.

거리낌 없이 그의 손을 잡고 대학 교정을 거닐 수 있다는 사실이, 여전히 잘 믿어지지 않았다. 일주일이 지나고, 또 한 달이 지나면 이 온기에 익숙해질까? 언젠가는 그가 곁에 있는 것이 당연하게 생각될 날이 올까?

'그렇지 않을 것 같아.'

라고, 소희는 생각했다.

'평생 설렐 것 같아. 평생 믿을 수 없을 거고, 평생 꿈만 같을 거야.'

“집이 여기서 멀어?”

대학 교문을 빠져나가며, 윤성이 물었다.

“전철 타고 좀 가야 돼요. 구안 고등학교 근처예요.”

“데려다줄게.”

“어? 괜찮아요, 선배.”

“남자 친구잖아. 그 정도는 하게 해 줘.”

그가 웃으며 말했다.

남자 친구란 단어, 참 설렌다.

이제 막 12시를 넘긴 시간이라 그런지 전철엔 막차를 타려는 사람들로 북적거렸다. 사람들에게 떠밀려 안쪽으로 들어가 바짝 붙어 섰다. 술 냄새와 고기 냄새를 풍기는 사람들이 많았는데도, 소희의 후각을 자극하는 것은 윤성의 향기뿐이었다. 윤성에게서는 따스한 봄볕 같은 향기가 났다.

‘따스한 봄볕 같은 향기라니.’

소희는 피식 웃으며 그의 가슴에 이마를 가져다 댔다.

‘그런 향기가 대체 뭐지?’

뭐라고 딱 잘라 정의내리기는 힘들지만, 그래도 표현해 보라면 역시 그렇게 답할 수밖에 없었다. 따스한 봄볕 같은 향기.

윤성이 소희의 허리를 감싸 준 덕분에 20분 걸리는 거리를 편하게 올 수 있었다. 아니, 그저 그와 함께여서 20분이란 시간이 훌쩍 지나간 걸지도 모르겠다.

전철역에서 나와 집을 향해 걸었다.

"언제 이사했어?"

윤성이 물었다.

"음. 아마 22살 겨울쯤이었던 것 같아요."

"그렇구나."

"21살 때, 해외여행을 다녀왔어요. 여기저기 돌아다니다가 돌아와서 바로 독립을 했어요."

"혼자 사는 건 어때? 재미있어?"

"재미있을 줄 알았어요. 집도 내 마음대로 꾸미고, 내가 원하는 가구를 들여놓고. 그렇게 즐겁게 살 줄 알았는데."

아무도 없는 집에 발을 들일 때마다 느낀 공허함이 떠올랐다. 오랫동안 살았는데도 내 집 같지 않은 느낌. 낯선 곳에 발을 디딘 듯한 그 껄끄러움.

바로 어제까지만 해도 그런 기분을 느꼈다.

"혼자 해야 할 게 너무 많더라고요. 청소도, 빨래도."

"응, 상상하는 것처럼 아름다운 생활은 아니지."

소희는 걸음을 멈췄다. 윤성이 왜 그러냐는 듯 소희를 돌아봤다.

"여기예요, 집."

소희가 가리킨 유명한 브랜드의 아파트를 본 그가 빙그레 웃었다.

"멋진 곳에 사네."

"그런 집안 아가씨잖아요."

"그래, 깜빡 잊고 있었다. 너나 태훈이나 그런 티를 안 내니까."

1층 입구에서 비밀번호를 찍고 들어가야 하는 시스템이었다. 출입문이 열리고 소희가 들어갔지만, 그는 들어올 생각을 하지 않았다. 이대로 돌아갈 생각인 모양이다.

사실 그게 맞았다. 그와는 오늘 막 사귀기 시작했으니까.

하지만 소희는 이대로 그를 보내고 싶지 않았다. 아무도 없는 집에 들어가는 순간, 오늘의 일이 마치 환상인 듯 산산이 부서질까 봐 두려웠다. 그리고 매일 느꼈던 그 헛한 기분을 느끼고 싶지 않았다.

만약 그가 함께 들어가 준다면, 45평짜리 커다란 집이 가득 채워진 느낌이 들지 않을까. 그의 햇살 같은 향기와 온기가 넘치도록 차오르지 않을까.

"저, 선배."

그래서 머뭇거리다가 용기를 내서 말했다.

"들어왔다가…… 가실래요?"

* * *

다영은 다리를 꼬고 비스듬히 앉아 있는 재현을 물끄러미 응시했다. 재현이 무슨 생각을 하는지, 다영은 알 수 없었다. 그는 늘 같은 표정이었다. 아무것도 생각하지 않고, 아무것도 느끼지 못하는 표정.

"할 말 없어?"

"할 말……."

재현이 의미 없이 단어를 따라 하며 주머니에서 담뱃갑을 꺼냈다. 담배를 하나 꺼내 입에 문 재현은 불을 붙이지 않고 재떨이를 응시했다.

"무슨 할 말?"

한참 후에야 재현이 되물었다.

"그냥 뭐…… 이 상황에 대한 감상?"

다영의 말에 재현이 피식 웃었다.

"이 상황이라……."

다영은 재현에게 소희와 윤성이 고등학교에서 동료 교사로 다시 만나게 된 일에 대해 전해 준 터였다. 처음에는 말해 줄 생각이 없었다. 하지만 재현은 늘 그렇듯 소희가 어떻게 살고 있는지 물어왔고, 다영은 솔직하게 말해 주는 수밖에 없었다.

두 사람이 다시 만나게 되었다, 그리고 윤성은 소희에게 고백을 했다. 그런 이야기를 들으면서도 재현의 얼굴에는 표정의 변화가 없었다. 늘 그랬듯이.

"대학교 1학년 때, 신입생 환영회 기억나?"

재현이 느닷없는 질문을 던졌다. 생각도 못 한 이야기에 다영이 고개를 갸우뚱했다.

"그…… 맥주 체인점?"

"아니, 그건 좀 더 나중이고. 작은 일본식 선술집을 빌려서 했었지."

"아아, 그래. 기억난다."

또렷하게 기억나진 않았다. 당연했다. 7년 전의 일이니까. 그 당시에는 선배들과 함께하는 술자리가 잦아서, 신입생 환영회는 기억될 만한 특별한 이벤트가 아니었다.

"그때, 나랑 소희가 나란히 앉아 있었고, 우리 맞은편 자리에 강윤성이랑 주예진이 앉았어. 강윤성은 조금 늦게 왔지."

"그래?"

"응. 난 그때 강윤성이 소희를 보는 눈빛을 봤어."

"아……."

"주예진이 잠깐 자리를 비웠을 때, 소희는 술에 취해서 엎드려 있었고, 강윤성이 처음으로 소희에게 시선을 줬지."

재현은 바로 어제의 일을 이야기하는 듯 끊지 않고 말했다.

"그때 알았어. 강윤성의 마음."

"아……!"

"그리고 소희도 강윤성이랑 같은 마음이라는 걸 알았을 때."

재현의 입가에 미소가 떠올랐다.

"난 그때 알았어. 이 두 사람은 언젠가 서로 사랑하게 되겠구나."

"……."

"그때 알았어."

재현이 한숨처럼 말하며 담배에 불을 붙였다. 잿빛 연기가 입술 사이로 흘러나왔다. 재현의 검은 눈동자가 흩어지는 연기를 따라갔다. 아니, 그는 어쩌면 흐릿해지는 소희의 영상을 보고 있는지도 모르겠다.

"만약 그 둘이 서로 사랑하지 못한다면, 영원히 사랑하지 않고 혼자 살겠구나. 그런 생각을 했지."

담배를 필터까지 피운 그가 덧붙였다.

"내가 아무리 발버둥을 쳐도 소희의 옆에 설 수 없다는 걸 알고 있었어. 하지만 아무것도 하지 않고 포기하면 후회할 것 같아서, 그래서 노력한 거야."

"재현아."

"소희 가슴을 채워 줄 수 있는 건 강윤성 뿐이었어. 그 남자가 아무리 지독해도, 내가 그 남자를 이길 수 없다는 건 처음부터 알고 있었지."

재현은 울지 않았다. 여전히 그는 무표정했다. 그래서 다영이 울고 싶어졌다. 울어야 하는 상황에서 울지 않는 사람을 보는 건 괴로운 일이다. 대신 울어주고 싶을 만큼.

"미련이란 게."

처음으로 재현의 얼굴에 표정이 드러났다. 그는 미간을 좁히고 고개를 숙였다.

"참 지독해."

"……."

"내가 소희 심장을 채워 줄 수 없는 걸 알면서도, 걔 곁에 아무도 없다는 생각 때문에, 어쩌면, 어쩌면, 그 어쩌면을 버릴 수가 없더라."

재현이 다시 고개를 들었을 때, 그는 다시 무표정으로 돌아와 있었다.

"그러니까 이 상황에 대한 감상을 얘기해 보라면, 그래. 잘 됐어. 이걸로 내 어쩌면도 사라지겠지."

* * *

"넓네."

라고, 윤성이 말했다.

"네, 좀 넓죠?"

예상대로 윤성과 함께 들어오니 공허함은 덜했다. 하지만 완전히 사라진 것은 아니었다. 무언가 비어 있는 느낌이 가시질 않았다. 왜일까? 그가 옆에 있는데. 늘 따라다니는 공허함, 분명 강윤성이라는 사람으로 인한 것이었을 텐데.

윤성으로 인해 사라졌던 심장이 다시 돌아왔다. 하지만 가슴 어딘가에 부는 바람이 완전히 사라진 것은 아니었다. 어쩌면 아직 그에 대한 확신이 없어서일지도 모른다고, 소희는 생각했다.

"커피라도 드실래요? 아, 곧 잘 시간이니까……."

윤성이 소희의 가느다란 손목을 낚아채 끌어당겼다. 비틀, 소희는 하릴없이 끌려가 그의 품에 안겼다. 그의 단단한 팔이 소희의 허리를 감았다. 그는 소희의 정수리에, 그리고 이마에 입을 맞췄다.

"소희야."

그가 소희의 이마에 입술을 댄 채 그녀의 이름을 불렀다. 부드럽지만 묵직해서 가슴을 울리는 음성이었다.

"사랑해."

원하는 사랑 고백을 들은 여자답게, 화사한 미소를 지을 생각이었다. 하지만 차오른 눈물이 볼을 타고 흘러내렸다. 그의 혀가 조심스레 소희의 젖은 눈가와 볼을 핥고 지나갔다. 하지만 소희의 눈물이 멈추지 않자, 그가 다시 소희를 꽉 끌어안았다.

"미안해. 많이 아프게 해서. 외롭게 해서 미안해."

그의 숨결이 머리카락을 헤집고 들어왔다.

"절대로 널 떠나지 않을 거야. 이제 내가 널 행복하게 해 줄게. 내가 다치게 한 그 심장, 이제 내가 가득 채워 줄게."

만약 이게 철없던 20살 때 듣는 약속이라면, 순수하게 기뻐했을 것이다. 고맙다고, 좋다고, 행복하다고, 환하게 웃으며 그리 대답했을 것이다.

하지만 지금은 아니다.

그가 짊어진 것들을 알고 있고, 그가 살아온 삶을 알고 있는 지금은, 그의 약속에 순수하게 기뻐할 수만은 없었다.

소희는 두 손으로 가만히 그의 가슴을 밀어냈다. 그가 놀란,

그리고 조금은 두려운 듯한 표정으로 소희를 내려다봤다. 아마도 그는 소희가 거절의 말을 할까 봐 무서운 것이리라.

소희가 그의 마음을 오롯이 받아들일 수 없는 것처럼, 그 역시 마찬가지라는 것을 알자 가슴이 시렸다. 두 사람 다 상처받은 것도, 공허했던 것도 마찬가지였다.

'나 혼자 아팠던 게 아니야. 나 혼자 외로웠던 것도 아니고.'

소희는 두 손을 뻗어 그의 양쪽 뺨을 감쌌다. 그의 검은 눈동자에 시선을 고정시키고, 소희는 말했다.

"그런 약속하지 말아요, 선배. 그런 약속으로 선배를 속박시키지 말아요. 세상에 절대로, 라고 말할 수 있는 건 없어요."

"소희야……."

"있죠. 그런 약속 안 해도 되는 사이였으면 좋겠어요, 우리. 그런 약속하지 않아도 서로가 평생 함께 있게 되리라는 걸 믿을 수 있는, 그런 사이였으면 좋겠어요."

그의 눈동자가 일렁, 흔들렸다.

"나만 행복하기 싫어요. 내 행복과 내 외로움의 책임을 선배에게 짐 지우기도 싫고요. 우리 둘 다 행복했으면 좋겠고, 우리 둘 다 가득 채워졌으면 좋겠어요. 나는요, 선배."

소희는 발뒤꿈치를 들어 그의 턱에 입을 맞췄다.

"선배 어깨에 올라가기 싫어요. 이렇게 손잡고요."

그의 볼을 감싸고 있던 손을 내려, 그의 손을 붙잡았다.

"나란히 서서 같이 걸어가고 싶어요."

그의 입가에 애달픈 미소가 번졌다. 소희는 아마 자신도 그와 비슷한 표정을 짓고 있을 거라 생각했다. 윤성이 허리를 굽혔고, 그의 얼굴이 점점 가까워졌다. 그의 입술이 소희의 입술 위에 겹쳐졌다.

그의 입술은 부드럽고 뜨거웠다. 자연스럽게 벌어진 입술 사이로 그의 혀가 밀려들어 왔다. 잇몸과 고른 이를 꼼꼼히 훑던 그의 혀가 소희의 혀를 찾아 깊이 들어왔다. 미끈한 이물감에 저릿한 쾌감이 전신으로 번졌다.

소희의 손에 잡혀 있던 그의 손이 어느 새인지 모르게 그녀의 등 뒤로 돌아왔다. 크고 뜨거운 손이 소희의 마른 등을 쓰다듬고 허리께의 굴곡을 지나 둔부에 닿았다.

움찔—

가벼운 접촉뿐이었지만 소희는 긴장하며 그에게 몸을 바짝 밀착시켰다. 크진 않지만 알찬 가슴이 그의 가슴에 부분에 눌리는 게 느껴졌다. 그에게도 이 느낌이 전해질지 궁금했다.

키스를 안 해본 것은 아니었다. 섹스까지의 단계가 5단계라면, 4단계까지는 경험해 본 소희였다. 하지만 윤성과의 접촉은 그동안의 것들과 의미도, 느낌도 달랐다. 그저 옷 위로 느껴지는 손길일 뿐인데도, 알몸이 된 듯한 느낌이 들었다.

소희의 입술이 사막에서 만난 오아시스라도 되는 듯 탐하던 윤성은, 느릿하게 입술을 떼고 소희의 턱에, 그다음에는 그녀의 목덜미에 입술을 묻었다. 턱 아래에서 살랑거리는 그의 머리카락이 간지러웠다.

여린 목을 그의 혀가 스칠 때마다, 전기에 감전된 듯 몸을 떨었다. 아직 이렇다 할 애무를 받은 것도 아닌데, 몸이 뜨겁게 젖어들었다. 전신이 심장이 된 듯 두근, 두근 거세게 박동했다.

둔부에 닿아 있던 그의 손이 다시 위로 올라왔다. 이번에는 소희가 입고 있던 셔츠의 안으로 들어왔다. 맨살에 그의 뜨거운 손이 닿는 순간.

"아……!"

소희는 저도 모르게 작은 신음을 내뱉었다.

소희도 의식하지 못할 만큼 아주 작고 짤막한 신음이었는데, 그는 총에 맞은 사람처럼 멈칫, 움직임을 멈췄다. 그의 손이 다시 밖으로 빠져나왔고, 목덜미를 지분거리던 입술이 떨어져 나갔다.

소희는 촉촉히 젖은 눈으로 그를 올려다봤다.

"선배……?"

"내일."

그의 입술 사이로 쉰 음성이 흘러나왔다.

"일찍 일어나야 하니까 얼른 가야겠다."

"네? 아…… 네, 그렇죠."

"그럼 잘 자고."

"네."

"내일 보자."

"네."

네, 라고 할 수밖에 없었다. 몸은 여전히 뜨겁지만, 심장은 여전히 거세게 뛰지만, 가겠다는 그에게 매달려 자고 가라 말할 수는 없었다.

"그럼 갈게. 잘 자."

이윽고 여유를 되찾은 그가 담백하게 말하고 돌아섰다. 그는 괴물에게서 도망치는 사람처럼 바삐 소희의 집을 빠져나갔다.

탕—

현관문이 닫히는 소리가 들렸다.

혼자 남겨졌다. 하지만 전처럼 차가운 공허함이 몰려들진 않았다. 대신 말 못할 민망함이 해일처럼 소희를 덮쳐 왔다.

"으아!"

소희는 여전히 뜨거운 양 볼을 두 손으로 감쌌다.

"으아, 나 되게 밝히는 여자처럼 보였으면 어쩌지?"

그 상태로 주저앉았다. 그와의 키스와 짧은 스킨십의 여운이 사라지질 않았다.

"아아, 너무 가벼운 여자로 보였으면 어쩌지?"

* * *

탕—

문을 닫자마자 윤성은 한 손으로 입가를 가렸다. 심장이 쿵,

쿵, 쿵, 거세게 뛰고 있었다. 아마 옆집에까지 들리리라.

"미치겠군."

소희가 이 마음을 받아준 지 24시간도 지나지 않았다.

"발정 난 개도 아니고."

젊을 때야 혈기와 호기심에 멋도 모르고 애인에게 덤벼들 수 있다지만, 윤성은 31살이었다. 자제하려면 얼마든 자제할 수 있는 나이라는 것이다.

소희를 오랫동안 힘들게 한 만큼, 그녀를 아껴 주고 싶었다. 많은 상처를 줬으니까, 소희가 이 마음을 오롯이 받아들일 수 있을 때까지는 천천히 다가갈 생각이었다. 몸만 탐하는, 그런 남자로 보이고 싶지 않았다.

'하지만 너무…….'

소희의 말을 떠올렸다.

"선배 어깨에 올라가기 싫어요. 이렇게 손잡고요. 나란히 서서 같이 걸어가고 싶어요."

'너무 예쁘잖아, 그런 말은.'

도톰한 입술을 오물오물 움직여 열심히 말하는 그녀가 말도 못하게 사랑스러워서, 저도 모르게 덮칠 뻔했다.

'내 생각해서 그런 말을 해 주는데 덮칠 생각으로만 가득하다니. 나란 놈은 정말.'

윤성은 아랫입술을 질근 깨물었다.

'하지만 소희 눈동자가 너무 촉촉해서.'

멈출 수가 없었다. 게다가 그녀의 붉은 입술 역시 혀를 한번 대보고 싶을 만큼 달콤한 빛깔이었다.

'아, 미치겠네.'

윤성은 고개를 한 번 크게 젓고는 엘리베이터로 향했다. 이대로 있다가는 다시 문을 열고 들어가, 소희의 의사와는 상관없이 일을 진행해 버릴지도 모르겠다.

'아, 정말 미치겠네.'

몸이 진정되지 않았다. 사춘기 소년처럼.

'난 진짜 덜 컸어.'

윤성은 엘리베이터 거울에 비치는, 상기된 자신의 얼굴을 보며 깊은 한숨을 내쉬었다.

10장

27살, 비밀스러운 설렘

소풍은 수요일이었고, 목요일과 금요일은 정상 수업이었다. 그 기간 내내 학교에서는 윤성과 만나지 않았다. 마주치지도 않은 이유는, 학생들의 시선 때문이었다.

나희, 다선, 성지, 이 삼인방은 윤성과 소희의 분위기를 살피기 위해 호시탐탐 눈을 빛내고 있었다. 복도에서라도 마주치면 그것만으로도 둘 사이를 지레짐작할 기세였다.

목요일 퇴근 후에는 한강 고수부지에서 만나 데이트를 즐겼고, 금요일엔 각자 집에서 쉬기로 했다. 윤성은 일찍 퇴근을 하기 때문에, 집에 가는 길에 윤성에게 전화를 걸었다.

휴대폰 단축번호 1번으로 저장된 그의 번호를 누르며, 대학 때를 떠올렸다. 그때는 문자 하나 보내는 것만으로도 한 시간이 걸렸는데. 썼다가 지웠다가, 썼다가 지웠다가.

이렇게 마음껏 전화를 걸 수 있는 날이 오게 될 줄은 몰랐다.

신호가 몇 번 울리지 않아 그가 전화를 받았다. 마치 소희의 전화를 기다리고 있었다는 듯이.

[퇴근했어?]

나예요, 라고 말하기 전에 그가 먼저 물었다. 소희의 입가에 저절로 미소가 번졌다.

"응, 방금요. 집이에요?"

[응. 집이지.]

"뭐하고 계셨어요?"

[사진을 좀 보고 있었어.]

"아, 선배 아직도 사진 찍으세요?"

[사진이야 가끔 찍으러 다니기는 하는데, 지금 보는 건 옛날에 찍은 사진.]

"설마……."

[응, 노천극장에서 찍은 사진.]

"아, 그거 저도 아직 있어요."

[그래?]

"응. 제 보물이었어요."

[아……]

잠시 침묵이 흘렀다. 무거운 침묵은 아니었다. 소희가 그때를 떠올리는 것처럼, 그도 그러고 있으리라는 것을 알 수 있었다.

[내일 바다에 갈까?]

그가 물었다.

"바다? 어디로요?"

[바다 하면 동해니까, 속초 쪽으로 가 볼까? 가서 회도 먹고, 바다도 보고, 바람 좀 쐬다가 오자.]

"버스 예약 안 해도 될까요?"

[음. 놀랍게도 나에겐 차가 있지.]

"와, 그거 진짜 놀랍네요. 상담교사 월급 박봉이라고 들었는데."

[돈 쓸데가 없어서 허리띠 졸라매고 살았어.]

"그건 너무 불쌍한 거 아니에요?"

[덕분에 차가 생겼잖아?]

한 푼, 두 푼 모아 2년 전에 장만했다며, 그는 웃었다. 그의 웃음소리를 듣는 것이, 소희는 여전히 좋았다.

"운전은 잘하세요? 고속도로 달릴 수 있겠어요?"

[응. 학교엔 잘 안 끌고 가지만, 퇴근 후나 주말엔 자주 끌고 다녔어. 안전하게 모실게.]

"그래요, 그럼 내일 바다에 가요. 이 한 몸, 믿고 맡길게요."

휴게소에서 뭘 먹을지 이야기하다 보니 집에 도착했다. 끊고 싶지 않아서 침대에 앉아 30분 정도 더 통화를 했다. 먼저 끊어, 선배 먼저요, 그렇게 누가 먼저 끊는지를 주제로 10분 더 이야기하다가 간신히 통화를 끝냈다. 샤워를 하고 나와 침대에 눕자마자 휴대폰을 들었다. 문자가 와 있었다.

[목소리 듣고 싶어.]

같은 마음이었기에, 또 전화를 걸었다.

이야기를 했다. 처음에는 서로 떨어져 있는 동안 어떻게 지냈는지에 대해. 그렇게 할 이야기가 떨어지자, 이번에는 했던 이야기들을 또 했다. 몇 번이고 들은 이야기인데도 대화를 할 수 있다는 게 그저 좋아서, 창문 밖으로 새벽빛이 새어 들어올 때까지 수다를 떨었다.

졸린 것 같은데 졸리지 않은 묘한 기분이었다.

[아, 해 뜬다.]

"거기도 해가 떠요?"

그의 웃음소리가 들려왔다.

[너랑 나랑 같은 서울 아래 살아.]

"그건 그러네요."

[괜찮겠어? 잠 못 자고 출발할 텐데.]

"응. 괜찮아요. 선배야말로 운전할 수 있겠어요?"

[문제없어. 그럼 준비 좀 하고 2시간 후에 데리러 갈게.]

"네, 도착하면 연락 주세요."

오랜 통화로 휴대폰이 뜨끈뜨끈했다. 휴대폰을 내려놓고 다시 욕실로 들어갔다. 그와 대화했던 내용을 떠올리며 샤워를 했다. 여기선 이렇게 받아칠 걸 그랬나, 이런 반응을 보일 걸 그랬나, 조금 후회가 됐다.

씻고 나와 머리를 말리고, 옷장 문을 열었다. 커다란 옷장에 비해 옷은 많지 않았다. 그동안 예쁜 옷을 사야 할 필요성을 못 느꼈기 때문이다.

"이럴 줄 알았으면 옷 좀 사둘걸."

후회를 하며 옷을 고르다가, 바다에 가는 거니 편한 옷을 입기로 결정했다. 청바지와 후드 티셔츠를 꺼내 입고, 화장대에 앉아 선크림을 발랐다. 옅은 화장을 끝내고 윤성에게 출발했는지 묻기 위해 휴대폰을 들었을 때.

딩동—

초인종이 울렸다.

윤성이 오겠다고 한 시간보다 1시간쯤 일러서 의아하게 생각하며 현관문을 열었다. 찾아온 방문객은, 소희가 상상도 못 한 인물이었다. 그래서 소희는 문손잡이를 잡은 채, 석상처럼 굳어버리고 말았다.

* * *

출발하기 전, 소희에게 문자를 보냈다.

[나 지금 출발해. 30분 후에 도착 예정.]

답장이 올 줄 알았는데, 도착할 때까지 답이 없었다. 아파트 앞에 차를 세우고 소희에게 전화를 걸었다. 소희는 한참 후에 전화를 받았다.

[선배.]

“응, 소희야. 나 지금 아파트 앞인데.”

[아…… 저기. 그게.]

그녀의 목소리가 낮게 가라앉아 있어서, 심장이 쿵 내려앉았다. 순식간에 손가락 끝이 차게 식었다. 무슨 일이 생긴 걸까?

“무슨 일이야? 괜찮아?”

[아, 전 괜찮은데…… 저, 선배.]

심장이 쿵, 쿵, 쿵. 그녀의 어두운 음성이 단어 하나를 만들어 낼 때마다 바닥으로 떨어졌다.

“응, 말해, 소희야.”

[잠깐 올라와 주셔야겠는데요.]

“그래. 그럴게.”

[주차장에 차 세우시면 되고요. 음, 거기서 저희 집 호수 찍고 호출 누르시면 돼요.]

“응.”

서둘러 주차장에 차를 세우고 소희가 사는 아파트 건물 앞으로 달려갔다. 호수를 찍고 호출을 누르자, 날카로운 소리와 함께 문이 열렸다. 그 소리마저 귀에 거슬렸다.

엘리베이터는 21층에 멈춰 있었다. 내려오는 동안 초조하게 휴대폰을 꺼냈다가 집어넣길 반복했다.

이윽고 그녀의 집 앞에 도착해 초인종을 눌렀다.

딩동—

문은 바로 열렸다. 그리고 윤성은 열린 문 안으로 보이는 생각지도 못한 인물의 모습에, 석상처럼 굳어버리고 말았다.

*　　*　　*

“내 눈을 피할 수 있을 거라 생각한 모양이지?”

라고, 소희도, 윤성도 생각지 못한 불청객이 말했다. 그는 마치 자기 집인 것처럼 소파에 편하게 앉아 다리를 꼬고, 발끝을 까딱까딱 움직이고 있었다. 소희와 윤성은 벌 받는 학생처럼, 그의 앞에 나란히 서 있었다.

“아주 간덩이들이 덩실덩실 부으셨어. 뭘 먹고 그리 부으셨나?”

검은 정장을 입은 그는, 마치 불량배처럼 말했다. 처음에는 하얗게 질려 있던 소희의 표정이 점점 굳어가기 시작했다. 그는 자기가 도를 넘고 있다는 것을 깨닫지 못한 듯, 계속해서 비아냥거렸다.

“그래서? 오늘은 어디 멀리 나가기로 하셨나 봐? 가서 애라도 만들어 오실…….”

퍼억!

결국 소희는 옆에 있던 쿠션을 집어 그의 얼굴이 던져 버렸다.

“야, 이 계집애야! 하늘 같은 오라버니한테 이게 무슨 짓이야?”

"하늘? 하늘이란 단어를 어디에 쓰는지 몰라? 이 양아치야!"

"양아치? 어쭈? 자주 못 보니까 아주 뵈는 게 없나 보지? 엉?"

"뵈긴 뭘 봐? 내가 죄짓고 있니? 오빠가 내 선생이라도 돼? 왜 와서 그러고 있어? 그리고 윤성 선배가 오빠보다 나이도 많잖아! 뵈는 게 없는 게 누군데?"

"아오, 저건 나이를 먹어도 변하는 게 없어."

"변한 게 없는 건 오빠도 마찬가지야!"

불청객은 태훈이었다.

어떻게 안 건지, 느닷없이 들이닥친 태훈의 첫 질문은,

"너, 윤성이 형이랑 아주 잘 지낸다면서?"

였다. 이 개념 없는 인간이 집안에 몰카라도 설치해 둔 건가 싶어서 한참을 두리번거렸다.

"내 앞에 서 있으라고 한 적 없어. 왜 다들 그러고 서 있어?"

긴장감 넘치는 분위기를 조성시킨 주제에, 태훈이 오히려 황당하다는 듯 소희와 윤성을 돌아봤다.

"자, 얼른 앉아. 나한테 할 얘기가 많을 거고, 나도 하고 싶은 얘기가 많으니까."

소희는 윤성의 팔을 끌어와 거실 바닥에 앉으며 말했다.

"오빠도 내려와서 앉아. 건방지게 그러고 있지 말고."

태훈이 씩 웃으며 바닥으로 내려왔다.

"그리고 오빠한테 할 얘기 없으니까, 나가. 여기 내 집이야."

"네 집이 아니라 네 부모님 집이겠지. 네 부모님은 내게 이모

와 이모부고. 이모와 이모부의 집은 내 집이기도 하지."

"아니, 대체 어떤 사고방식을 지녔기에, 그런 식으로 생각할 수 있는 거지?"

"내 머릿속은 네가 알 거 없고. 그래서?"

"뭐가?"

"둘이 같은 학교가 됐다는 건 이미 알고 있었어. 그런데 이건 너무 빨라, 형. 형한테 형 편이 되어 주겠다고 했지만, 이건 너무 속전속결이야."

소희가 윤성을 돌아봤다.

"선배, 태훈이 오빠랑 그런 얘기를 했었어요?"

"응, 얼마 전에 전화가 오더라고."

"아……."

"난 말이야. 그래도 길게 봤다고. 한 일 년 정도? 그런데 재회한 지 한 달 좀 넘어서 해치울 줄이야. 형, 그렇게 빠른 사람이었어?"

태훈이 새삼스럽게 윤성의 얼굴을 살펴봤다.

"응, 농구할 때도 속공이었잖아."

윤성이 가볍게 받아쳤다. 그걸로 납득했는지 태훈이 고개를 끄덕였다.

"그래, 뭐. 형은 원래 그런 성격이었지. 소희, 넌 윤성이 형 대학 때 모습을 보고 반한 것 같은데…… 그때랑 똑같다고 생각하지 마라."

"응, 그런 생각은 안 한 지 오래야."

소희가 담백하게 답했다.

태훈은 팔짱을 끼고 둘을 번갈아 보더니 끄응, 신음을 내뱉었다. 윤성의 편에 서주겠다고는 했지만, 사랑스러운 사촌 동생을 막 던져 버리는 기분이 가시질 않는 모양이었다.

소희는 괜히 건드리지 않는 게 나을 것 같아서, 묵묵히 태훈을 응시했다. 윤성이 그사이를 못 참고 손을 뻗어 소희의 손을 잡았다.

'안 돼!'

속으로 비명을 지르기 전, 태훈이 잘 걸렸다는 듯 씩 웃었다.

"그래, 내 앞에서도 자제할 수 없는 모양이구만."

"그냥 손만 잡은 거야. 손 정도는 부모님 앞에서도 잡을 수 있잖아."

윤성이 여유롭게 대꾸했다.

"물론 부모님 앞에서도 손은 잡을 수 있지. 더 친해지면 가벼운 포옹까지도 괜찮아. 하지만 내 앞에선 아니야. 내가 두 눈 멀쩡히 뜨고 있을 땐 안 돼!"

"그럼 그 두 눈, 멀쩡히 뜨고 있지 못하게 해 줄까?"

"우와, 이 형 좀 봐라. 소희야, 이 형이 이런 인간이다. 옛날부터 이랬어. 농구할 때 농땡이 피운다고 내 목을 잡아서 들어 올리는데. 난 게으름 피운다고 사람 죽이려고 하는 인간은 처음 봤다, 그때."

"죽일 생각은 없었어. 겁만 줄 생각이었지."

소희는 그냥 끼어들지 않기로 했다. 한참 고등학교 때의 일에 대해 떠들어대던 태훈이, 갑자기 소희를 노려봤다.

"그래서 오늘은 어딜 가려던 거지?"

갑자기 주제가 휙휙 변경되는 통에, 소희는 태훈의 머리가 괜찮은 건지 걱정되기 시작했다.

"오빠가 알 건 없잖아."

"흐음. 형, 소희 데리고 어디 가려고?"

소희가 순순히 대답하지 않으리라는 것을 깨달은 듯, 태훈이 공격 방향을 윤성에게로 돌렸다. 윤성은 소희가 황당함을 느낄 만큼 쉽게 대답했다.

"바다."

"호오, 바다."

태훈이 씩 웃으며 가슴 앞에서 팔짱을 끼었다.

"바다란 말이지."

"또 뭔 소리를 하게?"

소희가 인상을 찌푸렸지만, 태훈의 입가에 서린 미소는 사라지지 않았다. 그는 다 알겠다는 듯 윤성을 빤히 응시하며 말했다.

"우리 소희를 잘도 속였군, 형."

"속이다니?"

그제야 태훈이 소희를 돌아봤다.

"모르겠냐? 윤성이 형은 물을 무서워해."

"아!"

그 부분에 대해서는 새까맣게 잊고 있었다. 윤성이 먼저 바다에 가자고 했기 때문이다.

"분명 이 형은 일단 널 집에서 멀리 데리고 가고 싶었던 거야. 그리고 기름이 떨어졌네, 어쩌네 하는 변명을 하며 거기서 1박을 할 생각이었겠지. 아마 분위기 좋은 호텔을 잡아 뒀을걸. 내 앞에서 네 손을 잡을 정도로 욕망이 넘쳐 나는 남자니까."

이번에도 소희는 윤성의 속셈을 의심하기보다, 태훈의 정신 상태를 걱정했다. 손잡은 것 정도로 욕망 운운하다니. 저 오빠 머릿속, 진짜 괜찮은 걸까?

"욕망은 네가 더 넘치는 것 같은데. 뭘 해야 손잡는 정도로 거기까지 상상할 수 있는 거지?"

윤성도 소희와 같은 생각이었는지, 담담하게 되물었다. 하지만 태훈은 거기서 물러서지 않았다.

"속일 사람을 속여, 형. 그 은은한 미소, 다른 사람한테는 통할지 몰라도 나한테는 안 통해. 나한텐 면역이 있거든."

"아아, 그래? 그거 아쉽네."

"솔직하게 말해 봐. 호텔, 잡아뒀지?"

윤성이 어깨가 들썩일 정도로 깊은 한숨을 내뱉었다. 소희의 손을 잡은 그의 손에 힘이 들어갔다.

정말로 호텔을 잡아둔 걸까?

'난 그래도 상관없는데.'

라고 생각하며, 소희는 윤성의 대답을 기다렸다. 이윽고 윤성이 입을 열었다.

"가끔은 세수를 하다가도 물이 첨벙거리는 소리에 놀랄 때가 있어."

"……."

"소희가 손을 잡고 나란히 걸어가자고 해 줬어, 태훈아. 그래서 소희 손을 잡고 파도 소리를 듣고 싶었어. 그러면 그날 느낀 물에 대한 공포가, 다른 감정으로 덮일 것 같아서."

분위기가 무거워지는 걸 느꼈는지, 윤성이 싱긋 웃으며 덧붙였다.

"아직 강에 가기는 무섭지만, 바다라면 좀 나을 것 같았거든."

태훈은 이런 대답은 예상 못 했는지 눈을 휘둥그레 뜨고 있었다. 소희는 그런 태훈을 쏘아보며 말했다.

"오빠, 이제 할 말이 있을 텐데?"

정신을 차린 태훈이 손바닥을 짝, 마주치며 잘못한 적 없다는 듯 웃었다.

"그래, 좋아. 내가 딱 예상했던 대로야."

"예상은 개뿔."

"좋아, 형. 형한테는 그런 적극적인 자세가 필요했어. 앞으로 분발해."

"조금 전까지는 너무 빠르다고 뭐라고 했잖아."

"소희, 넌 좀 빠져."

"여기 내 집이라고! 오빠야말로 좀 빠져!"

이쯤 했으면 미안해서라도 빠져 줄 법한데, 태훈은 그렇게 녹록지 않았다. 소파에 올라가 느긋하게 옆으로 눕더니, 당당하게 요구하기 시작한 것이다.

"소희, 오랜만에 셋이 모였으니까 축배나 들자. 술 있지?"

소희는 기가 막혔다.

"오빠, 우리 셋이 모인 적, 단 한 번도 없거든?"

"그래. 그럼 처음으로 이렇게 셋이 모였으니, 축배를 들자. 저번에 와인 사 준 거, 있지?"

이럴 때의 태훈은 도저히 이길 수가 없다. 어쩔 수 없이 주방에 가서 찬장 문을 열었다. 안주로 할 만한 것은 없었지만 술은 많았다. 태훈이 해외 출장을 다녀올 때마다 사 준 것들이었다.

까치발을 하고 술병을 몇 개 꺼내는데 긴 팔이 소희가 잡으려던 술병을 잡았다. 윤성이었다.

"미안해요, 선배."

"응? 뭐가?"

"태훈이 오빠가 바보인 거요."

윤성이 가볍게 웃었다.

"그게 네 탓은 아니잖아."

"오늘, 바다 못 가겠네요."

"괜찮아. 앞으로도 날은 많으니까."

자기보다 선배인 윤성이 술을 꺼내 오는데도 태훈은 건방진 자세로 앉아서 시중을 들어 주길 기다리고 있었다. 태훈이 얄미웠지만 소희는 그냥 무시하기로 했다. 일일이 반응하면 끝도 없을 것이다.

태훈은 안주가 없다며 칭얼거렸고, 소희는 이 집에 이사 온 후 처음으로 배달 음식을 시켰다. 먹고 마시고 대화를 나눴다.

태훈을 상대하는 윤성은 소희와 단둘이 있을 때와는 확실히 달랐다. 그는 장난스러웠고 유쾌했다. 소희에게 보이는 윤성이 전부는 아니라는 것을 알고 있었지만, 태훈의 장난을 짓궂게 받아넘기는 윤성의 모습은 놀라웠다.

그래서 좋았다. 이렇게 셋이 모여 웃고 떠들 수 있는 것이. 윤성의 연인이 된 자신을 상상해 본 적은 많지만, 이런 광경은 생각해 본 적 없는 소희였다.

이른 아침에 시작한 술자리는 늦은 밤이 되어서야 끝났다. 태훈이 잠들지 않았다면 내일 아침까지 계속되었을지도 모르겠다.

"난 그만 가 봐야겠다."

뒷정리를 도와준 윤성이 말했다.

"주무시고 가셔도 되는데. 남는 방 많아요."

"응, 정말 많아 보이긴 하네. 그래도 가는 게 좋겠어."

윤성이 허리를 굽혀 소희의 귓가에 속삭였다.

"덮치게 될 것 같아."

뜨거운 숨결이 소희의 귓불을 간질였다. 소희는 바짝 긴장해서 그를 올려다봤다. 다시 허리를 편 그는 미소를 짓고 있었지만, 농담만은 아닌 듯 눈동자엔 열기가 가득했다.

"술을 마셔서 위험해."

"아……."

눈동자의 열기가 소희에게까지 전해졌다. 입안이 바싹 말랐다. 소희는 의식하지 못한 채 혀로 입술을 핥았다. 도톰한 입술을 핥는 혀를 본 그의 눈동자가 일렁, 흔들렸다.

그의 시선이 스르륵 옆으로 움직여 태훈의 상태를 확인했다. 태훈이 곤히 자고 있다는 것을 확인한 윤성은, 소희의 허리에 한 팔을 감아 고정시켰다. 윤성의 입술이 소희의 입술 위에 포개어졌다. 그의 입술은 술기운까지 겹쳐져 더 뜨거웠다.

숨이 벅찰 만큼 긴 키스가 이어졌다. 이윽고 그녀의 젖은 입술을 혀로 핥으며 키스를 끝낸 그가, 한 손으로 소희의 머리를 쓸어 넘겼다. 소희의 이마에 그의 이마가 닿았다.

"매일 야한 생각만 했던 건 아냐."

그가 변명하듯 말했다. 그러나 말과는 달리, 그의 뜨거운 손은 소희 목 뒤를 쓰다듬고 있었다.

"이렇게 마음껏 만질 수 있게 됐다고 생각하니까, 고삐가 풀려버린 것 같아."

풀려도 돼요, 라고 말하려 했는데 그가 다시 입을 맞춰왔다.

이번에는 짧은 입맞춤이었다.

"진짜 이성이 사라지기 전에 갈게."

발갛게 상기된 그의 얼굴과 열띤 눈동자가, 소희를 행복하게 했다. 그가 소희를 이토록 간절히 원한다는 사실이 웃기기도 하고, 기쁘기도 했다.

소희야말로 그의 손을 잡아 방으로 이끌고 싶지만, 태훈이 있다는 것을 떠올리고 참았다. 태훈이 있는 곳에서 기념할 만한 첫 경험을 할 수는 없었다.

그를 엘리베이터 앞까지 배웅하고, 소희는 얼른 욕실에 들어가 샤워를 했다. 윤성과 사귀게 된 후, 샤워를 하는 시간이 짧아졌다. 샤워를 하는 동안 그에게 전화가 걸려올지도 모르고, 문자가 와 있을지도 모른다는 생각 때문이었다.

태훈은 소희가 샤워를 끝내고 나올 때까지 소파에 누워서 자고 있었다. 깨워서 방으로 들여보낼까 하다가, 방에서 이불 하나를 가지고 나와 덮어 줬다.

방에 들어가 침대에 누워 휴대폰을 확인했다.

[방금 집 도착.]

윤성에게서 문자가 와 있었다. 소희는 답장을 보낼까 하다가 전화를 걸었다. 그는 바로 전화를 받았다.

"오늘 고생하셨어요, 선배."

[즐거웠어.]

그가 진심 어린 목소리로 말했다. 계획했던 바다에는 못 갔지만, 소희도 즐거웠기는 마찬가지였다.

[내일 태훈이 돌아가면 연락 줘. 영화라도 한 편 보자.]

"네. 어제 못 주무셔서 피곤할 텐데, 얼른 주무세요."

이번엔 그의 대답이 바로 들려오지 않았다. 전화가 끊어졌나 싶어 휴대폰을 확인했다. 여전히 통화 중이었다.

[소희야.]

그가 한발 늦게 소희를 불렀다.

"네?"

[언제까지 그렇게 극존칭을 쓸 거야?]

"아……."

강윤성 '선배'인 것이, 소희에게는 너무나 익숙했다. '선배'로 만나, '선배'로 기억하고, '선배'로 끝난 만남이었기 때문이다. 강윤성을 선배라 부르는 것이 당연해서, 연인이 되었다고 그 호칭을 바꿔야 된다는 생각을 하지 못했다.

"그러게요. 우리 이제 연인인데."

[응, 이제 연인이지.]

"그럼 뭐라고 부르죠?"

[자기?]

"으하하하."

생각지 못한 호칭에 소희는 그만 웃음을 터뜨렸다.

[왜? 자기가 어때서?]

그가 볼멘소리로 중얼거렸다.

"아, 자기는 너무 간지러워요. 너무너무."

[그럼 뭐가 좋을까?]

"음. 전 선배가 편하긴 한데. 선배는 불편하세요?"

[호칭은 아무래도 좋은데, 네가 너무 극존칭을 사용하면 가끔 거리감이 느껴져.]

"선배도 그런 생각을 하는구나."

늘 느긋해 보였던 그가 호칭과 말투를 가지고 고민을 한다는 게 신기했다. 소희는 어쩌면 자신이 강윤성이라는 존재를, 너무나 미화시켜 뒀을지도 모른다는 생각이 들었다.

'아니, 미화가 아니지. 이런 선배가 더 좋으니까.'

미화라기보다는 윤성도 자기와 똑같은 사람이고, 똑같은 감정을 갖고 있다는 생각을 하지 못했던 것이리라. 윤성은 손이 닿지 않는 먼 곳에 있는 사람이었으니까.

[편하게 말해 줬으면 좋겠어. 태훈이한테 하듯이.]

그의 말에 소희는 까르르 웃었다.

"제가 태훈이 오빠한테 하는 거 보셨잖아요. 금방 저한테 질릴걸요."

[네가 뭘 해도 질릴 일은 없어. 넌 조만간 나한테 질릴 예정인가 보지?]

"에이, 그럴 리가요. 그럼 내일 만나면 좀 편하게 말할게요. 7년 내내 제 안에서 만들어진 선배의 이미지가 있어서, 갑자기 변하는 건 힘들 것 같아요."

[와, 되게 좋네.]

"응?"

[7년 내내 네 안에서 내 이미지를 만들어 온 거야?]

"주제를 변경하지 마시지요, 강윤성 선배님."

그의 웃음소리가 들려왔다.

조금 더 수다를 떨었고, 밤이 깊어 전화를 끊었다. 따뜻해진 휴대폰을 손에 쥐고 눈을 감았다. 30분가량 이어진 그와의 통화 내용이 떠올랐다. 그의 목소리와 웃음소리를 떠올리며, 소희는 까무룩 잠이 들었다.

* * *

어제 하루 종일 못 자서 그런지 아침에 일어나는 게 힘들었다. 창문으로 들어오는 햇살 때문에 깨긴 했지만, 침대에서 일어날 수가 없어서 다시 눈을 감았다. 그러다가 혹시나 싶은 마음에 휴대폰을 확인했다. 윤성에게서 온 연락은 없었다. 아마 윤성도 피곤해서 자고 있는 모양이다.

소희는 안심하고 다시 눈을 감았다. 잠이 쏟아졌다.

그렇게 몇 번 깨고, 몇 번 잠들다가 정신을 차렸을 땐 정오가 다 되어 가는 시간이었다. 거실에서 부스럭거리는 소리가 나서 벌떡, 상체를 일으켰다.

'아, 태훈이 오빠가 여기서 잤지.'

소희는 침대에서 내려와 거울을 한 번 흘끗 보고는 거실로 나갔다. 태훈이 주방을 여기저기 뒤지고 있었다.

"이 계집애야. 아주 그냥 팔자가 늘어졌구나. 지금 몇 시냐? 엉?"

태훈이 뒤도 돌아보지 않고 말했다.

"토요일이잖아. 나도 좀 쉬자."

"집에 먹을 거 없냐?"

"없어."

"쯧쯧. 누군지는 몰라도 너랑 같이 살 사람, 참 불쌍하다."

"그게 오빠는 아닐 테니까 신경 끄셔."

투덜거리는 태훈에게 커피를 한 잔 타주고 샤워를 했다. 씻고 나왔더니 태훈은 집에 갈 준비를 끝낸 후였다.

"오늘도 윤성이 형 만나냐?"

"왜? 따라오시게?"

"비아냥거리지 마, 이 계집애야. 솔직히 어제 즐거웠잖아. 아냐?"

"뭐, 나쁘진 않았어."

"넌 좀 솔직해지는 게 좋을 거다."

태훈이 얄밉다는 듯 소희의 볼을 꼬집었다. 소희는 인상을 찡그렸지만 피하진 않았다.

태훈이 어제 찾아온 이유를, 이제야 알 것 같았다. 소희와 윤성의 관계를 캐묻기 위해서가 아니라, 두 사람의 관계를 좀 더 친근하게 만들어 주기 위해 찾아온 것이리라. 소희에게도, 윤성에게도, 완전히 없애기 힘든 감정의 찌꺼기가 남아 있으니까.

"고마워, 오빠."

그래서 솔직하게 말했더니 태훈이 기겁을 하며 뒤로한 걸음 물러났다.

"왜 이래, 갑자기? 미쳤냐?"

"하여간 고맙다고 해도 야단이야."

"아무튼 난 갈 거야."

"응. 잘 가."

태훈이 현관문으로 향했다.

"소희야."

신발을 신은 태훈이 소희를 돌아봤다.

"응?"

"너, 지금은 행복하냐?"

별거 아닌 질문이었다. 행복하냐? 그러면 그저 행복해, 라고 대답하면 그만인 질문. 윤성과 다시 만나기 전에도 늘 들었던, 아무것도 아닌 질문.

그 순간 바로 대답이 나오지 않은 이유는, 원인 모를 공허한 바람이 가슴을 스쳤기 때문이었다. 한 박자 늦게, 소희가 고개를 끄덕였다.

"응, 행복해."

태훈은 그런 소희를 물끄러미 응시하다가 손을 뻗어 왔다.

태훈의 손이 아직 젖어 있는 소희의 머리를 이리저리로 헝클어뜨렸다.

"생각을 너무 많이 하고 사는 건 피곤한 일이야. 내 마음 하나 간추리기도 힘든데, 남의 마음까지 일일이 신경 쓰다 보면 서로 지치게 돼. 때때로 사람은 이기적으로 굴어야 할 필요가 있어."

재현의 얼굴이 태훈의 얼굴 위에 겹쳐졌다.

"사랑을 할 거라면 다른 사람은 생각하지 말고, 네 옆에 있는 사람만 생각해. 그러지 않으면, 모두가 상처를 받게 될 거야."

"응."

목이 메었다.

윤성이 함께인데도 불현듯 불어오는 공허한 바람의 이유를 이제야 알 것 같았다. 재현의 부재. 아마도 그 때문이리라. 재현을 사랑했지만, 그것은 재현이 원하는 방식의 사랑이 아니었다. 그래서 재현은 소희를 떠나갔다.

그것이 어떤 종류의 사랑이든, 재현이 차지했던 공간이 컸던 것만은 분명했다. 그래서 그가 빠져나간 자리가 채워지지 않았다. 우정 이라는 이름의 공간은 이제 미안함과 안타까움, 그리움이 자리를 잡았다.

"상대가 원하는 마음을 줄 수 없는 건, 네 책임이 아니야. 사람의 마음은 어느 누구도 원하는 대로 움직일 수 없는 거니까."

*　　*　　*

봄이 가고 초여름이라고 부를 만한 날씨가 되었다. 학생들은 가벼운 하복으로 갈아입어서 더 생기발랄해 보였다. 6월 한 달을 보내고 나면 기말고사, 그 후에 방학이었다. 방학은 학생들에게도, 선생들에게도 기다려지는 날이기에, 다들 평소보다 표정이 밝았다.

그런 6월의 금요일.

소희는 감기 기운이 있다는 것을 느꼈다. 몸살도 같이 오려는지 어깨와 등이 뻐근했다.

'오뉴월 감기는 개도 안 걸린다는데.'

학교를 쉬어야 할 정도는 아니라서 일단 출근은 했는데, 목이 칼칼하니 아파서 수업 도중에 몇 번 콜록거렸다.

'일단 내일은 쉬는 날이니까, 오늘만 잘 버텨봐야지. 퇴근하고 병원 갔다가 푹 자면 내일은 괜찮을 거야.'

내일은 윤성과 함께 삼청동 데이트를 하기로 했다. 약속을 취소하고 싶진 않았다.

소희가 골골거리며 복도를 걸어갈 때, 윤성은 상담실에 찾아온 삼인방을 상대하는 중이었다.

"너희들, 쉬는 시간마다 찾아오지 말랬지?"

"어차피 내년이면 수능 준비하느라 선생님이 보고 싶다고 애원해도 못 와요."

나희가 투덜거리듯 말했다.

"너희가 참도 그러겠다. 수업이나 제대로 들으면 다행이지."

"방금 그 말, 기억해 두겠어요. 제가 서울대 들어가는 걸 보고 놀라지나 마세요."

"그래, 그래."

"그러고 보니 소희 쌤, 오늘 아파 보이던데."

다선이 중얼거린 말에 윤성이 멈칫했다.

"아, 맞아. 오늘 좀 힘이 없어 보이더라. 감긴가?"

"이렇게 더운데?"

"이런 날씨에 감기 더 자주 걸리잖아."

"감기에는 귤이 좋은데."

"귤 먹고 싶다. 난 겨울에 만화 보면서 귤 까먹는 게 제일 좋아."

"요새 나온 귤은 맛없더라. 역시 과일은 제철 과일이 최고야."

소희의 상태에 더 듣고 싶었지만, 아이들에게 물어볼 수는 없었다. 윤성은 주제가 이리저리로 튀는 학생들의 대화를 흘려보내며, 소희의 상태를 걱정했다.

수업 종이 울릴 때가 돼서 학생들이 나가자마자, 소희에게 문자를 보냈다.

[소희야, 아파?]

[아니, 괜찮은데. 왜?]

답은 바로 왔다.

[얘들이 너 아파 보인다고 하더라.]

[아냐, 괜찮아요.]

소희는 괜찮다 했지만 걱정되는 마음을 감출 수가 없었다. 소희가 이번에 어느 반에서 수업 중인지 떠올린 후, 초조한 마음으로 수업이 끝나기를 기다렸다. 끝날 시간에 맞춰 그 근처 복도로 향했다.

소희가 교실에서 나오는 모습이 보였다.

'아픈 건가?'

멀리에 있어서 확실하게 살펴볼 수가 없었다. 걸음걸이나 움직임은 평소와 다르지 않았다. 가까이 다가가 보려고 하다가, 우르르 몰려나오는 학생들 때문에 걸음을 멈췄다. 아직 학교에는 둘의 사이를 알리지 않았다. 여기서 더 가까이 가면 아이들이 수상쩍게 생각할 것이다.

'비밀 연애도 참 쉬운 게 아니군.'

윤성은 머리를 뒤로 넘기며 상담실로 향했다.

'얘들이 날 떠보려고 괜한 소리를 한 건가?'

그 세 학생이라면 그럴 법도 했다. 소풍 이후 잠잠해지기는 했지만, 호시탐탐 기회를 엿보는 것처럼 보이기도 했다.

'소희가 아픈데도 굳이 안 아프다고 할 리는 없겠지.'

걱정이 완전히 가신 건 아니지만, 일하는 중에 소희를 귀찮게 할 수는 없었다. 소희에 대한 걱정을 잠시 접어 두고 일에 집중하려 했지만 쉽지 않았다. 남자 친구가 성관계를 요구한다는 상담을 하러 찾아온 학생이 아니었다면, 참지 못하고 소희를 만나러 교무실로 향했을지도 모르겠다.

수업이 끝날 무렵, 소희는 괜찮지 않다는 것을 깨달았다. 시간이 가면 갈수록 상태가 안 좋아졌다. 마지막 수업은 6교시였다. 수업이 끝나자마자 양호실에 들러 약을 받아먹었지만, 그런 걸로 나아질 리 없었다. 얼굴이 후끈거렸고 머리가 깨질 듯 아팠다.

"언니, 괜찮아?"

마찬가지로 6교시에 수업을 다 끝내고 일과 정리를 하던 지혜가 걱정스러운 듯 물었다.

"응, 괜찮아."

"안 괜찮아 보이는데."

"감기 기운이 좀 있긴 한데, 견딜 만해."

"이따 꼭 병원 가 보세요. 환절기 감기, 제일 무서워."

"응, 그래야겠어."

소희는 가쁜 숨을 몰아쉬며 휴대폰을 확인했다. [아냐, 괜찮아요.]라는 답변 이후 윤성에게는 문자가 오지 않았다. 서운하진 않았다. 윤성은 아마 일하는 중에 소희를 방해하고 싶지 않은 것이리라.

'속이 메스꺼워.'

윤성에게는 아프다고 솔직하게 말할 수가 없었다. 죽을병에 걸린 것도 아닌데 윤성이 걱정하는 게 싫었다. 그리고 감기 정도로 징징거리는 여자가 되고 싶지도 않았다. 이 정도는 혼자서 버틸 수 있다.

"차 선생, 오늘은 일찍 들어가요."

마침 교무실에 나와 본 교장이 소희의 상태를 확인하고는 걱정스럽게 말했다.

"아뇨, 괜찮습니다."

"특별히 할 일이 남은 것도 아닌데 무리할 필요 없어. 내일 토요일이니까 병원 가서 주사 맞고, 들어가서 푹 쉬어. 앞으로도 아프면 바로바로 말하고."

교장은 나쁜 사람은 아니지만 교사들에게 특별히 친절한 편도 아니었다. 그 때문에 교장의 친근한 태도가 교무실에 있는 교사들을 놀라게 했다.

소희는 쓴웃음을 지으며 순순히 "감사합니다."라고 대답했다. 여기서 시간을 더 끌면, 교장의 태도가 변했음을 교사들이 확신하게 될 것 같았다.

교장의 태도 변화는 아마도 소희의 집안을 알게 되었기 때문이리라. 소희는 알릴 생각이 없었지만, 그런 사실은 의외로 쉽게 사람들 사이에 퍼지곤 했다.

학교 근처에 있는 내과에서 진료를 받고 주사를 맞았다. 몸살감기라고, 약을 먹고 푹 쉬면 나을 거라고 했다. 머리가 점점 아파졌다.

택시를 타고 집으로 향했다. 도착할 무렵에는 숨결이 뜨겁게 느껴질 만큼 상태가 안 좋았다. 샤워를 할 힘도 없어서 들어가자마자 침대에 쓰러졌다.

바로 잠이 오진 않았다. 아파서 그런지 여러 가지 생각이 기억의 수면 위로 떠올랐다가 가라앉았다. 그중에는 대학교 1학년 겨울방학 때의 일도 있었다.

아마 1월이었을 것이다. 과 친구들과 함께 스키장에 가기로 했다. 그중에는 재현도 있었다.

공교롭게도 출발하는 날 아침에 감기에 걸려버렸다. 심한 상태는 아니라서 아프지 않은 척 친구들과 어울렸다. 목이 좀 칼칼한 것만 빼고는 견딜 만했다.

스키장에 도착해 점심을 먹고 노는 도중에 상태가 급격히 변했다. 스키복에 고글까지 쓰고 있어서 아무도 소희의 상태를 눈치채지 못했다. 재현을 제외하고는.

"들어가자."

리프트를 타기 위해 기다리는데, 어느새 다가온 재현이 소희의 팔을 잡고 말했다.

"먼저 들어가자."

친구들은 재현의 행동을 오해한 듯 "오오!", "행동력 있는데?", "남자네.", "둘이 들어가서 뭐하게?"라며 야유를 보냈다. 하지만 재현은 고글을 위로 올리고, 진지하게 소희를 응시하고 있었다.

소희는 그에게 이끌려 예약해 둔 리조트로 향했다. 재현은 방에 이불을 깔아 줬고, 소희가 눕자 그 옆에 앉았다.

"넌 가서 놀아도 돼. 나 혼자 자도 되는데."

미안한 마음에 말했더니, 재현은 망설이다가 땀에 젖은 소희의 머리를 뒤로 넘겨주며 말했다.

"그냥 있어."

그래서 그냥 있었다. 그러다가 까무룩 잠이 들었고, 간혹 깨어날 때마다 여전히 옆에 앉아 있는 재현을 발견했다. 재현은 친구들이 돌아올 때까지, 묵묵히 소희의 옆을 지켜 주었다.

'그만 생각하자.'

소희는 다른 생각을 해 보려고 노력했다.

"울지 마."

하지만 다른 생각도 역시 재현이었다.

"2년 금방이야."

머리를 짧게 자른 재현은 희미한 미소를 짓고 있었다.

"네가 우니까 정말…… 어떻게 해야 될지 모르겠다."

조금 난처하다는 미소였다.

"건강하게 지내고 있어. 편지 쓸게."

재현은 담백하게 인사하고 군대에 입대했다.

'아, 나 진짜 왜 이래?'

아무리 아프다지만 윤성과 사귀면서 다른 남자를 생각하는 자신을 이해할 수가 없었다. 물론 재현에게 연애 감정을 품고 있는 건 아니었다. 하지만 재현은 소중한 친구였다. 소희가 가장 고통스러운 시기에 늘 옆에 있어주었던 친구. 가장 풋풋한 시기에 가장 많은 추억을 만들어 준 친구.

'그래, 그렇구나.'

대학 시절의 추억을 말해 보라 하면 딱 두 개를 말할 수 있었다. 짝사랑의 아픔, 그리고 재현과의 시간.

윤성을 사랑했지만 그와의 추억은 없었다. 그저 눈으로 그를 좇고 망상했던 것 외에는. 그러나 재현과의 시간은 현실이었다. 재현은 현실에서 소희에게 수많은 추억을 안겨 주었다. 봄, 여름, 가을, 겨울. 사계절에 존재하는 모든 시간에 함께 해준 것은 재현이었다.

그래서이리라.

아픈 순간 가장 먼저 떠오르는 것이 김재현이라는 남자인 이유는.

'나, 진짜 싫다.'

윤성을 사랑하는데, 윤성의 곁에 있는 게 행복한데, 이런 순간에 딴 남자 생각이나 하다니.

'하지만…….'

어쩔 수 없었다.

윤성을 사랑하지만 아직은 윤성에게 응석을 부릴 수가 없었다. 어쩌면 아직도 그를 '짝사랑'한다는 감정에서 벗어나지 못한 것인지도 모르겠다. 과하게 응석을 부리면 미움받을지도 몰라. 질릴지도 몰라. 그런 생각이 어딘가에 존재하는지도.

'이제 그만. 그만 생각하자.'

윤성과 사귀면서 재현을 떠올리는 것은 둘 모두에게 예의가 아니었다.

소희는 휴대폰을 들어 문자를 확인했다.

[소희야, 아파?]

이 문자가 왔을 시간이, 2학년 3반 수업을 한 직후니까 아마 그 삼인방이 윤성에게 알려 주었을 것이다. 얘기를 듣자마자 걱정스러운 마음에 문자를 보내 준 윤성에게 고마웠다.

'아, 내일 못 만나겠네.'

내일쯤이면 괜찮아질 줄 알았는데, 지금 상태로 봐서는 내일도 못 일어날 것 같다. 소희는 윤성에게 문자를 보냈다.

[선배, 우리 내일 약속 일요일로 미루면 안 될까? 좀 피곤해서 내일은 쉬고 싶어.]

문자를 보내고 나서 힘겹게 침대에서 일어나, 약봉지를 들고 주방으로 향했다. 약을 먹고, 다시 돌아와 침대에 누웠다. 휴대폰을 확인했지만 윤성에게서 아직 답이 오지 않았다.

휴대폰을 손에 쥐고 답장을 기다리다가, 약 기운을 이기지 못하고 스르륵 잠이 들었다.

띠리리리리리—

시끄럽게 울리는 소리에 잠에서 깼다. 멍한 상태로 휴대폰을 들었다가 인터폰에서 나는 소리라는 걸 깨달았다. 한숨 자서 그런지, 아까보다는 좀 나았다. 비틀거리며 거실로 나가 인터폰을 확인했다. 작은 화면에 윤성이 보였다.

"선배?"

[응, 나 왔어.]

삑—

문을 열어주고 조금 기다리자 이번에는 초인종이 울렸다. 현관문을 열었더니 윤성이 걱정스러운 표정으로 서 있었다.

"많이 아파?"

"괜찮아."

"괜찮긴. 아파 보이는데."

자연스럽게 안으로 들어온 윤성이 소희의 이마로 손을 뻗었다. 열이 많이 나는 상태라는 걸 확인한 그는 미간을 좁히고 소희의 어깨를 감쌌다.

"들어가서 좀 누워."

"커피라도 타드릴까요?"

"소희야. 들어가서 누워."

그가 낮은 음성으로 말했다. 조금 화가 난 듯한 목소리였다.

"선배, 화났어?"

"안 났어."

그가 소희를 이끌고 방으로 들어갔다. 소희가 침대에 눕자, 그는 이불을 끌어당겨 소희에게 제대로 덮어 주었다. 그의 미간에는 여전히 깊은 주름이 새겨져 있었다.

"선배."

소희가 이불 밖으로 손을 뻗어 손가락으로 그의 미간을 꾹 눌렀다.

"그렇게 찡그린 거 처음 봐."

"병원은?"

"주사 맞았어. 약도 받아왔고. 먹고 푹 쉬면 낫는대."

"그래."

"심한 거 아냐. 그냥 몸살감기야."

"지금은 심해 보여."

"아냐, 괜찮아. 좀 자고 일어났더니 많이 괜찮아졌어."

"소희야."

그가 한숨 섞인 목소리로 소희의 이름을 불렀다.

"너, 아프잖아."

"좀 아프긴 하지만……."

그의 큼직한 손이 소희의 입을 가볍게 막았다가 뜨거운 볼을 살며시 쓰다듬었다.

"아프면 아프다고 말해 줘, 소희야."

그의 검은 눈동자에 소희가 가득 담겼다.

"손가락에 작은 상처가 생긴 걸로 칭얼거려도 되고, 발가락을 문지방에 찍힌 걸로 칭얼거려도 돼. 기침 한 번 한 걸로, 기침했다고 말해 줘도 되고."

"무슨 그런 걸 다 얘기해?"

"다 알고 싶으니까."

침대 가장자리에 걸터앉은 그가 허리를 굽혀 소희의 이마에 입을 맞췄다.

"나한테 좀 더 어리광을 부려 줘, 소희야."

"하지만…… 무서워."

"뭐가?"

"선배가 나한테 질릴까 봐."

아마도 아파서이리라. 소희는 윤성에게 솔직하게 말했다.

"질려? 내가, 너한테?"

윤성이 황당하다는 듯 되물었다.

"응. 너무 칭얼거리고 작은 일로 징징거리는 여자는 질리잖아."

"그럴 리가. 내가 널 짝사랑한 게 몇 년인데."

"그러니까. 그러니까 질릴까 봐. 짝사랑하는 기간 동안 나에 대한 환상이 있었을 텐데, 차소희도 별거 아닌 똑같은 여자였다는 걸 알면, 질릴까 봐."

"소희야. 내가 널 짝사랑하는 동안 무슨 상상을 했는지 알아?"

"야한 상상?"

그가 작게 웃으며 소희의 머리를 쓰다듬었다.

"내가 여자인 친구와 연락한다고 질투하는 차소희. 별일도 아닌데 나한테 와서 미주알고주알 말해 주는 차소희. 내 사소한 행동에 삐치는 차소희. 가끔 내 휴대폰을 검사하는 차소희. 그렇게 아주 평범한 여자 친구인 차소희를, 나는 늘 상상했어."

"……."

"넌 모를 거야. 다른 평범한 연인들처럼 너랑 사귀는 내 모습을, 내가 얼마나 꿈꿔왔는지.”

“선배…….”

“칭얼거려도 돼. 화내도 되고, 짜증 내도 돼. 네가 하는 그 모든 행동이, 나한테는 환상이었으니까.”

그의 음성은 달콤했다. 너무 달콤해서, 소희는 조금 울고 싶어졌다. 두 팔을 뻗자, 그가 당연하다는 듯 소희에게 안겨왔다. 그의 목을 꽉 끌어안았다. 그의 머리카락에서 강윤성 특유의 향기가 났다.

“나, 아파.”

“응.”

“오늘 아침부터 너무 아팠어. 목도 아프고, 몸도 아프고, 열도 나고, 머리도 아파.”

“응.”

“아파서 죽을 것 같아.”

“응, 많이 아프지?”

“응, 너무 아파.”

“어떻게 해야 덜 아플까?”

“팔베개해 줘.”

“그래.”

윤성은 소희의 옆에 누워 팔을 뻗었다. 그의 팔은 단단하고 가슴은 따뜻했다. 그의 품에 얼굴을 묻자 심장 소리가 들려왔다.

두근, 두근, 두근.

조금 빠른 듯한 그 소리가 듣기 좋았다. 마음이 편해졌다.

"선배."

세상에는 아무리 연인이라도 말하지 않는 게 나은 이야기들이 있었다. 하지만 소희는 말해야만 한다고 생각했다. 그것을 감춘 채로 오롯이 윤성을 사랑할 수 있을 것 같지가 않았다.

"난 선배를 정말 사랑해. 선배가 상상하는 것 이상으로."

"그래, 알아. 나도 널 사랑해."

"그런데 선배, 난 있잖아."

소희는 좀 더 그의 품으로 파고들었다.

"때때로 재현이를 생각해."

"그래."

"아플 때 재현이가 생각나. 가끔 맛있는 걸 먹으러 갔을 때도 재현이가 생각나."

"응."

"재현이는 내가 힘들 때 내 옆에 있어 준 친구였고, 그래서 그 애를 사랑했어. 하지만 재현이랑 나는 같은 마음이 아니었어. 나는 재현이가 날 떠날 때 붙잡을 수가 없었어. 그게 재현이를 얼마나 힘들게 할지 아니까."

"그래."

"선배한테도, 재현이한테도 죄짓는 기분이야. 선배가 옆에 있는데, 자꾸 그 애가 생각나서."

"괜찮아. 나한테는 미안해하지 않아도 돼."

윤성이 소희의 등을 쓰다듬었다.

"그건 당연한 거니까."

"당연한 걸까? 나 되게 못되고 이기적인 거 아냐?"

"아니야. 당연하지. 네가 가장 힘들 때 함께해 준 친구인데, 생각이 안 나면 그게 이상한 거지."

"정말? 질투 안 나?"

"질투 나. 내가 모르는 네 모습을 알고 있어서. 하지만 난, 김재현, 그 친구를 좋아하고 있어. 그 친구는 모르겠지만."

"선배는 남자들을 좋아하는 것 같아."

"그런가?"

그가 웃으며 소희를 꽉 끌어안았다.

"많이 생각해. 억지로 생각하지 않으려고 하면 너만 더 괴로워질 거야. 많이 생각하고 고마워하고 미안해하고. 네게 소중한 사람이었다면 그런 식으로 많이 생각하는 게 좋아. 그러다 보면 어느 날엔가 그 추억들 위에 나와 함께한 추억들이 겹쳐질 거고, 그러다 보면 그 친구에 대한 고마운 마음만 남게 될 거야."

"그건 강윤성 상담사님의 조언인 거야?"

"응, 이래 봬도 경력이 꽤 되니까 신뢰해도 좋아."

"응, 좋다, 정말."

좋았다. 윤성의 향기와 그의 음성이. 윤성은 소희를 안은 채로 여러 가지 이야기를 해 주었다. 그중에는 이미 알고 있는 이야기도 있었지만, 그래도 듣기 좋았다. 음악을 듣는 기분으로 그의 음성을 들으며, 소희는 잠들었다.

소희의 숨소리가 고르게 변했다. 윤성은 소희가 잠들었다는 것을 확인하고 입을 다물었다.

품에 안긴 소희는 작고 사랑스러웠다.

윤성에게 마음 놓고 어리광을 피울 수 없는 소희의 마음을 이해했다. 그건 윤성도 마찬가지니까.

'분발해야겠네.'

소희가 깨지 않도록 조심스레 그녀의 머리카락을 쓰다듬었다. 소희와 한 침대에 누워 그녀에게 팔베개를 해 주고 있는 현실이 꿈처럼 느껴질 만큼 행복했다.

"잘 자, 소희야."

윤성은 작게 속삭인 후 눈을 감았다.

"우린 서로 길게 사랑했고 오래 아팠으니까, 천천히 움직여도 돼. 떨어져 있었던 날보다 앞으로 함께할 날이 더 많으니까."

* * *

고소한 냄새에 눈을 떴다. 주사를 맞고 푹 자서인지 상태는 무척 좋아져 있었다. 아직 목이 좀 아프기는 하지만 열은 완전히 내려간 듯했다.

달그락― 달그락―

주방에서 소리가 났다.

'무슨 소리지?'

하다가 어젯밤 윤성이 방문했다는 것을 떠올렸다.

화끈―

얼굴이 달아올랐다. 어젯밤에는 열과 약 기운 때문에 정신이 없어서 윤성에게 어리광을 부렸다. 재현의 이야기까지 해 버렸다.

'어떡하지?'

그에게 무방비한 모습을 들키고 말았다. 자는 얼굴, 되게 바보처럼 보였을 텐데.

'으아, 못 나가겠어.'

그를 어떤 얼굴로 봐야 좋을지 알 수 없었다.

'나 코 골았으면 어쩌지? 잠꼬대 같은 걸 하진 않았겠지?'

그런 고민을 하고 있는데, 달칵, 방문이 열렸다. 소희는 얼른 눈을 감고 자는 척을 했다.

그가 침대 옆으로 다가오는 소리가 들렸다. 그의 손이 소희의 이마 위에 살짝 닿았다. 열이 내려갔는지 확인하는 모양이다.

윤성이 침대 가장자리에 살며시 앉았다. 눈을 감고 있는데도 그의 시선이 느껴졌다. 계속 자는 척을 하는 것도 민망해서, 몸을 가볍게 뒤척이며 "으응." 잠에서 깨어나는 시늉을 했다.

눈을 뜨자마자 그의 얼굴이 한가득 들어왔다. 아침 햇살 때문에 더 하얗게 빛나는 그의 얼굴을 멍하니 응시했다. 안 그래도 예쁜 사람인데, 이런 아침에 보니 눈이 부실 지경이다.

"잘 잤어?"

그의 얼굴에 햇살보다 밝은 미소가 퍼졌다. 소희는 저도 모르게 두 팔을 뻗었다. 그가 당연하다는 듯 소희를 향해 허리를 굽혔다. 소희는 그를 꽉 끌어안았다.

"정말 좋아요, 선배."

"응, 나도."

그가 살짝 고개를 돌려 소희의 귓불과 목덜미에 가볍게 입을 맞췄다. 오싹— 기분 좋은 저림이 퍼졌다.

"하아……!"

한숨과 신음이 섞인 소리가 저절로 흘러나왔다. 숨결이 윤성의 목에 닿았다.

움찔—

윤성의 몸이 긴장하는 것이 느껴졌다. 그가 소희의 어깨를 가볍게 눌러 그녀를 눕혔다. 그리고 자연스럽게 상체를 소희의 위에 겹치고 진한 키스를 퍼부었다. 그의 입술이 평소보다 거칠고 급하게 소희의 입술을 탐했다. 그의 혀가 소희의 입술과 입안을 꼼꼼히 더듬다가 아래로 내려갔다.

촉촉한 입술이 목덜미를 간질였다. 소희는 그의 머리를 두 팔로 그러안았다. 윤성의 손이 소희의 상의 안으로 들어와 그녀의 배를 스치고 올라갔다. 커다란 손은 브래지어가 감싼 소희의 가슴을 움켜쥐었다.

멈칫―

거기서 윤성이 이성을 되찾은 듯 움직임을 멈췄다.

"괜찮아요."

소희가 속삭였다.

"괜찮아요, 선배."

윤성이 상체를 들어 올리고 소희를 내려다봤다. 열기에 찬 그의 눈동자가 소희를 뜨겁게 응시했다.

"소희야, 난……."

"정말로."

소희는 두 팔로 그의 목을 끌어당겼다.

"정말로 괜찮아요."

그가 소희를 아껴주기 위해 참고 있다는 것은 알고 있었다. 하지만 소희는 그를 갖고 싶었다. 그의 품에 오롯이 안기고 싶었다. 너무 급하다거나, 너무 음란하게 보인다거나, 그런 생각은 하고 싶지 않았다.

그가 깊은숨을 몰아쉬더니, 손을 소희의 등 뒤로 돌려 능숙하게 브래지어의 후크를 풀었다. 그의 뜨거운 손이 소희의 가슴을 감쌌다. 엄지가 단단해진 소희의 유두를 스쳤다.

"앗……!"

소희가 허리를 움찔거렸다. 그는 소희의 가슴을 손가락으로 애무하며, 다른 손으로 소희의 상의를 벗겼다. 백옥처럼 흰 피부를 내려다보며, 그가 꿀꺽, 침을 삼켰다.

"이제 못 멈춰."

그가 쉰 듯한 목소리로 말했다. 소희는 작게 미소를 지었다.

"응, 멈추지 마."

그는 소희의 턱에 가볍게 입을 맞추고, 부드러운 흰 가슴에 입술을 가져갔다. 탄력 있는 가슴 주위를 핥던 그가 예고도 없이 소희의 가슴을 한 움큼 베어 물었다. 그의 뜨거운 혀가 예민해진 소희의 분홍빛 돌기를 스쳤다.

"하앗!"

그것은 상상했던 것보다 훨씬 강렬하고 달콤한 쾌감이었다. 소희는 두 손으로 입을 틀어막았다. 그의 혀가 유두 끝을 스치고 빨아들일 때마다 자꾸 신음이 새어 나왔다. 그의 손이 자연스럽게 아래로 내려가, 소희가 입고 있던 바지와 팬티를 벗겨냈다.

그가 잠시 상체를 일으켜 알몸이 된 소희를 내려다봤다. 그제야 부끄러움을 느끼며 두 팔로 가슴을 가렸다. 그가 옅은 미소를 지었다.

"정말 근사한데?"

"나만 벗는 거 싫어요."

"응, 괜찮아."

"난 안 괜찮…… 핫!"

그가 손가락으로 부푼 돌기를 꼬집는 바람에 소희는 허리를 들어 올렸다. 그는 소희가 반항할 새도 없이 다시 애무를 시작했다. 그의 입술과 손가락이 집요하게 소희의 양쪽 가슴을 괴롭혔다.

"소리 내도 돼."

소희가 두 손으로 입을 막고 있자, 그가 손을 뻗어 소희의 팔을 억지로 내리게 했다.

"듣고 싶어. 네 목소리."

"싫어……."

"괜찮아."

뭐가 괜찮다는 건지 모르겠다. 이쪽은 혼자 알몸이 돼서 창피해 죽겠는데.

그는 부드럽고 정성스럽게 소희의 몸을 더듬었다. 거칠어지는 숨결을, 소희는 막을 수가 없었다. 이제는 자신도 의식하지 못한 채 몇 번이고 거친 신음을 내뱉었다. 몸이 흠뻑 젖어 있다는 것을, 소희는 알 수 있었다.

"정말 괜찮아?"

다시 소희의 위로 올라와 입을 맞춘 그가 물었다.

"응, 괜찮아."

그가 한 손을 움직여 바지를 내렸다. 그는 소희의 머리 위를 살짝 감싸고, 소희의 허벅지를 옆으로 벌렸다.

여기까지는, 소희도 해본 적이 없었다. 무섭지만 그 말을 했다가는 그가 멈출 것 같았다. 소희는 이를 악물고, 그의 목을 꽉 끌어안았다. 소희에게 상체를 바짝 밀착시킨 채, 그가 자신의 것을 소희의 안으로 밀어 넣었다.

생각했던 것보다 훨씬 큰 통증이 아랫배에 느껴졌다. 칼로 찌르는 듯한 통증이었다.

"악!"

저도 모르게 비명을 질렀다. 소희의 몸 안으로 깊이 들어온 그가 움직임을 멈췄다. 그는 믿을 수 없다는 표정으로 소희를 내려다봤다. 그의 검은 눈동자가 흔들리고 있었다.

"소희야, 너 설마……."

"괜찮……아……."

"아, 이런."

그가 난감한 듯 인상을 찌푸렸다가 곧 고개를 저으며 소희를 안았다.

"처음이라는 건 말해 줘야지."

"하지만……."

"그럼 좀 더 조심스럽게 했을 텐데."

"괜찮아요, 선배."

"아프지?"

"응."

"조금 더 이러고 있자."

그가 소희에게 입을 맞추고 귓불을 핥았다. 소희의 아픔이 가실 때까지 기다려 주겠다는 듯.

남자가 이런 상황에서 참는 게 얼마나 힘든지 알고 있기에, 소희는 윤성의 사랑을 가슴 터질 듯 느낄 수 있었다. 소희의 통증이 가시는 듯하자 그는 조금 천천히 움직이기 시작했다. 아프지만, 처음만큼은 아니었다. 고통보다는, 그와 이어졌다는 것이 기뻤다.

그의 움직임이 조금씩 빨라졌고, 그의 숨결이 거칠어졌다. 소희에게 몇 번이고 키스를 하며, 그는 절정에 이르렀다.

"읏……!"

가는 순간, 그의 입술 사이로 흘러나온 작은 신음과 찡그린 얼굴이 보기 좋았다.

첫 경험은 아프지만 다정하고 달콤했다. 뜨거운 행위 후의 그의 품도 좋았고, 그의 향기와 숨결도 소희를 행복하게 했다. 상실감이나 후회 같은 것은 조금도 없었다.

그는 다 끝난 후에도 몇 번이나 소희에게 입을 맞췄고, 머리를 쓰다듬었다. 그의 손길이 따뜻해서 그의 품에 안겨 다시 잠이 들었다.

얼마나 잤을까.

눈을 떴을 때, 그는 소희를 안은 채 잠들어 있었다. 그의 속눈썹은 그늘이 생길 정도로 길었다. 소희는 윤성의 눈가에 살짝 입을 맞췄다. 그의 눈꺼풀이 움찔하다가 서서히 들어 올려졌다.

까맣고 맑은 눈동자에 소희의 얼굴이 비쳤다.

"잘 잤어?"

그가 미소를 지었다.

"응, 선배는?"

"나도. 아프진 않아?"

"조금."

"그래. 씻을래?"

"응."

"씻겨 줄까?"

"아니, 괜찮아."

"아프잖아. 씻겨 줄게."

"어휴, 진짜진짜 괜찮거든요."

윤성의 가슴을 밀어내고 서둘러 침대에서 내려왔다.

지끈—

하체에 통증이 밀려왔지만 못 견딜 정도는 아니었다. 소희는 자기가 알몸이라는 걸 깨닫고, 얼른 옷을 집어 들었다. 힐끗, 뒤를 돌아보자 그가 손에 머리를 괴고 소희의 알몸을 감상하고 있는 게 보였다.

"보지 마요."

소희는 베개를 들어 그에게 던졌다. 윤성이 웃었다.

“하지만 정말 보기 좋은데.”

“씻고 올게요.”

“응.”

샤워를 하는 동안 아픔도 서서히 가셨다. 그와의 행위가 떠오르자 얼굴이 화끈거렸다. 그는 정말로 다정했다.

‘선배는 그런 얼굴로 하는구나.’

문득 그가 전에도 경험이 있었는지 궁금해졌다. 윤성은 무척이나 능숙하게 소희를 애무하고 옷을 벗겼다.

‘아니, 이런 걸 일일이 궁금해 해선 안 돼.’

소희는 얼른 그런 생각을 털어 냈다. 연애를 할 때 위험한 것은, 상대의 과거에 대해 궁금해하는 것이다. 중요한 것은 현재니까.

‘그래, 선배는 내가 재현이 생각을 하는 것도 이해해 줬잖아.’

재현이 친구였든, 연인이었든, 다른 남자를 생각하면 화를 내는 게 마땅했다. 하지만 윤성은 괜찮다고 해 줬다.

샤워를 끝내고 나왔을 때, 윤성은 주방에 있었다.

“아까 죽을 끓여 뒀었어.”

“죽을 먹을 정도로 아픈 건 아니었는데.”

소희가 가스레인지 앞에 있는 윤성을 뒤에서 끌어안았다.

“그래도 아프다고 하면 왠지 죽을 끓여줘야 할 것 같잖아. 소고기 죽이야.”

"아, 그래서 이렇게 고소한 냄새가 났구나."

"응. 일등 신붓감이지?"

"그러게요."

"몸은 좀 어때?"

"많이 나아졌어. 선배한테 감기 옮으면 어쩌지?"

"그땐 내가 너한테 간호를 받아야지."

"난 죽 못 끓이는데?"

"그냥 옆에 와서 안아 주면 돼."

"그러다가 또 나한테 옮으면?"

"내가 또 간호해 주러 오면 되지."

"그렇게 계속 돌아가면서 아프고?"

"일종의 릴레이가 되려나?"

"마지막엔 태훈이 오빠한테 옮겨버리자."

"그래, 그게 좋겠네."

그가 끓여 준 죽은 맛있었다. 식사를 끝내고 소파에 앉아 TV를 봤다. 평소에는 즐겨보지 않는 예능 프로그램이, 그와 같이 봐서 그런지 재미있었다. 웃기지도 않은 장면에서 깔깔 웃고, 얘기를 하고, 가끔 가볍게 입을 맞추고. 그렇게 느긋하게 주말을 보냈다.

옆에 앉아 있는 그의 손을 잡고 TV를 응시하며, 소희는 생각했다.

'평생 이렇게 지낼 수 있으면 좋겠다. 더도 말고 덜도 말고

딱 이렇게만.'

*　　*　　*

느긋했던 주말은 소희를 고삐 풀린 망아지처럼 만들었다. 그날 밤 집에 돌아가기 전, 윤성은 소희에게 입을 맞추며 말했다.

"큰일이야. 널 한 번 안았더니 계속 그 생각만 나. 이러다가 발정 난 개처럼 굴면 어쩌지?"

일주일쯤 지난 지금에 와서는, 그 말을 윤성에게 고스란히 되돌려주고 싶었다.

'선배, 나야말로 그렇게 됐어요.'

섹스를 하고 싶다기보다는 그와 시간을 공유하고 싶었다. 노곤한 기분일 때에 그의 어깨에 기대서 손을 잡고 대화를 나눴던, 그 시간이 참으로 행복했다. 어차피 퇴근을 하면 만날 텐데도, 학교에서 못 만나는 시간을 견디기가 힘들었다.

수업을 하기 위해, 혹은 수업을 끝내고 복도를 걸을 때마다 어딘가에 그가 있지 않을까 싶어 두리번두리번. 그러다가 지나가던 학생과 눈이 마주치면 어색하게 웃으며 인사를 하는 나날이 반복되었다.

'난 또 대학생 때랑 똑같아졌어.'

하지만 더는 그것이 싫지 않았다. 이제는 보답 받지 못하는 외사랑이 아니니까. 지금 소희가 느끼는 이 감정, 윤성도 똑같이 느끼고 있다는 것을 아니까.

별관 수업이 있을 땐 늘 통로가 있는 2층을 이용했는데, 최근에는 일부러 1층으로 내려갔다가 밖으로 나가 본관으로 들어가는 일이 잦아졌다. 별관 1층에 상담실이 있어서 혹시라도 마주치지 않을까 하는 기대 때문이었다.

하지만 요 2주일 내내 학교에선 윤성을 마주친 적이 없다. 아마 윤성도 학생들의 시선을 의식해서 밖에 나오지 않기 때문이리라.

'그래도 가끔은 나와 주지. 멀리서 눈이라도 마주치면 좋잖아.'

아쉬운 마음으로 상담실의 닫힌 문을 지나치려 할 때였다.

드르륵—

문이 열리는가 싶더니.

덥석—

윤성이 소희의 손목을 잡고 그대로 상담실 안에 끌어들였다. 소희가 놀랄 새도 없이 상담실 문이 닫혔다.

"선배……?"

달칵—

윤성은 말없이 상담실 문에 달려 있는 걸쇠를 잠그고 소희를 벽에 밀어붙였다. 그의 입술이 소희의 입술 위에 포개어졌다. 갑작스러운 일이었지만, 그가 진하게 키스를 해오자 소희는 자연스럽게 팔을 뻗어 그의 목을 그러안았다.

그는 한참 동안 키스를 하며 소희의 귓불을 어루만졌다. 그것만으로도 몸이 달아, 소희는 이곳이 학교라는 것도 잊고 작게 신음을 흘렸다.

“쉿.”

입술을 뗀 그가 작게 속삭이며 소희의 귀를 핥았다.

“흣……!”

소희는 가늘게 몸을 떨며 그의 머리를 세게 끌어안았다. 그가 소희의 허리와 둔부를 부드럽게 쓰다듬으며 귓가에 속삭였다.

“지금 보지 않으면 죽을 것 같았어.”

그의 뜨거운 숨결이 귓속을 파고들었다.

“어제…… 봤잖아요, 우리.”

사실은 그와 같은 마음이면서 투정하듯 말했다. 그는 소희의 귓바퀴를 한 번 핥고, 다시 속삭였다.

“헤어지는 순간부터 또 보고 싶었어. 집중이 안 돼, 정말.”

“나도.”

“아, 진짜 미치겠네. 학교에서 이러면 안 되는데.”

그렇게 말하면서도 윤성은 소희에게 밀착시킨 몸을 떼지 못했다. 그의 손은 끊임없이 소희의 몸을 어루만졌다. 만져도, 만져도 부족하다는 듯이.

그의 허벅지가 치마를 입은 소희의 다리 사이로 들어왔다.

스르륵 내려간 그의 손이 소희의 한쪽 허벅지를 잡아 올렸다. 소희는 그 다리를 윤성의 허리에 감고 그의 목을 매달리듯 끌어안았다. 아까보다 더 밀착된 상태로, 또다시 키스가 시작됐다.

서로를 전부 먹어버릴 듯 격렬한 키스였다. 더 흥분되는 이유는, 아마도 이곳이 학교이기 때문일 것이다. 게다가 누군가 들어올지도 모른다는 불안감까지 섞여, 그저 키스일 뿐인 행위를 다른 때보다 농밀하게 만들었다.

띠리리리리리—

수업을 알리는 종소리가 총소리라도 되는 듯, 섞여 있던 둘은 흠칫 놀라 떨어졌다. 윤성이 가볍게 숨을 몰아쉬며, 소희의 젖은 입술을 엄지로 훑었다.

"다음 시간에도 수업 있지?"

"응."

윤성은 서둘러 소희의 헝클어진 머리카락과 옷매무새를 정돈했다.

"괜찮아?"

"볼이 좀 빨갛긴 한데, 괜찮을 거야."

"다음 수업이 2학년 3반이라서."

"아…… 그건 좀 위험하네."

"얼른 가 봐야겠다. 여기 들어오는 거, 아무도 못 봤겠지?"

"응. 못 봤을 거야. 2층에 통로가 있어서 여길 지나다니는 사람은 별로 없으니까."

윤성이 상담실 문 걸쇠를 풀었다. 소희가 나가기 전, 윤성이 그녀의 정수리에 가볍게 입을 맞췄다.

"그럼 수업 잘해요, 차 선생님."

"네, 강 선생님도 수고하세요."

윤성이 작게 웃으며 소희의 엉덩이를 토닥거렸다. 소희는 웃으며 상담실에서 나왔다.

소희가 나가자마자 윤성은 상담실 문을 조용히 닫고 창가에 있는 의자에 가서 앉았다.

"죽겠군."

하마터면 소희의 수업 같은 건 생각도 안 하고 그녀를 덮칠 뻔했다.

"나이는 먹을 만큼 먹어서 뭘 하는 짓인지."

창틀에 팔꿈치를 대고 손에 턱을 괬다. 뜨거운 초여름의 햇살이 얼굴로 쏟아졌지만 피하지 않았다. 이렇게라도 해야 흥분이 가라앉을 것 같았다.

이제 막 사랑을 시작한 사춘기 소년처럼 어쩔 줄 몰라 하는 자신을 발견할 때마다 신기하기도 하고 한심하기도 했다. 좀 더 여유를 가지고 그녀를 대하고 싶은데, 때때로 생각보다 몸이 먼저 움직였다. 조금 전에도 그랬다.

소희가 언제 상담실 앞을 지나가는지는 알고 있었다. 발걸음 소리만 들어도 그게 소희라는 걸 알 수 있었다. 그럴 때마다 그녀를 데리고 들어오고 싶은 충동을 억누르느라 힘들었다. 하지만 오늘은 기어코 몸이 먼저 움직여 소희를 끌어들이고 말았다.

'스토커라는 소리를 들어도 할 말이 없겠어.'

라고 생각하며, 빙그레 웃었다. 소희가 윤성의 마음을 받아 준 후부터 쓴웃음을 짓지 않게 되었다. 언제나 입안에 느껴졌던 꺼끌꺼끌하고 쓴맛이 달콤함으로 채워졌다.

소희에게는 말하지 않았지만 이 계절이 오면 윤성은 늘 악몽에 시달리곤 했다. 몸을 휘감는 차가운 물, 그리고 윤성의 손에 눌려 허우적거리는 희주, 그가 죽어갈 때의 감촉. 예진과 헤어진 후에도 악몽은 끊임없이 윤성을 따라다녔다.

하지만 며칠 전, 소희와 함께 밤을 보낸 그날부터 악몽이 사라졌다. 아주 오랜만에 개운함이 느껴질 만큼 푹 잤다. 아마 언젠가 또 악몽을 꾸게 될지도 모르겠다.

그런다면 그때는 소희에게 응석을 부려야지. 아직도 악몽을 꾼다고, 그래서 두렵고 슬프다고.

그럼 소희는 윤성을 꼭 안아 주며 말할 것이다.

괜찮아요, 선배. 괜찮아요.

그걸로 충분했다. 소희가 괜찮다고 말해 주면, 정말 모든 것이 괜찮아질 것 같은 기분이었다. 윤성은 소희가 자신을 위해 어디까지 할 수 있는지 알고 있었고, 자신 또한 소희를 위해 그렇게 해 줄 수 있다고 생각했다.

드르르륵—

상담실 문을 여는 소리가 상념을 깨뜨렸다. 소희인 줄 알고 고개를 돌렸는데, 2학년 3반의 삼인방이었다.

'설마 쟤들이 뭘 눈치챈 건 아니겠지?'

소희의 옷매무새를 꼼꼼히 체크했다. 흐트러진 것이 없다는 걸 확인하고 그녀를 내보냈다.

"선생님."

나희와 성지가 음흉한 미소를 지으며 다가왔다. 그 뒤에 서 있는 다선이 어떤 표정을 짓고 있는지는 잘 보이지 않았다.

"왜?"

윤성은 최대한 평소와 같은 표정을 유지하려 했지만, 평소에 어떤 표정을 지었었는지 기억이 나지 않았다.

"다 봤어요."

뜨끔, 했지만 내색하지 않았다.

"뭘?"

"소희 쌤이요."

역시!

하지만 이번에도 윤성은 동요를 감추고 느긋하게 다리를 꼬았다.

"차 선생님 괴롭히지 말랬지?"

"쌤, 그런 식으로 말씀하시면 서운해요. 우리 소희 쌤 안 괴롭혀요. 엄청 친하거든요?"

나희가 입술을 비쭉거리며 말했다.

"우린 봤어요."

성지가 나희의 말을 무시하며 끼어들었다.

"소희 쌤이 상담실로 빨려 들어가는 거."

이럴 수가. 아무도 없는 줄 알았는데, 그 장면을 목격 당하다니.

수업이 끝나면 선생이 가장 먼저 교실에서 나오고, 그다음에 학생들이 우르르 쏟아져 나온다. 별관 1층에는 상담실과 학생부실, 체육실, 숙직실, 화장실뿐이기에, 학생들이 내려오는 일은 거의 없었다.

당연히 소희뿐일 줄 알았다.

'이 녀석들은 대체 뭘 하고 쏘아 다니는 거야?'

순간 '동해 번쩍, 서해 번쩍, 홍길동.'이라는, 이제는 거의 잊혀가는 문장이 떠올랐다.

"상담실에 블랙홀이 있는 게 아니라면, 안에 있던 사람이 끌어당긴 거겠죠. 그리고 상담실 안에 있는 사람은 상담 쌤뿐이고요."

성지는 자기가 탐정이라 되는 것처럼 추리를 했다. 윤성은 동요를 드러내지 않으려고 노력하며 묵묵히 그들을 응시했다.

어쭙잖은 변명은 오히려 사태를 악화시킨다. 일단 지켜보자.

"물론 우리는 상담실에 귀를 대고 엿듣는, 몰지각한 행위는 하지 않았어요."

나희의 말에 심장이 철렁했다. 설마 들은 걸까?

그들의 표정을 유심히 살폈다. 하지만 이 어린 여학생들이 무슨 생각을 하는지, 윤성은 알 수 없었다.

그때, 가만히 친구들 뒤에 서 있던 다선이 앞으로 한 발 나섰다. 마치 주인공처럼.

"바로 다음이 우리 반 수업이었죠. 우린 똑똑히 확인했습니다. 소희 쌤의 입술을. 분명 반짝반짝 립글로스가 발라져 있던 입술이었는데, 깨끗하게 지워져 있더군요."

그리고 주인공처럼 강렬한 한 방을 내질렀다.

"여자의 립글로스가 지워지는 이유는 딱 두 가지. 음식을 먹고 난 후, 그리고 키스를 하고 난 후."

거기까지는 생각하지 못했다.

아니, 보통 누구든 거기까지는 생각하지 않는다. 학생들이 어디에나 존재하며 지켜보고 있으리라고, 누가 생각이나 하겠는가. 게다가 지워진 립글로스만 보고 거기까지 추리를 해내다니.

"차 선생님이랑 같이 차를 한잔……."

"아니요, 쌤."

다선이 그런 식으로 나올 줄 알았다는 듯, 검지를 양쪽으로 까딱까딱 움직였다. 윤성은 처음으로 학생이 얄미워 보였다.

“첫 번째. 상담실에서 차를 마시려면 종이컵을 이용해야 돼요. 하지만 지금 상담실 휴지통에.”

다선이 휴지통을 열었다.

“버려진 종이컵은 하나도 없어요.”

“…….”

“두 번째. 상담실은 밀폐된 공간이라서 차를 마셨다면 냄새가 나야 하죠. 하지만 아무 냄새도 안 나요. 물론 쌤은 우리가 오기 전에 환기를 시켰다고 말씀하고 싶으시겠죠.”

그런 말을 할 생각이었다. 안 하길 잘했다.

“그렇다면 세 번째 증거를 댈 수밖에 없겠네요. 여자의 립글로스는, 차 한 잔 따위에 지워지지 않아요!”

“…….”

후후후.

삼인방이 음험한 미소를 지으며 더 가까이 다가왔다. 윤성은 뱀 세 마리에게 둘러싸인 기분을 느꼈다. 그들은 만화를 보고 따라 하는 건지, 묘한 자세로 책상에 엉덩이를 걸쳤다. 그리고 윤성을 뚫어지라 쳐다보며 동시에 물었다.

“솔직하게 고백하세요. 소희 쌤이랑 사귀죠?”

* * *

소희와 윤성이 사귄다는 소문이 전교에 퍼지기까지는 오랜

시간이 걸리지 않았다. 삼인방이 날카로운 추리를 선보인 후, 일주일도 안 돼서 교장까지 그 사실을 알게 되었다.

하지만 그 소문이 소희의 귀에는 들어가지 않았다. 윤성이 교사들을 한 사람, 한 사람 따로 만나 부탁해 뒀기 때문이다. 딱 한 달만 소희가 눈치채지 못하게 해 달라고.

윤성이 소희를 위해 뭔가 하려고 한다는 것을, 교사들은 눈치챘다. 윤성은 교사들 사이에서도 인기가 있었기에, 교사들은 윤성의 뜻대로 해 주기로 결심했다.

각 반 담임들은 자기가 맡은 학생들에게 입조심을 하라고 당부해 두었고, 학생들은 무슨 일이 벌어질지 두근거리는 마음으로 기다리고 있었다.

매일 똑같은 공부, 똑같은 하루를 보내는 그들에게 인기 많은 선생님들의 비밀스러운 연애는, 예능 프로그램보다 재미있고 기대되는 이벤트였다.

동료 교사들과 학생들, 심지어 교장과 교감까지 윤성의 뜻에 동참해 주었다. 하지만 윤성은 이것도 오래가지 않으리라는 것을 알고 있었다. 조만간 입이 근질거리는 사람이 생길 거고, 소희도 분위기가 이상하다는 것을 눈치챌 것이다.

'난 뭘 하고 싶은 걸까?'

윤성은 하루 종일 고민했다.

사실 자신이 무엇을 하고 싶은지는 알고 있었다. 소희가 윤성의 마음을 받아 준, 그 놀이공원 관람차에서부터 끊임없이 하나만을 소망했다. 하지만 너무 조급해 보일까 봐, 어쩌면 소희의 발목을 잡게 될까 봐, 망설이고 있었을 뿐이다.

6월 마지막 주 주말에, 윤성은 소희와 약속을 잡지 않았다. 대신 태훈과 만나기로 했다.

"이야, 여긴 오랜만인데?"

태훈과 만난 곳은 오래전 그와 함께 농구를 즐겼던 집 근처의 근린공원이었다.

"그러게, 정말 오랜만이다. 내가 고등학교 졸업한 이후로는 처음인가?"

"응."

태훈이 그립다는 듯 공원을 둘러봤다. 10년이면 강산도 변한다지만, 공원은 그다지 변하지 않았다. 화장실 건물이나 운동기구가 신식으로 바뀐 것을 빼면 그대로였다.

"설마…… 농구를 하려는 건 아니겠지?"

윤성이 들고 있는 농구공을 보며, 태훈이 미심쩍다는 듯 물었다. 윤성은 농구공을 위로 던졌다가 받으며 씩 웃었다.

"왜 아니라고 생각해?"

"나 지금 일 끝나고 바로 오는 거라 정장 차림이야."

"농구에 복장은 상관없다고 말한 적 있지 않나?"

"그건 어릴 때고. 어릴 땐 뭔 소리를 못해? 게다가 형은 트레이닝복 차림이잖아!"

"준비성 없는 너 자신을 탓하도록 해. 전쟁터에 나오면서 총을 안 가지고 나온 건 너야."

"아니, 아니. 이런 일에 전쟁까지 끌어들이지 말자고."

"농구가 아니면, 널 여기서 만나자고 할 이유가 없잖아."

윤성이 태훈을 향해 농구공을 세게 던졌다. 태훈은 어렵지 않게 공을 받아 능숙하게 드리블을 했다.

"하아. 나한테 한 판 붙자고 한 걸 후회하도록 해 주겠어."

"그래, 후회 좀 해 보자."

농구를 했다. 처음에는 둘 다 신나서 달려들었지만, 얼마 지나지 않아 현저하게 체력이 떨어졌다. 몇 번 공을 주고받지도 않았는데 헐떡거리기 시작했고, 느려지기 시작했고, 결국 서로의 지친 얼굴을 마주 보며 웃음을 터뜨렸다.

웃음소리만큼은 어린 시절의 그때와 똑같았다.

값비싼 정장 차림의 남자와 트레이닝복 차림의 남자가 마주 보고 크게 웃는 걸, 공원 안의 사람들이 이상하다는 듯 쳐다봤다. 하지만 둘은 코트에 다리를 쭉 펴고 주저앉아 계속 웃었다. 이보다 더 웃긴 일은 없다는 듯이. 아무 상처도, 공백도 없었던 고등학교 때로 돌아간 듯이.

윤성이 먼저 웃음을 멈추고 일어나 태훈에게 손을 내밀었다. 태훈이 윤성의 손을 잡고 끙차, 몸을 일으켰다. 바지에 묻은 먼지를 대충 털어 내며, 벤치로 향했다.

둘은 마라톤이라도 뛴 사람들처럼 땀에 흠뻑 젖어 있었다.

"그래서……."

태훈이 손바닥으로 이마의 땀을 닦아내며 윤성을 돌아봤다.

"뭔 말을 하고 싶은 건데?"

"프러포즈를 하려고."

"사양할게. 형은 예쁘장하게 생겼지만, 난 남자는 별로야."

"응, 미련이 안 생기게 딱 잘라 거절해 줘서 고마워."

태훈이 피식 웃었다.

"소희한테 프러포즈하게?"

"응."

"너무 일러. 사귄 지 얼마나 됐다고."

"난 소희를 오래 봐왔어."

"그래. 하지만 형이 아는 차소희는 환상 속의 그대야. 소희가 아는 형도 환상 속의 그대고. 적어도 1년은 만나 봐야 현실 속의 그대를 알게 되잖아."

"소희가 보여 주는 현실의 모습 하나하나가 나한테는 여전히 환상으로 다가와."

"얼씨구, 달콤하셔라."

"난 내 최악의 모습을, 대학교 때 소희에게 보여 줬고. 아마 그때만큼 최악을 보여 줄 일은 없다고 생각하는데."

"그거야 그렇지."

태훈이 등을 벤치에 기대고 다리를 꼬았다.

"세 번 소희를 사랑하면서, 세 번 다 똑같은 꿈을 꿨어. 차소희랑 연애를 하다가 결혼하는 꿈. 이건 창피해서 아무한테도 말 못한 건데…… 늘 그런 꿈을 꿀 때마다 계획을 짰어. 어디까지 해내야 소희에게 프러포즈를 해도 괜찮을 남자가 될지에 대해."

태훈이 고개를 돌려 윤성의 얼굴을 살펴봤다. 윤성은 진지한 표정으로 정면을 응시하고 있었다.

"부모님의 지원을 받아서 서울에 34평짜리 아파트는 한 채 사뒀어. 할부 없이 산 자동차가 한 대. 매달 붓는 적금이 80만 원. 연봉 3천만 원 플러스알파. 일단은 상담교사, 정년이 돼서 그만두게 돼도 이 직업은 경력이 많을수록 대우를 받으니까 어디든 가서 일은 할 수 있어."

윤성이 담담하게 자신의 상황을 이야기했다. 한국에서 손가락에 꼽는 기업 사장의 아들인 태훈에게 털어놓기 힘든 이야기일 것이다. 윤성의 성격이 아무리 좋다고 해도, 남자의 자존심이라는 게 있을 테니까.

그런데도 윤성은 솔직하게 말했다. 그래서 태훈은 윤성이 좋았다. 언제나. 소희에게 상처를 준 그때조차도.

"뭘 어떻게 생각해도, 난 부족해."

윤성이 바람이 부는 듯한 미소를 지었다. 하지만 전처럼 쓸쓸하게 느껴지지 않는 이유는, 아마도 소희가 곁에 있기 때문일 것이다. 그래서 태훈은 기뻤다. 참 좋아하는 선배인 윤성이 더는 쓸쓸하지 않은 것이.

태훈은 윤성에게서 시선을 떼고 정면을 응시했다. 그리고 윤성처럼 담담하게 말했다.

"맞아. 소희는 45평짜리 아파트가 있지. 아마 이모는 소희 이름으로 아파트 몇 채를 더 구입해 뒀을 거야. 형 자동차가 3천만 원 정도였지? 소희가 본가에 가면 끌고 다니는 자동차가 1억이 넘는 거야. 연봉이야 지금 소희가 더 적지만, 그런 건 문제가 안 된다는 거 알지? 소희가 입만 열면, 이모부가 그 몇 배나 되는 돈을 생활비로 줄 테니까."

거기서 말을 끊고 태훈은 다시 윤성을 돌아봤다. 윤성은 희미한 미소를 지으며 태훈을 보고 있었다. 상처를 받은 기색은 없었다. 태훈이 장난을 친다고 생각해서 저렇게 아무렇지도 않은 것이 아니다. 사실이라는 것을 알기에, 상처를 받지 않은 것이다.

"물질적으로 따지면 형은 제로야."

태훈이 다시 한 번 확인사살을 했다. 윤성이 순순히 인정했다.

"그러게. 나는 제로구나."

"하지만."

태훈이 바닥에 있는 농구공을 들어 윤성의 품에 안겼다.

"형한텐 소희의 마음이 있잖아."

"……."

"그걸로 가득 채워진 거 아니었어?"

"하지만 내가 소희를 위해 해 줄 수 있는 게 없어."

"무슨 소리야, 형."

태훈은 진짜로 곤란한 듯한 그의 표정을 보며 웃음을 터뜨렸다.

"모르겠어? 차소희는 아파트도, 1억짜리 차도 필요 없는 애야. 갠 미련퉁이라서, 형만 있으면 세상을 다 버릴 수 있는 애라고. 그리고 또 하나."

태훈은 벌떡 일어나 윤성을 내려다보며 말했다.

"알잖아. 갠 자기가 갖고 싶은 건, 뭐든 가질 수 있다는 거. 이모랑 이모부는 걔 못 이겨, 절대로."

*　　*　　*

태훈은 윤성이 자신의 허락을 받기 위해 만나자고 한 것이 아니라는 것을 알고 있었다. 윤성은 그저 태훈에게 선전포고를 한 것일 뿐이었다.

나 소희에게 프러포즈할 거야. 난 이렇게 가진 게 없는 놈이지만, 프러포즈를 할 거야. 이젠 네가 안 된다고 해도 소용없어. 나는 할 거니까.

다만 그 말을 직접 하진 않았다. 태훈이 윤성의 프러포즈를 거드는 입장이 되도록 분위기를 조성했을 뿐이다.

'의뭉스러운 인간 같으니라고.'

태훈은 윤성과 헤어지고 나서야 그의 수작에 걸려들었다는 것을 깨닫고 웃음을 터뜨렸다. 세 번의 짝사랑 끝에 소희를 얻은 윤성에게 더는 무서울 것이 없다는 걸 잠시 잊고 있었다. 아직도 그가 소희를 짝사랑하던 수줍은 소년이라고만 생각했다.

'아, 난 진짜 그 형을 이길 수가 없다니까.'

고등학교 때도 늘 이런 식이었다. 주위에서는 태훈이 윤성을 이겨먹는다고 생각했지만, 사실은 그렇지 않았다. 윤성은 늘 웃는 낯으로 태훈을 받아 주는 듯했지만, 중요한 부분에서는 태훈에게 지는 법이 없었다. 그렇기 때문에 더욱 안타까웠던 것이리라. 자신의 한 마디에, 그가 소희에 대한 마음을 포기한 것이.

'그래, 강윤성. 잘 해 봐. 누가 반대를 하든, 형 옆에는 내가 서 있을 테니까. 뭐, 그 전에 소희가 다 이겨먹겠지만.'

* * *

꿈이 있었다.

라고, 윤성이 말했다.

"꿈이 있었어."

2학년 3반의 삼인방은, 홀린 듯한 표정으로 윤성을 쳐다봤다. 윤성은 그런 학생들을 한 명, 한 명 돌아봤다.

"아주 근사하지만 유치한 꿈. 열렬한 마음을 가질 수 있는 어린 시절에만 꿀 수 있는, 그런 꿈."

그러면서 웃는 윤성은 무척이나 아름다웠다. 윤성이 아이돌처럼 예쁘장하게 생겼다는 것은 이미 알고 있는 삼인방이었다. 그러나 윤성이 이렇게나 매혹적인 외모를 가지고 있는 줄은 몰랐다. 감정을 거의 드러내지 않는 마네킹, 일종의 인형 같은 사람이었기 때문이다.

"얘들아, 나는."

거기까지 말하고 그는 빙그레 웃었다.

"차소희 선생님을 세 번 짝사랑했어."

삼인방은 알 수 있었다. 윤성이 자신들을 학생이 아닌, 하나의 인격체로서 대우해 주고 있다는 것을. 너희보다 내가 몇 년 더 살았어, 라는 권위를 내세우지 않고, 동등한 인간으로서 도움을 청하고 있다는 것을, 어린 삼인방조차도 알 수 있었다.

범상치 않은 말이 흘러나오리란 예상에, 삼인방은 침을 꿀꺽 삼키며 윤성을 응시했다.

"차소희 선생을 이 학교에서 다시 만나게 될 줄은, 정말이지 꿈에도 생각하지 못했어. 나는 차소희 선생에게 깊은 상처를 입혔거든. 그래서 그런 꿈을 꿀 자격조차 없었지. 그녀가 어딘가에서 행복하기를 바랄 수 있는, 그런 자격도 없었어. 그런데 기적이 일어난 거야. 세 번째 기적."

윤성은 분명 미소를 짓고 있었다. 그러나 아이들은, 윤성이 울고 있다고 생각했다. 슬퍼서가 아니라, 벅차는 환희 때문에.

"나는 그 기적이 내 품에 안겨왔을 때, 또다시 꿈을 꾸게 됐어. 어린 시절에 꾸었던, 그 꿈을."

"그거…… 프러포즈죠?"

성격 급한 나희가 참지 못하고 물었다. 다선과 성지가 분위기를 깬 나희를 째려봤지만, 정작 윤성은 은은한 미소를 지으며 고개를 끄덕였다.

"그래, 너희가 좀 도와줄래?"

*　　*　　*

수군. 수군.

최근 학교의 분위기를 말로 표현하자면 딱 이거였다.

수군. 수군.

소희는 학교 내에 무언가 벌어지고 있다는 것을 눈치챘다. 그래서 퇴근 후 만난 윤성에게 물어봤지만, 윤성은 전혀 짐작 가는 게 없는 것 같았다. 하긴, 소희가 모르는 것을 윤성이 알 리가 없었다. 윤성은 거의 상담실 안에 틀어박혀 있으니까.

"우리 사이를 눈치챈 거 아닐까?"

소희가 걱정스레 묻자, 윤성이 어깨를 으쓱했다.

"우리 사이를 눈치챘다면, 2학년 3반 삼인방이 가만히 있었겠어?"

"아, 그건 그러네요."

삼인방은 달라진 것이 별로 없었다. 놀이공원 이후 늘 그랬듯 소희를 보면 친근하게 인사를 했고, 가끔은 장난을 쳐왔다.

"그럼 무슨 일이지? 꼭 나만 따돌림을 당하는 기분이야."

"아냐. 나도 같이 따돌림당하는 거니까, 괜찮아."

"연인인 우리가 둘 다 따돌림을 당하는 게, 정말 괜찮은 일일까?"

하지만 윤성은 걱정하지 말라는 듯 웃었고, 그의 느긋한 행동을 보니 아무래도 좋겠다 싶었다. 그래, 강윤성만 옆에 있으면 된다.

그러나 이튿날에도 가시지 않는 '수군수군 분위기'를 견디지 못하고, 소희는 결국 점심시간을 이용해 지혜에게 물었다.

"지혜야."

"응?"

"요새 학교 분위기, 좀 이상하지 않아?"

"엥? 뭐가?"

"뭔가 좀 어수선한 느낌이야."

"어수선? 글쎄. 방학이 가까워져서 그런가? 기말만 끝나면 여름방학이니까."

"그런가?"

어쩌면 그럴지도 모르겠다. 교사로서 여름방학을 맞이하는 건 처음이었다. 고등학교의 여름방학 직전 분위기라는 것이 원래 이런 걸지도.

'아니, 그럴 리 없어. 그냥 어수선한 게 아니라 자꾸 시선이

느껴진단 말이야.'

처음에는 삼인방이 윤성과 소희를 엮어주려고 숨어서 지켜보는 건가 싶었지만, 그건 아니었다. 지켜본다 싶은 곳엔 아무도 없었고, 삼인방은 늘 멀리 떨어진 곳에서 친구들과 노닥거리고 있었다.

'애들이 수업 거부를 하는 것도 아니니까, 예민하게 굴 필요는 없지만 그래도 뭔가 이상한데. 정말 그냥 무시해도 괜찮은 건가?'

일주일이나 이런 분위기가 지속되니, 소희는 슬슬 불안해지기 시작했다. 기말고사 기간이 다가오면서 교사들은 시험 출제를 위해 분주했다. 제각각 담당한 범위에서 겹치지 않는 문제를 내기 위해 골머리를 앓고 있었는데, 그런 와중에도 수상쩍은 분위기는 잠재해 있었다. 마치 구안고등학교에 기본적으로 깔려 있는 분위기라는 듯이.

"저기, 정원 선생님."

수업을 위해 복도를 걸어가다가, 함께 가던 정원을 불렀다. 운동장을 향해 난 창문 쪽을 보며 걸어가던 정원이 움찔하며 소희를 돌아봤다. 평소와 조금 다른 반응이었다.

"저…… 혹시 학교에 무슨 일 있나요?"

"네? 일이요?"

"요새 분위기가 좀…… 이상한 것 같지 않아요?"

"글쎄요. 전 잘 모르겠는데."

정원은 아무렇지도 않은 척 대답했지만, 소희의 날카로운 시야에 그의 눈동자가 흔들리는 것이 포착되었다. 소희가 눈을 가늘게 뜨고 노려보자, 정원은 소희의 시야에서 벗어나려는 듯 다시 시선을 운동장 쪽으로 돌렸다.

그러고 보니, 요새 정원과 함께 걸어갈 일이 생길 때마다 정원이 소희를 똑바로 쳐다보지 않았던 것 같다. 그전엔 분명 정면을 응시하다가도 소희가 말을 걸면 눈을 마주치고 이야기했었는데.

"선생님, 뭔가 아시는 거죠?"

"알긴요. 요새 일이라면 기말고사랑 여름방학밖에 없는 것 같은데요. 아무래도 기말고사가 비중을 더 크게 차지하니까, 다들 예민해진 거 아닐까요?"

"아뇨, 그런 거랑 달라요. 뭔가 미묘한데."

"흠. 전 잘 모르겠는데요. 아, 그럼 수업 들어가 보겠습니다. 차 선생님도 수고하세요."

정원이 도망치듯 수업을 하는 교실로 들어가 버렸다. 소희는 닭 쫓던 개처럼 복도에 혼자 남겨져, 멍하니 닫히는 문을 쳐다봤다.

'대체 뭔 일이래?'

일이 이쯤 되니, 혹시 집안에서 뭔가 압력이 들어온 게 아닌지까지 의심되기 시작했다.

'하지만 우리 집에서 이 학교에 압력을 넣을 이유가 없잖아.

내가 뭘 잘못하고 있는 것도…… 아, 설마 나랑 윤성 선배가 사귀는 걸 부모님이 눈치채신 건가?'

손가락 끝이 차게 식었다.

'그것 때문에 학교에 압력이 들어왔나? 선생님들도 내 배경에 대해 다 알게 된 거고?'

의심할 만한 일이었다.

'하지만 우리 부모님이 그렇게까지 할 리는 없는데. 윤성 선배 정도면 괜찮을 텐데.'

아버지는 어떨지 모르겠지만, 어머니는 확실히 반대하지 않을 것이다. 무엇보다도 외모를 따지는 분이니까.

'대체 어떻게 된 일인지 모르겠네.'

소희만 어리둥절한 채로, 계획은 차근차근 진행되고 있었다.

* * *

수상쩍은 분위기 속에서 기말고사가 끝났다. 가채점 결과 이상하게도 전보다 점수가 높았다. 소희는 이 이상한 분위기가 다른 교사들의 말대로 기말고사가 가까워져서였을지도 모르겠다고 생각했다.

소희가 알 턱이 없었다. 삼인방의 설득에 넘어간 학생들이 기말고사를 잘 치르는 것을 약속으로 교장과 거래를 했다는 것을.

기말고사가 끝나고 이틀 후의 아침, 소희는 아무 생각 없이 집을 나섰다. 이제는 많이 익숙해진 길을 걸어 구안 고등학교로 향했다. 이제 며칠 후면 방학이고, 당분간은 이 길을 걷는 일도 없을 것이다.

'여름방학 땐 뭐하지? 해외여행이나 다녀올까? 윤성 선배도 같이 갈 수 있으면 좋겠네.'

혼자 여행을 하는 것은 익숙하다. 하지만 윤성과 함께 간다면 더 즐거울 것이다. 자신이 보고 즐겼던 낯선 이국땅의 많은 것들을, 윤성과 공유하고 싶었다.

그런 생각을 하며 교문에 들어선 소희는, 뭔가 이상하다는 것을 깨달았다. 이 시간이면 등교하는 아이들이 있어야 하는데, 학생들이 한 명도 보이지 않았다. 텅 빈 교문 앞, 텅 빈 운동장. 마치 방학 때의 학교처럼 조용했다.

소희는 걸음을 멈추고 휴대폰을 꺼냈다. 혹시 쉬는 날인 줄 모르고 나온 건지 확인하기 위해서였다.

'쉬는 날이면 윤성 선배가 말해 줬을 텐데.'

어젯밤 통화할 때, 윤성은 아무 말도 없었다. 휴대폰의 날짜는 목요일을 표시하고 있었고, 휴일도 아니었다.

'뭐지?'

일단 교무실에 가서 확인해 봐야겠단 생각으로, 머뭇거리며 걸어 들어갔다. 그때였다.

탕, 탕, 탕, 데구루루르.

어딘가에서 농구공 하나가 굴러왔다. 소희는 발치에서 멈춘 농구공을 집어 들고 주위를 둘러봤다. 농구공은 화단이 있는 쪽에서 굴러 온 것이 분명했다. 커다란 나무 뒤로 그림자 하나가 보였다.

'뭐야, 대체?'

이상하게 여기며 그쪽으로 가 보려고 하다가 문득 농구공에 하얀 종이쪽지 하나가 붙어 있는 것을 발견했다. 손바닥 크기의 종이에는 예쁜 필기체로 단어가 쓰여 있었다.

[첫 번째]

이게 뭘 의미하는 건지, 소희는 도통 알 수 없었다.

'만우절……은 아니고. 애들이 여름방학 전이라서 집단으로 장난이라도 치려는 건가?'

농구공의 메시지를 확인하는 동안, 나무 뒤의 그림자가 사라졌다. 그래도 소희는 화단까지 걸어가 주위를 샅샅이 둘러봤다. 아무도 없었다.

윤성에게 전화를 걸어볼까 하다가 일단 교무실에 들어가 보는 것이 좋겠다고 판단했다. 소희는 농구공을 들고 빠른 걸음으로 학교 건물을 향해 걸었다.

연분홍색 종잇조각이 눈처럼 쏟아져 내린 것은, 소희가 막 건물 앞에 도착했을 때였다.

팔랑— 팔랑— 팔랑—

바람에 날려 떨어진 종잇조각들이 어깨에 붙었다. 소희는 고개를 뒤로 젖혀 위를 올려다봤다. 수없이 많은 연분홍 종잇조각이 하늘을 가려, 위쪽이 잘 보이지 않았다.

'벚꽃 같다.'

연분홍색이라 그런지 눈보다는 꽃잎이 떨어지는 것 같은 광경이었다. 종잇조각들 사이로, 지금껏 한 명도 보이지 않았던 학생들이 보였다.

"야, 너희들 뭐하는 거야?"

소희가 큰소리로 외치자, 귀에 익은 목소리가 화답을 해 왔다.

"쌤, 보세요. 종이요."

나희의 목소리였다.

"종이?"

소희는 어깨며 팔에 붙은 종잇조각을 떼어 냈다. 몇 장은 아무것도 쓰여 있지 않았다. 하지만 몇 장에는 쓰여 있었다.

[두 번째]

"이게 뭔데?"

"잘 생각해 보세요!"

"생각이고 뭐고. 너네 이거 다 어떻게 청소할래?"

"아, 쌤! 진짜 무드 없긴!"

"여기서 무드를 왜 따져? 너네 이러다가 학생주임 선생님께 혼난다?"

"어휴. 진짜. 얼른 들어가 보기나 하세요."

"말 안 해도 들어갈 거야. 청소하는 거 안 도와줄 거야!"

옷에 붙은 종잇조각들을 떼어 내고 건물 안으로 들어갔다. 들어가자마자 피식 웃음을 흘리고 말았는데, 커다란 화살표가 복도 벽에 붙어 있었기 때문이다. 형광 연두색 종이로 만든 화살표였다.

[이쪽으로 오세요.]

여고생이 쓴 것이 분명한 글씨체로 그렇게 쓰여 있었다. 주위에 이상한 낙서들을 보니 꽃도 그리려다가 실패한 것이 분명했다.

소희는 잠시 망설이다가 학생들의 장난에 장단을 맞춰 주기로 했다. 교사들까지 가만히 있는 걸로 봐서, 어쩌면 이게 신입교사 신고식일지도 모른다는 생각을 했다.

화살표는 복도 바닥을 따라 계속 붙어 있었다. 쭉 걸어가서 복도 끝이 나오자, 이번에는 위로 올라가란다. 계단을 올라가 통로를 따라 별관으로 향했고, 거기서 다시 화살표를 따라 계단을 내려왔다.

그쯤 되었을 때, 소희는 이상함을 느꼈다.

'뭐지?'

화살표는 분명 상담실을 가리키고 있었다.

설마, 설마 했던 것이 진짜로 일어나고 말았다. 학생들이 둘의 관계를 눈치챈 것이다. 소희는 아랫입술을 잘근 깨물며 주위를 둘러봤다. 복도는 조용했다.

'아니, 어쩌면 그 삼인방이 우리를 엮어 주겠다는 생각으로 이런 짓을 한 걸지도 몰라. 사귀는 게 들킨 건 아닐 수도 있어.'

어떻게 해야 할까?

여기서 짐짓 화가 난 척 교무실로 돌아가야 할까? 아니면 계속 따라가 줘야 할까?

소희는 판단을 내릴 수 없었다. 윤성에게 물어보고 싶은데, 지켜보는 눈이 있을 것 같아서 휴대폰을 꺼낼 수도 없다. 동요한 기색을 보이지 않으려고 애쓰며, 일단은 화살표를 계속 따라갔다.

소희의 짐작대로, 화살표는 상담실을 가리키며 끝났다.

상담실 문에는 예쁘게 꾸민 형광 분홍색 종이가 붙어 있었다.

1번. 문손잡이를 잡기.

2번. 망설이지 말고 드르륵 문을 열기.

3번. 안에서 벌어지는 일을 느긋하게 관람하기.

'윤성 선배도 개입한 일인가?'

그렇지 않다면 안에서 벌어지는 일이라는 표현을 쓰진 않았을 것이다.

'대체 뭘 어쩌려고…….'

호기심이 생겨버렸다. 소희는 크게 심호흡을 한 후, 망설이지 않고 문을 열었다.

"아……."

문이 열리자마자 보인 모습에, 소희는 그만 작은 감탄사를 내뱉었다.

"아……!"

상담실 안에는 윤성이 있었다. 평소처럼 편한 세미 정장이나 캐주얼을 입은 윤성이 아니었다. 오래전, 태훈과 윤성이 다녔던 고등학교의 교복을 입은 윤성이었다. 차이나칼라의 단추를 목 끝까지 단정하게 채워 교복을 입은 윤성은, 팔을 모두 사용해서야 끌어안을 수 있을 만큼 커다란 꽃다발을 들고 있었다.

이건 정말로, 윤성에 대한 수많은 망상을 할 때에도 상상해 보지 못한 광경이기에, 소희는 또다시 작은 감탄사를 내뱉을 수밖에 없었다.

"아……."

그때, 윤성이 말했다.

"고등학교 때, 널 처음 보는 순간 내 마음을 다 빼앗겼다고 했잖아."

"선배……."

"그때, 난 매일 이렇게 하는 걸 꿈꿨어."

윤성이 다가와 소희의 앞에 한쪽 무릎을 꿇고 앉았다. 그리고 꽃다발을 내밀며 말했다.

"나랑 결혼해 줘, 소희야."

뭐라고 대답했는지, 잘 기억이 나지 않는다. 아마도,

"네, 네. 선배, 네. 우리 결혼해요."

그렇게 바보 같은 말을 했던 것 같다. 어느 순간 모여든 학생들과 교사들이 박수를 쳐줬던 것도 같고, 윤성의 품에 안겨서 엄청 울었던 것도 같다.

윤성이 해 온 세 번의 사랑 끝에 마련된 프러포즈는 놀랍도록 유치하고 화려하고, 그래서 더 달콤했다. 어찌나 단지, 그 순간 소희는 강윤성이라는 남자에게 녹아들어, 오롯이 그의 세계에 속하게 되었다. 윤성이 차소희란 여자의 세계에 속했듯이.

에필로그

유독 아프게 기억되는 사랑이 있다.

그것은 말할 수 없기에 품어야만 했고, 품어야만 했기에 안에서 더욱 부풀어간 감정이었다.

18살의 봄.

수줍어서 여자의 눈도 똑바로 보지 못했던 그때에, 나는 사랑을 했다.

그 사랑은 언제나 내 삶을 지탱해 주었다.

그리고 31살의 여름.

수많은 사람들의 축하 속에서, 나는 알게 되었다.

그 사랑이 앞으로도 내 삶을 쭉 지탱해 주리라는 것을.

번외

소희의 아파트 현관문 앞에 훤칠한 키의 한 남자가 찾아온 것은, 소희와 윤성이 본가에 들러 결혼 허락을 받은 날이었다. 한여름이라 해가 진 후에도 더웠지만, 소희 부모님의 결혼 허락에 두 사람은 들떠 있었다.

같이 밤을 보낼 생각에 윤성과 함께 집으로 돌아왔는데, 그가 있었다. 엘리베이터에서 내리자마자 보인 그의 모습에, 소희는 아랫입술을 잘근 깨물었다. 잡고 있던 윤성의 손에 힘이 들어간 것을, 소희는 느끼지 못했다.

"재현아."

돌아보는 그의 이름을 불렀다.

부르고 싶지만 부를 수 없었던, 그래서 참으로 그립고 안타까웠던 이름을 오랜만에 입에 담았다. 그 순간 시큰, 콧등이 아려왔다. 소희는 자신이 얼마나 그 이름을 부르고 싶었는지 깨달았다.

"오, 차소희."

재현의 얼굴에 부드러운 미소가 번졌다.

둘 사이에 아무 일도 없었다는 듯, 그는 대학 때와 같은 말투로 소희를 부르며 다가왔다. 그가 가까워지자, 윤성이 소희의 손을 놔주었다. 그제야 윤성이 옆에 있었다는 깨달은 소희가 휙 고개를 돌려 윤성을 올려다봤다.

"괜찮아. 오늘은 먼저 가 볼게."

"선배."

"얘기 잘해."

윤성은 따라오지 말라는 듯 소희의 어깨를 세게 한 번 잡고는 돌아섰다. 딩— 엘리베이터 문이 닫히는 소리가 들렸을 때, 재현이 소희의 앞에서 걸음을 멈췄다.

"좋아 보이는데?"

재현이 고개를 옆으로 살짝 기울이며 말했다. 소희는 입을 꽉 다물고 재현을 올려다봤다. 대답을 해야만 한다. 재현이 이렇게 아무렇지도 않게 다가오면, 이쪽도 아무 일 없었다는 듯이 대해야만 한다. 그러지 않으면 애써 마련된 이 자리가 부서질지도 모른다.

하지만 아무 말도 할 수가 없었다. 목이 콱 메어서 목소리가 나오지 않았다.

그때 재현의 눈썹 끝이 아래로 처졌다. 그는 난처한 듯 시선을 옆으로 돌렸다가 소희의 얼굴을 향해 손을 뻗었다. 하지만 그의 손은 소희의 뺨에 닿기 전에 거두어졌다.

"울지 마."

그가 말했다.

"울지 마, 소희야."

소희는 자신이 우는지도 자각하지 못하고 있었다. 손등으로 눈물을 슥 닦아내며 웃으려고 애썼다. 하지만 얼굴이 자꾸만 일그러졌다.

"보고 싶었어."

하고 싶었던 말을 간신히 내뱉고 난 후에야, 소희는 눈물을 멈출 수 있었다.

"그래, 나도."

"정말로 많이 보고 싶었어, 재현아."

"응, 나도."

소희는 눈을 질끈 감았다가 떴다. 재현은 여전히 그 자리에 있었다. 대학 때와 마찬가지로, 뭘 생각하는지 모르는 표정을 짓고서.

"약혼 축하한다는 말을 해 주고 싶어서 왔어."

재현의 말에 소희의 눈이 커졌다.

"그걸 어떻게 알았어?"

"네 소식 정도는 알고 있어. 게다가 그 프러포즈, 학생들이 인터넷에 올려서 여기저기 퍼졌거든."

"아아."

"멋지더라."

"으응."

"그리고 또, 하나 더 말해 주고 싶은 게 있어."

"……."

"사랑이라는 게 그렇더라. 상대가 요구한 것도 아닌데 멋대로 사랑을 주게 되고, 상대가 잘못한 것도 아닌데 멋대로 사랑을 거두게 되고. 남의 마음보다 내 마음이 더 어렵더라."

"응, 맞아."

"너도 알잖아. 짝사랑이 어떤 건지. 상대가 원한 적 없는데 멋대로 사랑을 하게 되고 꿈을 꾸게 되지. 네가 강윤성 선배에게 그랬듯이, 나도 너에게 그랬을 뿐이야. 내 멋대로 널 사랑했고, 내 멋대로 그 마음을 감추면서 친구라는 이름으로 남아 있었고, 내 멋대로 고백했고, 내 멋대로 너와 이별을 했지."

"아니야, 넌 그저……."

"쉿, 소희야. 내 말 들어."

재현이 어르듯 말했다.

"그저 그뿐이었어. 내 마음은 그저 내 멋대로 흘러가고 요동치다가 잠잠해진 거야. 거기에 네 잘못은 하나도 없어."

"……."

"나는 널 사랑했고, 너는 강윤성을 사랑했지. 어디에나 존재하는 흔해 빠진 그런 일일 뿐이야, 이건. 그러니까 나한테 미안해하지도 말고, 날 안타까워하지도 말라는 말을 해 주고 싶었어. 이건 내가 겪고, 내가 감당해야 하는 고통이니까."

"그래도 난…… 내가 고통스러웠던 그 순간에, 네가 내 옆에 있어서 버틸 수 있었어. 하지만 넌? 넌 아니었잖아. 난 너에게 그런 존재가 아니었잖아."

소희의 말에 재현이 무슨 말을 하냐는 눈을 휘둥그레 떴다. 그러다가 갑자기 환하게 웃었다. 그것은 지금껏 재현이 지었던 미소 중에 가장 크고 유쾌한 미소였다. 재현은 한 번도 보여 주지 않았던 환한 미소를 지으며 말했다.

"난 때로 네가 웃을 때, 그 얼굴을 보면서 힘을 낼 수 있었어. 아마 앞으로도 난 네가 웃는 얼굴을 보면 기분이 좋아질 거야. 사랑하는 친구의 행복한 미소, 그거면 넘치도록 족하지 않아?"

〈완결〉